豆の上で眠る

湊かなえ
Minato Kanae

新潮社

目次

豆の上で眠る

第一章

帰郷

大学生になって二度目の夏——。

新神戸駅から新幹線こだまに乗って三豊駅まで向かう約二時間、いつも思い出す童話がある。ナンプレ、クロスワードなどのパズル。テトリス、スーパーマリオなどのゲーム。どんなに集中できることであっても、頭の中をそれ一面で覆い尽くすのは難しい。隙間なく覆われているようでも、実は一枚絵ではなく、ジグソーパズルのような小さなピースの寄せ集めでしかないからだ。

故郷が近付くにつれて、その童話は、ピースの継ぎ目からジワリジワリと染み出してくる。頭の中に物語が画像としてインプットされているなら、わずかな隙間を縫って出てくるのは難しく、毎度現れることはないのかもしれないが、音声としてインプットされているため、容易に侵入を許してしまうのだ。ならば、音には音で対抗をと、音楽を聴いてみても効果はない。お気に入りのアーティストのスローバラードでも、ハードロックでも、結果は同じだ。音量も関係ない。

盲目的な恋をしていて、相手のことで頭の中がいっぱいならばどうだろう、と考えたこともある。今のところ仮定でしかないが、効果はそれほど期待できそうにない。たとえ、何年付き合ったとしても。

喫茶店〈金のリボン〉のバイト仲間、沙紀《さき》ちゃんは仕事中に時折涙ぐむことがある。BGMに昔の彼氏との思い出の曲が流れることがあるからだ。有線放送のため、ふいうちで耳に飛び込んでくる分、感情のコントロールができずに泣いてしまうらしい。

しかし、沙紀ちゃんには彼氏がいる。一日一つはのろけ話をするくらい上手くいっている。先月、一周年を迎えたらしく、記念のペンダントも見せびらかされた。それでも、沙紀ちゃんは泣く。別のバイト仲間がさりげなく、昔の彼氏について訊《たず》ねたことがある。沙紀ちゃんは多くを語ろうとしなかったが、わかったことはいくつかある。交際期間は三カ月。死別したわけではない。地元に戻れば共通の友人を介して会うこともできる。その程度なのに泣く理由がわからない、と訊《き》いた当人は納得しかねる様子だったが、私は同意しなかった。

記憶の濃淡は時間や現在の環境によって決まるわけではない。

こんなエピソードを聞いたことがある。昔の貧乏な画家は新しいカンバスを買う余裕がなく、絵が描かれているものを塗りつぶし、その上から新しい絵を描いていた。まれに、何層かのつまらない絵の下に名画が眠っていることもあるのだと。

人間の記憶もそのカンバスのように、重ね書きの繰り返しではないだろうか。薄っぺらな日常が何年分も重ね書きされようと、ほんのわずかな亀裂や隙間から、色濃く残っている部分が漏れ出てくるのは、何ら不思議なことではない。

むかし、あるくにの王子さまがおよめさんをさがしていました。でも、王子さまのおよめさんにふさわしいおひめさまは、なかなかいません。

アンデルセン童話の『えんどうまめの上にねたおひめさま』だ。舌足らずだが、澱《よど》みなく流れるように読んでいるのは二歳年上の姉、万佑子《まゆこ》ちゃんだ。子どもにしては少し低めの優しい声は、私の頭の中に物語の絵ではなく、当時の私たち姉妹の姿を浮かび上がらせていく。

万佑子ちゃんは幼い頃から本を読むのが好きだった。私は万佑子ちゃんのおかげでせっかく家に本がたくさんあるというのに、それを手に取ろうともせず、外で遊んでばかりいた。物語に興味がなかったわけではない。テレビアニメは夢中で見ていたし、絵本を眺めるのも嫌いではなかった。

苦手だったのは文字だ。万佑子ちゃんは幼稚園に上がった頃にはすでに、平仮名を全部読めるようになっていた。それを周囲の人たちから感心されたのが誇らしかったのか、母は私にも幼稚園に上がると同時に、文字を読むことを強要するようになった。街中の看板やポスターを指さしては、結衣子《ゆいこ》ちゃん、あれは何て書いてあるの？　と人前でわざとらしく大きな声で訊ねてくるのだ。

万佑子ちゃんの方が母に好かれている、と子ども心に勘付いていた私は、母の期待に応えるべく必死で平仮名を覚えた。棒が一本、真ん中で折れ曲がっているのが「く」、下の方で丸く曲がっているのが「し」。棒が二本、横向きに並んでいるのが「こ」、縦向きに並んでいるのが「い」……。

そんなふうに覚えた文字は記号でしかなかった。それが繋がって言葉になろうが、文章になろうが、人物や景色に姿を変えることはない。ましてや、動き始めることなど。本をどんなに読み進めても、私の頭の中にはいろいろな形の棒が蓄積されていくだけだった。そんな読書のどこが楽しいというのだろう。その思いは今でも変わらない。

新幹線での二時間を読書に充てることもない。昔の物語が染み出てくるのは、記憶といった大それたものではなく、単に、新しい物語が重ね書きされないからとも考えられる。

いや、どんな大作を読んでも、この童話を封じ込めることはできないはずだ。


どのおひめさまも、じぶんをよくみせようとして、うそをついたり、かくしごとをしたりしました。そこで、王子さまは、ほんとうのおひめさまをさがすため、せかいじゅうをたびしてまわりました。


本を開こうとしない私に、万佑子ちゃんは自身が小学校に上がった頃から、読み聞かせをしてくれるようになった。私に本のおもしろさを教えてくれようとしていたのか、朗読が好きだったのか、カタカナや漢字が読めるようになったことが嬉しくて、先生ごっこのように妹相手に優越感に浸っていたのかは、今でもわからない。

子ども用である約十畳のフローリングの部屋の真ん中に、二組並べて敷いた布団の中で、毎晩のように私は物語を聞いていた。

万佑子ちゃんの声で語られる話は、どこにも絵はないというのに、文字ではなく映像として私の頭の中に広がっていった。森の中、お城、おじいさん、おばあさん、ねこ、うさぎ、王子さま、お姫さま、舞踏会、ごちそう……。長い話ではない。珍しい話でもない。アンデルセン、グリム、イソップ、アラビアンナイト、といった世界中の子どもが知っている童話に、私は毎晩、耳を傾けながら心地よい眠りについていた。

それらの物語を誰もが通過してきたわけではない、とわかったのはつい先月のことだ。喫茶店〈金のリボン〉に子連れの母親が『はだかの王様』の絵本を忘れていった。私以外の学生バイト三人がそれを広げて、こんな話だったのか、と感心するように読んでいたのだ。その内の一人は国文科の学生なのだから、さらに驚いた。

嫌味っぽく取られると困るなと思いながらも、『みにくいあひるの子』は？　『親指姫』は？　『人魚姫』は？　と訊ねてみると、かろうじて『人魚姫』は皆知っていた。しかし、ディズニーキャラクターとして。そのマイナーチョイスは何縛りなの？　と訊かれ、アンデルセン童話という言葉すら知らないのではないか、と気付いたが、笑って誤魔化すことにした。

彼女らは当然、『えんどうまめの上にねたおひめさま』など題名も聞いたことがないに違いない。


それでも、ほんとうのおひめさまはみつからなかったので、がっかりして、おしろへかえってきました。

万佑子ちゃんはよく私に感想を求めてきた。物語が終わる頃にはたいがい私は眠りこけていたので、翌日改めてということが多かった。みにくいあひるの子は本もののお母さんに会えてよかったね、とか、人魚姫はあぶくになってかわいそう、といった、万佑子ちゃんの期待に満ちた表情を裏切るような、まったく奥深さのない感想を答えていたのに、万佑子ちゃんは、わたしもそう思う、と笑顔で言ってくれた。

物語の登場人物って、いい人も悪い人も、おもしろいよね、と。

童話に関する感想は、二十歳になった今でも、当時とそれほど変わらない。その中でたった一つ、捉え方ががらりと変わった物語がある。

それが『えんどうまめの上にねたおひめさま』だ。

初めて読んでもらったときは、なんだかよくわからないな、という感想だった。万佑子ちゃんはそれにも同意してくれた。内容としてはそれほど難しい話ではない。要約するとこんなところだ。


王子さまは「本当のお姫さま」と結婚したいと思っている。

世界中を探し回るが、なかなか見つけることができない。

ある嵐の夜、一人の少女がお城にやってくる。

少女の身なりはボロボロだったが、少女は自分をお姫さまだと言う。

お后さまは少女が「本当のお姫さま」であるか、確かめることにした。

その方法とは、少女のベッドの上に一粒のえんどう豆を置き、その上に羽根布団を何枚も敷くというものだ。

少女はその上に一晩眠る。

翌朝、お后さまは少女に、よく眠れましたか、と訊ねる。

すると、少女は、布団の下に何か硬いものがあったのでよく眠れませんでした、と答えた。それを聞いたお后さまは、そんなに感じやすいのは「本当のお姫さま」である証拠だと確信し、王子さまとお姫さまはめでたく結婚する。

私がよくわからなかったのは、それだけ布団を重ねているのに、いくら高貴なお姫さまとはいえ、豆の感触が伝わることなどあり得るのだろうか、ということだった。

そこで、万佑子ちゃんの提案で、私たちは実験をすることにした。硬いえんどう豆が手に入らなかったので、代わりにビー玉を用意した。家の近所にある食料品店〈まるいち〉の店先でラムネの瓶を叩き割り、二人して店のおばちゃんに叱られたが、万佑子ちゃんが深々と頭を下げて、ごめんなさい、と謝ると、おばちゃんは、ケガをしちゃいけないからね、と笑って許してくれた。

子ども部屋にベッドはなかったので、床の上に直接ビー玉を置き、その上から万佑子ちゃんと私の敷布団を敷いて、掛布団を重ねた。その段階でまだ四枚。子ども用の掛布団は羽毛ではなかった。とはいえ、寝転がっても、背中にまったく違和感を覚えなかったのだから、実験としては十分なはずだった。しかし、羽根布団は絶対に必要だ、と万佑子ちゃんが言い張り、母が買い物に出た隙に、ダブルベッドを置いてある両親の寝室から掛布団を二枚持ってきて重ねた。

これでばっちりだ、と布団の上にダイブを数回繰り返した頃には、ビー玉の存在などまったく忘れていた。羽根布団とはこんなに心地よいものか、と二人して二枚の間に潜り込み、柔らかさに身を委ねているうちに眠りこけてしまった。その後、家に帰ってきた母に起こされてこっぴどく叱られることになる。

まずは、掛布団の上にあがったこと。我が家では掛布団を踏むことも、その上に寝転がることもご法度だった。次に、羽根布団を持ち出したこと。しかし、一番きつく注意されたのは、両親の寝室に勝手に入ったことに対してだった。

大切なものをいろいろとしまっている部屋なのだから、二度と勝手に入らないように。そんなふうに言われた。しかし、言葉だけでは納得できないのが、私たち姉妹だった。万佑子ちゃんは母に、大切なものって何？　と訊ねた。母は適当にあしらおうとはせず、私たちを寝室に入れてくれた。

嫁入り道具だという真鍮《しんちゅう》の取っ手がついた黒い箪笥の一番上の引き出しを開け、取り出して見せてくれたのは、青いビロードのケースに入った、ダイヤモンドの指輪だった。

生まれて初めてダイヤモンドを見た私たちは、ガラスとは明らかに違う輝きを放つ小さな石に見入った。きれい、きれい、と万佑子ちゃんと声をあげてはしゃいでいると、母は別のケースも取り出して開けてくれた。青い大きなサファイアの周りを小さなダイヤモンドが囲んでいる指輪だった。

「ダイヤモンドはパパがくれた婚約指輪、こっちのサファイアは楢原《ならはら》のおじいちゃんからおばあちゃんへの婚約指輪。ママが二十歳になったときにおばあちゃんが譲ってくれたの。だから、あんたたちも二十歳になったら、一個ずつ譲ってあげる。それまでに、なくなっちゃうと困るでしょ。だから、勝手に入ってきちゃダメ」

楢原とは母の旧姓だ。そういうことならばと納得した。両親の寝室も黒い箪笥も、その日から特別な存在となった。万佑子ちゃんと話し合い、万佑子ちゃんがダイヤモンド、私がサファイアをもらうことも決めていた。四月生まれの万佑子ちゃんが誕生石を欲しいと言ったのだ。私の誕生石はサファイアではなかったが、青は好きな色だし大きいからまあいいや、とあっさり同意した。

たくさんの童話を読んでもらった中で、『えんどうまめの上にねたおひめさま』だけを思い出すのは、そういったエピソードがあるからだが、それだけではない。当時は理解できなかったお姫さまの気持ちを、痛感させられる出来事が起きたからだ。

豆の上に眠るような感覚。

記憶の底に封じ込めたはずなのに、今もまた物語とともに蘇り、背中にしくしくとした違和感を覚える。何よりも一番大きな要因となったのは、これが万佑子ちゃんに読んでもらった最後の物語だったからだろう。

あるあらしのよるのことです。

この一文を、万佑子ちゃんはいつも声を潜めて、これから何か起きるぞ、とワクワクさせるような間をもって読んでいた。そして……、『えんどうまめの上にねたおひめさま』を私の頭の中に残し、万佑子ちゃんは行方不明になった。

ひとりの少女がやってきて、おしろのもんをたたきました。

相生駅に到着した。車両のドアが開き、乗客がぞろぞろと入ってくる。盆休みにはまだ少し早い。しかし、こだまとはいえ、八月の週末に二人席を独占するのは難しいようだ。隣の席に置いていたバッグを足元に移動させる。

そこに年配のおばさんが座り、足元に鞄を置いた。上品なワンピースとハンドバッグに不似合なスポーツバッグだ。青い布地に肩掛けできる黒いベルト、アウトドア用品で有名なブランドのロゴマークがついている。息子の荷物を預かった、そんなふうに見える。

おばさんは椅子を倒すと、膝の上のハンドバッグから大判のハンカチを取り出して、暑い、暑い、と額の汗をぬぐった。そして、あっ、と言うように足元に目を向ける。

「ごめんなさい、あなたも暑いわよねえ」

青い鞄に向かってそう言うと、バリバリとマジックテープを剝がす音を立て、鞄上部の蓋になっている部分を丸め上げた。茶色いメッシュ地が現れる。中にいるのは、猫だ。白い長毛に青い目をした子猫は、メッシュ地にピンクの鼻をこすりつけながらおばさんを見上げ、ニャア、と鳴いた。

「一駅だから我慢してね」

その言葉に少しだけホッとした。おばさんは子猫に向かって言ったが、やや大きめの声は、私にも聞かせようとしたのではないかと思われる。公共の乗り物に動物を乗せるのは違反ではない。よく見ると、鞄の端のメッシュポケットには手回り品料金の支払い票が入っているので、きちんと手続きも行っているということだ。しかし、動物との相席を好まない乗客はたくさんいるのではないか。

二十分程度の我慢だと自分に言い聞かせ、猫など視界にも入っていないというふうに、足元のバッグから文庫本サイズのナンプレの本とペンを取り出して、一番レベルの高い問題の載ったページを開いた。

頭の中から『えんどうまめの上にねたおひめさま』が消えていく。しかし、数字もまた霧散していく。童話よりもやっかいな過去の記憶がどろどろと溢れ出し、頭の中全体を埋め尽くそうとしている。それが固まり、打ち砕くことができない一枚絵になるのを、何としてでも阻止しなければならない。車両内の冷房は効きすぎているくらいなのに、両腋の下から汗が筋になって流れ落ちる。

そんな私の焦りなどおかまいなしに、子猫はニャアニャアと声を上げている。いや、不安を感じているような鳴き方だ。初めての新幹線なのかもしれない。床の上に置かれている分、人間よりも余計に振動を感じるのだろう。大丈夫、大丈夫……、自分に言い聞かせているのか、子猫になのかわからないまま、鞄の中の子猫に目を向けた。

私の視線に気付いたのか、子猫がこちらを見上げる。その視線を追っておばさんも私の方を向いた。目が合うと、おばさんは遠慮がちに微笑んだ。

「孫へのお土産なの。先月、三匹生まれたって言うと、一匹欲しいから夏休みに連れて来てって」

「そうですか。……かわいいですね」

言った途端、おばさんはパッと顔いっぱいに笑みを広げた。

「でしょう！　猫はお好き？」

「……昔、飼ってたことがあります」

まあ、とおばさんは手を打った。

「そうなの？　よかったわ、猫好きの方のお隣になれて。うちの子はね……」

おばさんは自宅で飼っている猫の話を始めた。昨年ふらりとやってきて住み着いたことから先月の出産の様子まで、丁寧すぎるほどに説明してくれる。適当に相槌を打つが、興味は持てない。猫を飼ったことがあるからといって猫好きとは限らない。猫を買ってきたのは母だ。しかしそれは、かわいがったり癒しを求めたりといった、一般的なペットを飼う目的のためではなかった。

ブランカ。広い額。黒目がちな大きな目。真っ白な柔らかい毛。お願いだから、これ以上私にあの頃のことを思い出させないで――。

「子猫ちゃんたちの貰い手が見つかるか心配だったんだけど、この子で最後、みんな、大事に育ててくれる人に出会えたのよ」

ブランカをかき消すように、おばさんの声に耳を集中させる。他の二匹の子猫の飼い主についてだ。どちらも、おばさんよりさらに年上、六十代後半の女性だという。

定年退職後、又は、子どもたちが結婚などで家を出た後、猫を飼いたいと思う人は多いらしい。ペットショップで売っているような何十万円もする血統書つきではなく、素朴な雑種の日本猫がよい。子猫ならばなおさらよい。その思いで、捨て猫の保護センターなどに申し込むと、子猫の引き渡しを断られてしまうそうだ。

近年は猫の寿命も二十年と言われるほど長くなっているため、最後まで責任を持って面倒を見てくれる人でなければお渡しすることはできない、との理由で。

「人間の寿命だって延びているんだし、子猫を育てるのが生きがいになって、自分も健康で長生きしようって思う人だっていそうなのにねえ。そうやって断られた人たちが、人づてにうちの子猫のことを知ったのよ。あの二人なら大丈夫だわ。テニスにダンスに、とってもアクティブなんだもの」

おばさんはそう言って、最近は自分も健康のために山歩きを始めたことを話し出した。ここまでくるともう耳を傾ける気もなくなる。

しかし、猫がそれほどまでに長生きできるとは。ブランカは今も幸せに過ごしているだろうか。手放す前にこちらで避妊手術などしなければ、かわいい子猫を産んでいたかもしれないのに。

足元の子猫とまた目が合った。純粋にブランカのことだけを思い出せば、この猫をかわいいと思える。私は猫嫌いではない。ブランカは私の宝物だったはずなのに。ブランカに伴う記憶のせいで、いつのまにか、ブランカ自体が忌《いま》わしい存在にすり替わってしまっていた。そもそも、じっとり滲む汗とともにこの手のひらに残っている感触は、猫のものではなく、その入れ物だったはずだ。

もしこの子猫が、一目見てペット用だとわかるプラスティック製のカゴに入れられていたら、私は今頃、席を立ってデッキに出ていたかもしれない。一見、それ用だとわからない鞄だから、まだ平静でいられる。あの頃もペットショップにこんな鞄が売っていたら。いや、あっても母は選ばなかっただろう。見るからにペット用、とわかることが重要だったのだから。

岡山駅停車のアナウンスが流れると、おばさんはメッシュ地の部分を蓋で覆った。猫の姿はどこからも見えない、ただのスポーツバッグに早変わりだ。この鞄を空のまま持ち歩いていても、不審に思う人など一人もいないだろう。

三豊駅で新幹線を降りた。三豊市は人口約十万人、実家のある中林町へは海岸に面した賑わいのある町と反対方向にバスで向かう。

今日、帰省することを家族には伝えていない。なるべく早く帰ってくるよう言われていたが、甲子園球場に近い喫茶店〈金のリボン〉は夏場がかき入れ時で、なかなか休みをまとめてとることができずにいた。週明けに、と伝えていたのに金曜日に帰ることができたのは、沙紀ちゃんのおかげだ。

バイトの休憩時間に携帯メールを読んでいた私を、後ろから覗き見していた沙紀ちゃんが、お母さんが入院してるなら早く帰ってあげなきゃ、と店長や他のバイト仲間に掛け合ってくれたのだ。

母が胃潰瘍で入院するのは初めてではなく、しかも、急いで駆け付けるほどの病気でもない。沙紀ちゃんにそう伝えると、友だちに遠慮はいらないの、と背中をはたかれた。友だち、という言葉を面と向かって言われたのは、初めてだったかもしれない。あったとしても、万佑子ちゃんが行方不明になる以前、私が小学一年生の夏までだろう。

その後は、友だち百人できるかな、どころか、一人もいなかった。

過去を知る人がいない中では、私にでも友だちができるということか。ならば、故郷に、実家に帰るというのは、過去へ戻ることなのかもしれない。だから、その場所に近付くにつれて、現在の絵に亀裂が生じ、過去の記憶が染み出してくるのだ。

童話も、猫も……。大学やバイト先、神戸での生活の中で思い出すことは滅多にない。

胸がザワザワとしてきた。あの家に一人でいたくない。三豊駅からは、母が入院している県立三豊病院行の直通バスが出ている。母の見舞いに行ってから家に帰ってもいいのではないか。荷物はそれほど多くない。洗濯物くらいなら預かることができる。

バス乗り場へ向かうと、四番乗り場から病院行のバスがちょうど出たところだった。次の便まで二十分。ロータリー沿いにあるコーヒーショップ二階の窓側のカウンター席からは、四番乗り場を正面から見下ろすことができる。

駅構内を出て三分ほどしか外を歩いていないというのに、冷房の効いた店内に入ると額から汗が噴き出した。アイスコーヒーを注文して、二階のカウンター席へと向かった。店内とはいえ、窓際はやはり暑い。しかし、バスに乗るギリギリの時間まで冷房が効いた場所で過ごすには、ここが一番いい。

都会は暑い、などと勝手に決めつけていたが、神戸も三豊市もそれほど変わらない。いつからこんなに暑くなったのか。昔はこれほど酷くはなかったはずだ。いくら外遊びが好きだったとはいえ、もし、十三年前もこんなに暑ければ、日中、私はおとなしく、家でテレビでも見ていたはずだ。

神社の裏山でかくれんぼやシェルター作りに夢中になることもなかっただろう。仮に、そんな遊びをしていても、二時間も続けていれば体もバテて、万佑子ちゃんに帰ろうと言われたら、おとなしく従っていたはずだ。

そうすれば、あんな事件が起きることもなかった。

もしも、あの日、もっと暑ければ。いや、雨が降っていれば。そういえば、翌日は大雨だった。アイスコーヒーを半分くらい一気に飲み干し、大きく息をつきながらバス乗り場を見下ろすと、見覚えのある後ろ姿が目に留まった。

姉だ！

普段使いのショルダーバッグの他に、大きな紙袋を片手に提げて歩いている。友人らしき女性と一緒だ。二人は四番乗り場で足を止めた。母の見舞いに今から行くのだろうか。しかし、どうしてこんなところからバスに乗るのだろう。

姉は県内の大学に自宅から通っている。電車通学ではあるが、新幹線専用の三豊駅を利用することはない。買い物目的だとしても、駅周辺よりセンター街の方が賑わっているし、自宅からも大学からも三豊駅を通過せずに行くことができる。

新幹線を利用したり、遠出をしていた様子ではない。Tシャツに膝丈ジーンズ、姉の夏場の定番スタイルだ。三豊市を出るときはスカートを穿く、というどうでもいいこだわりを、去年の夏に聞いた憶えがある。しかし、連れの女性はおしゃれなワンピースを着ている。手にはキャスター付のスーツケースと紙袋。東京の有名な果物屋のものだ。

つい先日、〈金のリボン〉の店長から、東京土産にそこのフルーツゼリーを配られたばかりだ。これ一つで時給と同じ値段だから、と言われて驚いた。たまにテレビで紹介される有名な店らしく、関西進出すればいいのに、と沙紀ちゃんが言っていた。

連れの女性は東京からやってきた。姉は彼女を迎えに駅まで来て、二人で病院に向かっている。とすれば、彼女は母を知っているということか。胃潰瘍の見舞いにわざわざ東京から？　両親はともに、地元生まれの地元育ちで、私の知っている範囲では県外に親戚はいない。単に、姉の友人なのだろう。夏休みだ。東京の大学に進学して、帰省したところなのかもしれない。紙袋の品は家族への土産で、姉とは病院まで一緒に行くが、姉は母に荷物を届けるだけで、その後、二人でセンター街にでも遊びに行くのかもしれない。

いや、それほど深く考えることではない。姉には親の見舞いに付いてきてくれるほど親しい友人が、当たり前のようにいるというだけだ。中学、高校時代には、クラス委員、ソフトボール部のキャプテン、生徒会の副会長を務めていた。成績優秀でスポーツ万能、明朗快活で責任感が強い。そんな姉はいつも大勢の友人たちに囲まれていた。

姉こそが、皆から避けられてもおかしくない存在だったはずなのに。

私に友人がいないのを、あの事件のせいにすることはできない。持って生まれた性質の違い、親から受け継いだものの違い。あの人と私とでは違うのだ。

たとえ、同じ親から生まれたことが証明されていても。

二人がこちらに向かってくる。私に気付いたからではない。バスの発車時刻までにまだ時間があるため、涼しいところに入ろうということになったのか。気付くだろうか、と姉に手を振ってみる。二人同時にこちらを見上げた。八カ月ぶりの姉とその友人……。

目に留まったのは、傷痕だ。

万佑子ちゃんが右目の横にケガをしたのは、私が小一、万佑子ちゃんが小三の、五月五日、こどもの日だった。万佑子ちゃんと私を、母方の祖母がセンター街にあるデパートに連れて行ってくれるのが、毎年の習慣だった。

――おばあちゃんに何でも好きなものを買ってもらいなさい。

母はそう言って、祖母が乗ってきたタクシーに乗り込む私たちを送り出してくれた。母の実家は祖父の代から不動産会社を経営しており、父方の祖父母からのお年玉と母方の祖父母からのお年玉では、いつもゼロの数が一つ違っていた。

母には妹がいたが、当時も今も独身のため、二人きりの孫である私たちを、祖母はとても可愛がってくれた。

月に一、二度、万佑子ちゃんと二人で祖父母の家に泊まりに行くこともあったが、その際、荷物持参だったことはない。着替えも、洗面用具も、パジャマも、おもちゃも、添い寝用のぬいぐるみも、すべて祖母が買い揃えてくれていたからだ。

万佑子ちゃん用のピンク色のプラスティックケース、私用の水色のプラスティックケース、その中に必要なものは全部入っていた。足りないものを一緒に買いに行くのも、祖母の楽しみの一つだったようだ。

家では万佑子ちゃんと共用していたブラシやヘアゴム、カチューシャなどのアクセサリー類も、祖母は別々に買ってくれた。とはいえ、色白で長い黒髪のお人形のような万佑子ちゃんとは違い、私は男の子に生まれたかったという願望があったり、風呂で髪を洗うのがこの世で一番嫌いなことだったりで、ショートカットが定番だったため、母にしてみれば、私のためにそういったものを買う必要はないと思っていたのだろう。

そういえば、縄跳びやボールも家には一つずつしかなかった。

デパートで選ぶものも、万佑子ちゃんと私で、同じだったことなど一度もない。

しかし、その年は少し事情が違っていた。

私はテレビCMを見て欲しいと思っていた、ローラースケートを買ってもらうことにした。万佑子ちゃんはお気に入りのキャラクターのバッグを選んだ。それらがどちらも高くなかったからか、私がうっかりバッグをかわいいと言ってしまったからか、祖母は私たちそれぞれに、ローラースケートとバッグを買ってくれたのだ。

家に帰って早速、私はローラースケートで遊ぶことにした。万佑子ちゃんは気乗りしない様子だったのに、一緒に練習しようよ、と私が万佑子ちゃんの腕を引き、外へ連れ出した。練習場所は家の前の道路だ。我が家は比較的新しい住宅地の突き当りにあり、家の前まで車が来ることはほとんどなかったため、母からもそれほど厳しく注意されることはなかった。

道路傍に出てからローラースケートに履き替え、四つん這いになってフェンスまで行った。手をかけて立ち上がり、まずは自宅の門柱から斜め向かいの家の門柱まで、四メートル程移動する練習から始めた。へっぴり腰で何度も手をついたものの、三往復もすればコツがつかめ、フェンスを当てにせずに滑れるようになった。

しかし、万佑子ちゃんはいつまでもフェンスから手を離せずにいた。やっぱり無理、とローラースケートを脱ごうとする万佑子ちゃんに、私は手を引いてあげると言った。自転車と同じ要領で、初めは両手を持って支えてあげ、慣れたと判断したところで片手ずつ離せばいいのではないか、と思いついたからだ。自転車も万佑子ちゃんより私の方が先に補助輪なしで乗れるようになった。

——じゃあ、また今度。

万佑子ちゃんはそう断ったが、一度だけ、と私はローラースケートを履いたまま、万佑子ちゃんの両手をつかんで半ば無理矢理フェンスから離した。フェンスには全体重を預けていた万佑子ちゃんも、私には委ね切れなかったのだろう。どうにか自分でバランスを取ろうと背筋を伸ばし、少しずつ足を前に進めた。

——万佑子ちゃん、すごいすごい。

私は声援を送りながら片手を離し、その状態で我が家と斜め向かいの家とを三往復したあと、よし、と勢いをつけて、もう片方の手を離した。もしも、私がローラースケートを履いていなかったら、あれほどには加速しなかったかもしれない。

万佑子ちゃんは我が家の門柱横にある煉瓦造りの花壇に激突し、前のめりに倒れた。

ギャッと万佑子ちゃんの叫び声が響き、家の中から母が飛び出してきた。万佑子ちゃんに駆け寄った母は抱き起こしながら悲鳴を上げた。万佑子ちゃんの顔から血が噴き出すように流れていたからだ。万佑子ちゃんの服も母の服も、瞬く間に真っ赤に染まった。

——痛い、痛いよぉ。

万佑子ちゃんは声を上げて泣いていた。こういう泣き方をするのはいつも私の方で、万佑子ちゃんは高熱にうなされているときでさえ、声を出さずにしくしく泣いていたのに。余程、痛かったのだろう。

斜め向かいの池上《いけがみ》さん家《ち》のおばさんがタオルを何枚も重ねて持って出てきて、万佑子ちゃんの傷口を押さえてくれた。池上さんは県立病院の看護師だった。病院には慣れているはずなのに、おろおろしているばかりの母に、今すぐ休日外来に行くように、と指示を出し、母の運転する車の後部座席に万佑子ちゃんと一緒に乗ってくれた。

私は池上さんから渡されたタオルを抱えて助手席に乗った。万佑子ちゃんの傷口を押さえるためのタオルだったのに、私は何度も自分の涙と鼻水を拭った。ごめんなさい、と万佑子ちゃんの泣き声よりも大きな声で叫び出してしまいそうだったが、タオルにぐっと顔を当てて、声を押し殺して泣いた。

診察室から出てきた万佑子ちゃんは右目の横に大きなテープを貼られていた。煉瓦の角にぶつけ三センチほどぱっくりと切れていたのだと、母が池上さんに説明した。縫わずにテープで処理してもらったことも。目じゃなくて本当によかった、と池上さんは安堵するように言ったが、女の子なのに顔に傷痕が残るなんて、と母は万佑子ちゃんを抱きしめて泣いた。

――ママ、泣かないで。

万佑子ちゃんが青白い顔に笑みを浮かべて、母をなぐさめていた。

私のせいだ……。血のにじんだテープを見ているうちにだんだんと恐ろしくなり、ついには声を上げて泣き出してしまった。ごめんなさいの代わりになるとは思っていなかったが、そのときの私にはそうすることしかできなかった。結局、その後も謝っていない。

万佑子ちゃんが私を責めることもなかった。小さな豆のさやのような形の傷痕が残った目元に笑みを浮かべて、それまでと変わらず、私に本を読んでくれた。

傷痕――。

右目の横に、豆のさや形の傷痕がある。姉にではない。隣にいる連れの女性にだ。

自分と同じ場所に傷痕がある人を見つけるのは、珍しいことではない。余程おかしな転び方をしない限り、子どものうちや、大人になってからでも、ケガをするのは大概同じ場所だからだ。

しかし、目の横というのは、肘や膝のそれとは違う。

どうして？　という思いが頭の中を駆け巡っている。しかし、その片隅で、もしかしてこういうことではないか、と冷静に分析している自分がいる。分析を今すぐやめろ、と警告を発している自分もいる。

そもそも本当に傷痕だったのか。視力がいいとはいえ、二階からガラス越しにだ。ヘアピンの飾りがたまたまそう見えたのではないか。いや、あれはやはり傷痕だ。

呼吸を整え、目を凝らしてもう一度外を見下ろしたが、二人の姿はもうない。店内に入り、一階で注文しているのだろう。まもなく二人がここに上がってくる。動揺することはない。姉に片手をあげ、お姉ちゃん、と呼べばいいだけだ。姉は日に焼けた顔に活発そうな笑みを浮かべて、今日だっけ？　とか、メールくれればよかったのに、などと私に言うはずだ。

それから、隣の人は？　と訊けば、友だちの○○ちゃん、と紹介してくれるだろうし、相手にも私を妹だと紹介して、同じテーブルで飲もうと誘ってくれるはずだ。接客業のバイトのおかげか、初対面の人にも挨拶くらいはまともにできるようになった。姉の友人に直接、母の見舞いに一緒に来てくれるのかと訊ねることもできる。しかし、一番気になることは多分訊けない。

目の横の傷痕はどうされたんですか？

初対面の人にそんな質問を平気でするなど、とんでもないことだ。万佑子ちゃんのようにローラースケートといった遊びでの事故だとは限らない。虐待やいじめが原因だということも考えられる。目尻に沿っているおかげで、それほど目を引く傷痕でないとはいえ、それが原因でからかわれたり、辛い経験をしたりしたこともあるかもしれない。

だが、本人に直接確認する必要はないのだ。

家に帰り、姉と二人になってからさりげなく訊けばいい。お姉ちゃんも昔、同じところをケガしたよね、と。意外とあっさり、転んじゃったんだって、などと返ってくるのではないか。

余程、深く切れたんだろうね。お姉ちゃんも相当深く切れてたのに、すっかりきれいになったもんね。

と続けてみても、

私はケガをしたのがまだ八歳のときだったからよかったのかもしれない。子どもは代謝がいいから、余程のケガじゃない限り、傷痕は残らないみたいだからね。それに、応急処置の仕方もよかったんじゃない？

などと返ってきそうだ。おそらく姉の友人は最近になってケガをしたに違いない。

傷痕のことは姉に訊くのもやめておいた方がいい。まだ疑っているのか、と姉を悲しませるだけだ。そもそも、ケガの原因を作ったのはあんたではないか、と言われたら、返す言葉を見つけられない。

結局のところ、私は姉の友人の傷痕にまったく気付いていないふりをして、すでに氷だけになっているのにストローをちびちびと吸いながら、無難にその場をやり過ごすのだろう。

背中がずきずきと疼く。

久々の感覚だ。しかし、私は何枚も重ねた布団の下に異物を感じても、お姫さまのようにはっきりと口にしない。布団をいくらめくっても、何もないことはすでに確認されているのだから。それでも、それでも……。

二人が二階へ上がってくる気配がない。再び外を見ると、二人の後ろ姿が見えた。片手にストローの刺さったカップを持ち、四番乗り場へと向かっている。ロータリーに入ってきたバスが二人の横を通り過ぎ、四番乗り場で停まった。

トレイを持って立ち上がる。階段を駆け下り、店を飛び出して二人を追いかけた。ほんの二、三メートル先に二人の後ろ姿がある。

「お姉ちゃん！」

この呼びかけにどちらが先に振り向いたのか。確認する前に、私の頭の中は真っ白になり、膝をついたあとは、視界が真っ黒に遮断され、何も見えなくなってしまった。

万佑子ちゃん……。

あるあらしのよるのことです。

万佑子ちゃんが行方不明になった日のことは今でもはっきりと覚えている。

八月五日、万佑子ちゃんが目の横に傷を負った三カ月後だった。

田舎にはあまりきちんとした公園がない。そもそも公園とは、狭い空き地にブランコと滑り台がある、未就学の子どもが遊ぶための場所だと思っていた。

高校生のときだったか、テレビドラマで社会人の恋人同士が、公園に行こう、と言っているのを見て驚いた。大人がデートに公園？　しかし、二人が向かったのは、しょぼけた遊具などどこにも見当たらない、整備された大きな花壇と噴水があるムード漂う場所だった。同時に、広い芝生の広場の端には田舎の公園では見たこともない、未来空間のようなカラフルな遊具があった。

おそらく、こちらが本ものの公園なのだろうと思った。未就学の子どもだけでなく、それ以上の子どもも大人も、誰もが集える場所なのだと。

しかし、中林町にそういった公園はない。だから、子どもたちは外遊びをする際、自分たちで場所を探す。神社の裏山、廃屋、工場の資材置き場、採石場……。魅力的な場所はいくつもあったが、それらは堂々と侵入してよい場所ではなかった。所謂《いわゆる》、グレーゾーンだ。親に、遊びに行ってきます、とは言っても、具体的な場所を伝えたことはなかったし、親も問い詰めるようなことはしなかった。

車に気を付けるのよ。川には下りちゃダメよ。暗くなる前に帰ってくるのよ。注意はその程度だった。家の中をちらかされるのがいやなのか、夏休みなど、長期の休みが始まると、どうぞどうぞと送り出されていた。たまに家にいると、今日は遊びに行かないのかと訊ねられたほどだ。

小学生になるまでは、休みの日はほとんど万佑子ちゃんと二人、家の中で過ごしていたが、小学生になると、家の近所に住む同学年の子五、六人と、外で遊ぶようになった。

万佑子ちゃんはほとんど家で過ごしていた。家から数百メートル離れたところに県営住宅があるため、子どもが他よりたくさんいる地区だったが、休日に万佑子ちゃんが友だちと外に出ていくことはなかった。家に連れてくるということもなかった。

母は専業主婦で一日の大半を家で過ごしていた。週に一度のフラワーアレンジメント教室に行くときと、買い物に出るときは、二人で留守番をするように言われていたが、それ以外で、特に二人で遊ぶことをすすめられた憶えはない。

万佑子ちゃんはからだが弱かったからだ。

大きな持病があったわけではないが、幼い頃から万佑子ちゃんはしょっちゅう熱を出して寝込んでいた。夜中に父が万佑子ちゃんを背負って病院に連れていったり、母が一晩中看病している姿を何度も見たことがある。父が夜、お酒を飲まなくなったのも、母が自動車の免許をとったのも、万佑子ちゃんのためだ。

それでも、年齢を重ねるにつれ、万佑子ちゃんが熱を出す頻度も下がっていったが、健康になったとは言い難かった。外で遊んだり、日に当たり過ぎたり、運動会の練習が始まったり、熱を出すきっかけはささいなことだ。しかし、そうなると、母は万佑子ちゃんにつきっきりで、やはり私は外で遊ぶのをすすめられることになる。

小一の夏休みに入ったばかりの頃は、大滝神社の裏山で遊んでいた。松の木が繁り、日陰が多く、子どもたちの人気の遊び場だった。最初はかくれんぼをしていたが、一週間ほど経つと、シェルター作りへと変わった。裏山とはいえ、小学生の子どもが遊びまわるのはお社《やしろ》が視界に入る範囲内だった。それより深いところへ行くと、山姥《やまんば》に襲われると年上の子たちから聞かされていたからだ。

——神社の周辺には結界が張られていて、山姥はその中に入ってこられないんだって。だからギリギリのところで待ち伏せをして、結界からはみ出した子を連れて行ってしまうらしいよ。

石段に腰掛け、アイスキャンディーを片手に神妙な顔をしてそう語っていたのは、六年生のなっちゃんだ。将来はお茶の水女子大学に行く、というのが口癖のなっちゃんが言うことを、周りの子たちはすべて鵜呑みにしていたわけではない。

嘘だあ、と大きな声で否定する子もいた。しかし、山姥話は続く。

――ここの神社じゃないけど、わたしのお姉ちゃんの友だちの従妹が、五年前の夏休みに行方不明になったのよ。知らない？　弓香《ゆみか》ちゃん行方不明事件。

私は知らなかったが、高学年の子たちは口ぐちに、知ってる、と返した。

後から調べたことだが、「弓香ちゃん行方不明事件」はこの年の五年前に、隣の山口県で起きた事件だった。当時、小学四年生だった笹山《ささやま》弓香ちゃんという女の子が、夏休みのある日、友だちと遊んでくると家を出て行ったまま行方不明になったというものだ。事故の形跡や身代金の要求などもなく、忽然と姿を消したことから、いくつかの週刊誌の見出しには「神隠し」という言葉が用いられた。

当時の記憶がある高学年の子たちは、皆、遊びに出るときに親から、一人で行動しないように、などと注意を受けていたらしい。が、五年も経てば他県で起きた事件など、きれいに風化してしまうのだろう。うちの母がもし「弓香ちゃん行方不明事件」を覚えていれば、野放しにしている私にさえ、外で遊ぶなと言うはずだ。

母はすっかり忘れていた。わが子が同じ立場になるまでは。

――テレビでは言われなかったけど、弓香ちゃんは行方不明になった日、神社に行ってたんだって。友だちと待ち合わせをしていて、弓香ちゃんが一番に着いたみたい。そのときに、結界を越えてしまったんじゃないかって言われてるの。弓香ちゃんのお父さんは転勤が多くて、弓香ちゃんも何カ月か前に引っ越してきたばかりだったから、山姥の話を知らなかったんだって。それにね、テレビに出てたアメリカの霊能者も、悪魔に連れて行かれた、みたいなこと言ってたらしいよ。

アメリカの霊能者。大人になれば胡散臭い言葉だと誰もがわかるが、子どもにとっては正反対で、山姥話の信憑性を高める言葉だった。神社や裏山で遊ぶのはやめた方がいいのではないか、と不安になった。しかし、なっちゃんが言うには、結界とは神様がお社から見届けることができる範囲なので、そこからはみ出さなければかえって一番安全な場所らしく、私たちはルールを守って遊ぶことにした。

そんな限られた範囲内でのかくれんぼがいつまでも楽しいわけがない。

ある日、一人がこっそり皆より早く裏山にやってきて、新しい隠れ場所として、折れた松の木を使ってシェルターを作ったことから、皆がそれぞれのシェルターを作りたいと言い出した。初めはその場にある枝や落ち葉だけを使っていたが、一人が朽ちたロープを見つけて、折れた枝をシェルターにしている木の幹に結び付けると、翌日、自宅からロープを持ってくる子がいて、皆、宿題の工作以上に熱心に打ち込むようになった。

私は根元が大きく隆起した松の木に、段ボールを立てかけて作ることにした。段ボールをもらうため、〈まるいち〉に行ったときのことだ。六十代を越えた夫婦が経営するこの店は神社と我が家のちょうど中間地点にあった。

――お姉ちゃんは一緒じゃないの？

店先に積み重ねられた段ボールを物色している私に、〈まるいち〉のおばさんが訊ねてきた。〈まるいち〉へ買い物に来るのは大概、母が国道沿いのスーパー〈ホライズン〉で買い忘れたものの補充をするときで、マヨネーズや玉ねぎといった一品のために、万佑子ちゃんと二人でおつかいを頼まれていた。母はたとえ子どもでも一品だけ買わせることに抵抗があるようで、万佑子ちゃんと私、それぞれ好きなお菓子を買っていいことにもなっていた。といっても、たった三品、千円以内の買い物だ。

それでも、おばさんは私たちが訪れるごとに、あんたたちは仲がいいねえ、と飴やチョコレートやガムをおまけしてくれた。飴はコーラ味、チョコレートはアーモンド入り、ガムは青リンゴ味といつも決まっていた。

――万佑子ちゃんはあんまり外で遊ばないから。

私はおばさんにそう答えた。熱が出ることもあるし、と付け加えもした。決して、私に遊び友だちができたせいで仲が悪くなったわけではないということを、子どもなりにおばさんに伝えたかったのだと思う。私の言わんとすることをおばさんは察したのか、なんだかますます私と姉に似ているねえ、と嬉しそうに笑いながら、おばさんのお姉さんの話をしてくれた。

おばさんには三つ年上のお姉さんがいる。お姉さんは万佑子ちゃんのように色白でおとなしく、手芸や読書が好きだった。片や、おばさんは私のように夏になれば真っ黒に日焼けして、一日中、外を走り回っていた。性格も趣味も見た目も違うけれど、とても仲が良く、互いに別々の町に嫁いで離れて暮らすようになっても、数カ月に一度は長電話をしたり、どちらかの家を訪れたりしている。といった内容だった。

おばさんからもらったコーラ飴を口に含み、なくなるまでの短い時間だったが、その話に私はかなり元気付けられた。『みにくいあひるの子』を始め、童話にはよく、主人公、またはきょうだいが血のつながらないよその子でした、というエピソードが出てくる。そういう物語を万佑子ちゃんに読んでもらうと、私と万佑子ちゃんは本当のきょうだいなのだろうかと考え込んでしまうことがあった。

母はよく私たち姉妹にお揃いの服を買ってくれたが、万佑子ちゃんには似合っているのに、私にはちっとも似合わないものばかりだった。フリルやリボンのついたピンク色の服が母の好みなのか、万佑子ちゃんに似合うから買っていたのかはわからない。しかし、確実に私には似合っていなかった。そんなふうに私だけが思っていたのではない。

――お揃いもいいけど、結衣子には色違いの黄色や緑を選んでやった方がいいんじゃないのかい？

母方の祖母は何度か母にそう言っていた。祖母は思ったことをはっきりと口に出すタイプで、当事者がそこにいようが、それが子どもであろうが、まったく気にしない。デパートで私たちの服を選びながら、あんたたちは本当に似てないねえ、と口に出すこともしょっちゅうだった。それでも祖母の場合は、どっちも可愛いおばあちゃんの大事な孫だよ、と続いたのだが。

――万佑子の本好きなところはママ譲りね。

万佑子ちゃんが新しい本を欲しがると、母は嬉しそうな顔でこの言葉を口にしていた。同じ表情で私について何か語られたという記憶はない。それはきっと、私に母譲りの部分が見当たらないからだと思っていた。

私と万佑子ちゃんの顔はあまり似ていない。強いて言えば、耳たぶが薄いところくらいか。それどころか、二人とも両親の顔にさえ似ていなかった。強いて言えば、万佑子ちゃんは父親寄りの顔だった。男の人のくせに、という表現はおかしいかもしれないが、父は色白で、あごがとがったシャープな顔立ちの、ハンサムな人だった。今は当時より十キロ以上体重が増えているし、髪の生え際もかなり後退しているので、十三年前までがピークだったのかもしれない。実際、父も母も万佑子ちゃんの行方不明を機に、どっと老け込んだ印象がある。

かといって、私は母親寄りの顔ではない。祖母も母も私が祖母の姉に似ていると言っていたが、もう亡くなっているうえに、若い頃の写真が残っていない人を挙げられても、何のフォローにもならなかった。

私は本当はこの家の子どもではないんじゃないか。密かにこんなふうに考えていたこともある。ある日、突然、本もののお父さんとお母さんが迎えにきたら、私はどうするだろう。そんな想像もした。そういう時の両親は、シャンプーのＣＭに出てくる俳優夫婦だったため、私は泣きながら今の家族に別れの言葉を告げながらも、家を出た途端に喜んで新しい両親についていっていた。こんな空想、子どもなら誰でも一度はするものだ。

だからこそ、〈まるいち〉のおばさんの言葉が嬉しかった。

顔の似ていない仲良しきょうだいなど、珍しくないのだと。

トイレットペーパーの銘柄が書かれた大きな段ボールを家に持ち帰り、ロープやナイロンの敷物、小さなござといったシェルターの道具になりそうなものを、母に内緒でごそごそと探していると、万佑子ちゃんに何をしているのかと訊かれた。子ども部屋に段ボールを置いていたのだから、気付いてくださいと言っているようなものだ。

シェルターのことは仲間内で、家の人には内緒にしようと決めていたが、大人にはそうでも、万佑子ちゃんには隠す必要はないと思った。裏山では万佑子ちゃんと同学年の子たちも遊んでいたから知っている子はたくさんいたし、なんといっても、私たちは仲良しきょうだいなのだから。

――おもしろそう！

シェルターのことを打ち明けると、万佑子ちゃんは目を輝かせて言った。ちょうどその頃、万佑子ちゃんが『トム・ソーヤの冒険』を読んでいたことも、興味を抱かせる後押しをしたのだろう。

万佑子ちゃんは具体的にどんなふうに作るのかと訊いてきた。頭の中に描いているイメージを上手く伝えられずにいると、私が集めた材料を見て、ロープがあった方がいいかもしれないとか、傘を使ったらどうだろうといったアイデアを出してきた。そして、万佑子ちゃんは絵まで描き、一緒に作りたいと言った。当然、大歓迎だ。

万佑子ちゃんのイメージ画を見ていると、それはもうかくれんぼ用のシェルターではなく、二人の秘密基地のようで、一刻も早く作業に取り掛かりたくなったが、翌日は小学校のプール開放日で、皆とそちらに行く約束をしていた。万佑子ちゃんはプールにも行かない。

明後日でもいいよ、と笑いながら万佑子ちゃんは言ってくれたが、私は万佑子ちゃんの笑顔を見ると、胸を締め付けられるような気分になっていた。下がった右目の目尻がピンク色にぷっくりと残った傷痕と同化して、さらに下がったようになり、笑顔ではなく、泣き顔に見えてしまうからだ。

皆がプールに行っているあいだに万佑子ちゃんと一緒にシェルターを作り、次の日にあっと驚かせるのもいいかもしれない。私は万佑子ちゃんに二人だけで神社の裏山に行くことを提案した。

それが八月五日だ。

本来なら、外で遊ぶのは涼しい午前中がベストだ。しかし、私たちの通う小学校では、午前中は自宅学習にあてるよう、子どもだけでの外出を禁止されていた。ラジオ体操が終わればすぐに帰宅し、遊ぶのは午後になってからだ。そんな決まり事など無視をして午前中から遊んでいる子たちもいたが、小学一年生、初めての夏休みからルール違反できるほど、私の神経は図太くなかったし、近所の同級生も素直な子たちばかりだった。

読書感想文は万佑子ちゃんが読んでくれたお話にしようかな、と作文用紙を机に広げてみたものの、前日に読んでもらった『えんどうまめの上にねたおひめさま』では、少なくとも三度は読んでもらっているのに、作文用紙二枚を埋めるほどの何を書けばいいのかわからず、結局、計算プリントをすることにした。

万佑子ちゃんは七月中にすべての宿題を終わらせていたため、『トム・ソーヤの冒険』を読みながら、時折、私のプリントを覗き込み、間違えているところを指摘してくれた。

昼食は冷やしそうめんだった。それほどおいしくない給食が恋しく思えるほど、ほぼ毎日続く定番メニューだったが、その日に限っては万佑子ちゃんと二人、競争するかのように平らげ、出かける準備をした。

段ボールやござを抱えて出て行こうとする万佑子ちゃんと私を見て、母はさすがに、どこに行くの？　と訊ねてきた。万佑子も一緒に行くの？　と心配そうな顔をして。

——神社の裏山でピクニックをするの。

万佑子ちゃんは元気そうな声で答えた。

——あら楽しそうね、でも、あまり日にあたっちゃダメよ。

母は万佑子ちゃんの前髪をかき上げるように頭をなでると、水筒を持って行った方がいいんじゃないの？　と台所へ行って、私と万佑子ちゃんの水筒に冷たい麦茶を入れてくれた。プールに行く日以外で、母が水筒を用意してくれたことなど初めてだった。

そんなに万佑子ちゃんが心配なら、外出すること自体、反対すればよかったのだ。理由は何とでも言えたはずだ。今日みたいに暑い日だとまた熱が出るわよ、とか。いっそ、結衣子はまだ宿題が終わっていないでしょう、と私を使ってくれてもよかった。

また、あのときああしていれば、だ……。過ぎてしまったことはどうにも変えることはできないというのに。

母は私たちを引き留めることなく、玄関まで見送ってくれた。大きな荷物を持っているのだから、車に気をつけなきゃダメよ。喉が渇く前にお茶を飲むのよ。途切れることのない注意事項の中に、知らない人についていってはダメよ、というのはなかった。一人で行動してはダメよ、というのも。

いつもの習慣で、運動帽をかぶっていた私を見て、母は万佑子ちゃんが帽子をかぶっていないことに気が付いた。下駄箱横のフックから帽子をとり、万佑子ちゃんにかぶせてあげた。ピンク地に白い水玉模様のリボンのついた麦わら帽子。

万佑子ちゃんにとても似合っていた帽子だった。

目を覚ますと、見慣れぬ白い天井が見えた。背中にバネの感触を覚える薄いマットの簡易ベッドに、何度も洗濯を繰り返したような水色のタオルケット。三豊駅構内の救護室だった。白衣の女性によると、四番のバス乗り場前で貧血を起こして倒れた私を、ここに運んでくれたのは姉とその友人だという。

「こちらは付き添いをお願いしたんですが、病院の時間に間に合わなくなるからということで、二十分ほど前に出て行かれました」

白衣の女性はどこか申し訳なさそうにそう言うと、証拠を示すように「救護室利用者名簿」と書かれたファイルを開き、姉の署名を見せてくれた。

安西《あんざい》万佑子。丸みのない男性が書くような整った文字に見憶えがあった。

姉は書道教室に通った経験はないのに、中学の三年間、秋の市民展に、各学年代表三名中の一人として毎年選ばれていた。母は市民展を見に行くたびに、文字は体を表すというものね、と言いながら誇らしげに姉の書に見入っていたが、それを傍で聞いている私としては複雑な心境だった。

私の書が代表に選ばれたことは一度もない。それどころか、母から、半紙がもったいないような字ね、とまで言われたことがあったのだから。姉にどうすればきれいな字が書けるのかと訊ねたことがある。

――どうって言われても、文字なんて単なる直線と曲線の組み合わせなんだから、上下左右のバランスを意識しながら書けばいいだけじゃない。センスの問題ではなく、比率を考えればいいのよ。

姉はその場にあった紙と鉛筆で、安西結衣子、と私の名前を書いてくれた。整ってはいるが、やはり文字でしかなく、そこから姉の感じる私の姿が浮かび上がってくることはなかった。ただ、文字に対する考え方は、幼い頃から私が感じていたのと同じだと気付き、とまどった。それ以来、姉の前では極力文字を書かないよう努めた。

鉄分をしっかり取るように、と何度も聞いたことがあるアドバイスを受けて、救護室を後にした。

午後三時二十分、これから母の入院している県立病院に向かっても、遅くとも四時前には確実に到着するはずだ。しかし、姉は私を残して出て行った。面会時間というのは、それほど早い時間に終了してしまうのだろうか。平日だというのに、四時で間に合わなくなるのでは、仕事をしている家族など、困る人はたくさんいそうなのに。

病院の時間というのは、姉の言い訳かもしれない。

私が貧血で倒れることなど、今に始まったことではない。真っ黒に日焼けするほど外で遊んでいた私は、自分の取り柄は健康なことくらいだと思っていた。実際、風邪をひくことも滅多になかったし、小学校でインフルエンザや腸炎などが流行っても、私は常に登校組の側にいた。

そんな私が小学六年生の初夏のある日、朝礼の最中に突然倒れてしまったのだ。それほど暑かったという憶えはない。何が起きたのかよくわからなかった。目を開けているのに両方の瞼を指でギュッと押さえ付けられているような圧迫感に襲われ、目の前が真っ暗になり、それを堪えていると、ふっと頭の中が真っ白になり、体の力ががくりと抜け、意識が遠のいていった。

母と二人で病院に行き、血液検査をしてもらうと、ヘモグロビン値が低いと言われ、鉄分を食事でしっかり摂取するようにと指導を受けた。母は不本意だと言わんばかりに、ちゃんと栄養の取れる食事を作っていることを主張したが、体質の問題もあると言われ、どうにか納得したようだった。

それ以降、お母さんのせいにされるのよ、と牛乳を毎日五〇〇ミリリットル飲むことを義務付けられたり、二日に一度は夕飯の食卓にレバーがのぼるようになった。牛乳もレバーもあまり好きではなかったため、食事の時間は我慢大会と化してしまったが、自分が貧血持ちであることはどこか嬉しくもあった。

万佑子ちゃんとの共通点を初めて見つけられたのだから。

万佑子ちゃんの体の弱さは貧血に起因するものではなかったかもしれないが、自分にも万佑子ちゃんと同様、体の弱いところがあると思えることが嬉しかった。

やはり、私と万佑子ちゃんは本ものの姉妹なのだと。

回復したことを伝えるため、携帯電話を出した。お姉ちゃん、で登録している番号に電話をかけるが、数コール後に、電源を切っているか電波の届かないところにいる、という案内に切り替わった。

私を救護室に残していったり、電話が繋がらなかったり、姉は私を避けている。そんな疑心が湧き上がってくるが、単純に考えれば、姉は今病院にいるのだ。教師からの覚えも良かった極めて常識的な姉は、病院内でのルールを守っている。それだけのことだ。

決して、連れの友人を私に会わせないため、ではないはずだ。

これからバスで家に帰るというメールを送り、四番を通り過ぎて、六番のバス乗り場へと向かった。

実家の最寄りのバス停〈大滝神社口〉は、〈まるいち〉の前にある。実家のある住宅地〈スプリングフラワーシティ〉へは、県道をバスの進行方向に十分かそこら歩く。

午後四時十五分。〈まるいち〉の店先は買い物客で賑わっている。五年ほど前に代替わりをして、息子さん夫婦が店に立つようになり、店舗も改装されておしゃれなたたずまいとなっている。無農薬野菜をはじめ、自然派食品の品揃えが充実しており、国道沿いのスーパー〈ホライズン〉との棲み分けもできているようだ。

ここでしか買えない味噌や醬油があるらしく、〈ホライズン〉派だった母もここ数年、〈まるいち〉と半々で利用するようになっていた。そうなると、私がおつかいを頼まれることもなく、代替わりしてからの〈まるいち〉から私の足は遠のいた。

もしも、もっと早く代替わりをしていたら。あの頃も店が賑わっていたら。そもそも、〈ホライズン〉ができていなければ……、万佑子ちゃんの目撃情報はもう少しあったのではないか。人目が連れ去りの抑止力となったのではないか。

日はまだ高い。バスの中でも寝たので、体調はすっかり回復した。急いで帰る必要はない。体が自然と神社の方に向いた。久しぶりに行ってみようか。

万佑子ちゃんと最後に遊んだところへ。

〈まるいち〉から大滝神社に向かうには、〈まるいち〉の正面から県道と直角に延びている大滝山に向かう参道と呼ばれる一本道を進む。舗装はされているが、乗用車がぎりぎりすれ違えるくらいの細い道だ。両脇は一面、あの頃は田んぼが広がっていたが、〈まるいち〉が改装されたのと同時期から、田んぼは造成地となり、新築の家が建っていき、今では中林町の中では最大規模の住宅地となっている。

視界の内に田んぼはない。

両親の結婚を機に建てられた私の実家は、近所の人たちからよくモダンとかおしゃれとか言われていたが、びっしりと立ち並ぶ新しい家を見ていると、一昔前の古臭いデザインになってしまったなと思えてくる。これらの家があの当時から建っていれば、いや、関係ない。

あの日、万佑子ちゃんの姿を最後に見たのは〈まるいち〉のおばさんだったのだから。万佑子ちゃんが行方不明になったのは、参道上ではなく、県道に出てからだと言える。ならば、家があろうがなかろうが関係ない。むしろ、県営住宅がこの道沿いにあってくれたら、とも思うが、すべてが過ぎた出来事だ。

あの頃は〈まるいち〉から神社まで、二十分ほどかかるような印象があったが、その半分も経たないうちに大きな石の鳥居が見えてきた。こんなに短い距離だったのだろうか、と歩いてきた道を振り返ってしまう。

長く感じるのは、この道を気が遠くなるほど往復したからだ。

八月五日、午後――。

万佑子ちゃんと始めたシェルター作りは、思いのほか難航した。

松の木に立てかけた段ボールをロープで固定する、と計画は立てていたが、実際に段ボールの角を松の幹に合わせてロープで斜め掛けに結んでも、すぐに外れてしまうし、一ヵ所外れると、なし崩しに他の角も外れ、切り開いた大きな段ボールは倒れて、一からやり直すことになってしまう。

ロープよりもガムテープの方がよかったかもしれない、という万佑子ちゃんの提案を受けて、私が一人で家にガムテープを取りに帰ることになった。母はますます訝《いぶか》しげな表情で、どこで何をしているのかと訊いてきたが、万佑子ちゃんに頼まれた、と言うと、暑いのだからあまり無茶をしないように、と私に使いかけのガムテープと百円玉を三枚持たせて送り出してくれた。

途中、〈まるいち〉に寄り、アイスクリームを二つ買った。パナップのストロベリー味とグレープ味だ。おばさんに、お姉ちゃんはどうしたのかと訊かれた。

神社の裏山にシェルターを作ることがバレては困ると、万佑子ちゃんも私も段ボールで顔を隠すようにして店の前を走り抜けたのに、おばさんには気付かれていたようだ。そもそも、段ボールはおばさんからもらったものだった。

とはいえ、ガムテープ云々まで説明する必要はない。今日は二人で神社で遊んでいて、私だけがアイスを買いにきたのだと答えた。一度、神社に戻って万佑子ちゃんと一緒に買いに来ることも考えたが、何度も引き返すのは面倒だったし、万佑子ちゃんの好きなアイスクリームもちゃんと知っていた。

――お姉ちゃんと遊べて、よかったねえ。

おばさんはそう言って、アイスクリームを入れたレジ袋の中に飴を二つ入れてくれた。いつもと同じコーラ味だった。

おばさんにお礼を言って神社の裏山に戻ると、何と、目の前には段ボールの壁ができあがっていた。開いた段ボールの四隅に穴をあけ、そこに通したロープで二本の松の木に固定されていたのだ。

――バア！

感心して見入っていると、段ボールの後ろから万佑子ちゃんが得意げに顔をのぞかせた。

――あとは、シートをつけるだけ。

万佑子ちゃんは段ボール上側の角二カ所から出ているロープにビニルシートの角を固定させるのだと説明してくれた。しかし、ロープはもうない。私はリュックからガムテープを取り出したが、万佑子ちゃんは私が手にしていたレジ袋に目をとめた。

ビニルシートは付属のペグで固定できるタイプのもので、角に金具付きの丸い穴があった。そこに裂いたレジ袋を通してロープに固定し、残った二つの角を私と万佑子ちゃん、それぞれで持ち、ぴんとシートを張って、ペグで地面に固定した。あとは、屋根の下の地面にござを敷けば完成だった。

万佑子ちゃんは何でもできるのだ、と興奮した私は、万佑子ちゃんにまとわりつきながら、すごい、すごい、と繰り返した。万佑子ちゃんは謙遜などしなかった。

――だって、わたしはお姉ちゃんだもん。

胸を張ってそう言い、入ろう、と出来たばかりのシェルターの中に手を引いて促してくれた。

ござの上に二人並んで座り、アイスを食べた。私がグレープ味、万佑子ちゃんがストロベリー味だ。〈まるいち〉のおばさんにもらった飴は互いのポケットに一つずつ入れた。

——秘密基地だね。

——うん。ここに泊まったらおもしろそうだね。

アイスを食べ終えた万佑子ちゃんはそう言って、ごろんと横になった。私も万佑子ちゃんの隣に寝転んだ。背中にごつごつとした石の感触があり、ここで一晩寝るのは無理だなと思い直した。本もののお姫さまかどうかを試すためのベッドがこれなら、私でも合格するに違いない。

——『えんどうまめの上にねたおひめさま』ってこんな感じだったのかな。

万佑子ちゃんが上を向いたまま言った。同じことを考えていたことが嬉しくて、それを伝えようとしたが、タイミング悪く邪魔が入った。私の同級生たちが、プールを終えて神社にやってきたのだ。

昨日までなかったシェルターができていたことに驚き、しかし、皆、おそるおそる近寄ってきたらしい。あまりにも立派すぎて、大人が作ったと勘違いし、不審者が潜んでいるのではないかと。

そんなドキドキする気持ちと、私と万佑子ちゃんがこれを作ったという驚きが相まったのかもしれない。半時間ほど前に私が上げたのと同じ歓声が飛び交い、皆が順に、結衣子ちゃんはいいなあ、とうらやましがってくれ、明日は自分たちもこれに負けないものを作ろうと意気込んでいた。その勢いで、神社の境内で缶けりかだるまさんが転んだをして遊ぼうということになったのだが。

――結衣子ちゃん、疲れたからもう帰ろう。

万佑子ちゃんが言った。赤く染まった頬は日焼けした私の頬よりも薄い色をしていた。それでも、私は一緒に帰るべきだった。しかし、私にはまだ遊びたいという思いがあったし、何よりも、私たちが帰った後に、皆が勝手にシェルターに入るのではないかと気になって、残って遊びたいと万佑子ちゃんに伝えた。

――あんまり遅くなっちゃダメだよ。

万佑子ちゃんは疲れた顔に笑みを浮かべてそう言うと、シェルター作りに使ったはさみやガムテープを自分のリュックに入れ、アイスクリームのゴミを持って鳥居の外に出ていった。

それが、私が最後に見た万佑子ちゃんの姿だ。

第二章　失踪

実家に到着した。バッグから鍵を取り出して、玄関のドアを開ける。

バイト仲間の沙紀ちゃんは人口約七千人の中林町と同じくらいの規模だと思われる田舎町出身で、休憩時間に田舎ならではのエピソードを披露されては、驚いたり感心したりするよりも、あるある、と頷くことがよくあった。近所の人たちに情報が筒抜けであるとか、道ですれ違った知らないおばさんから名前を呼ばれてびっくりしたとか。

私も〈まるいち〉のおばさんから、お使いに行くたびにお菓子をもらっていた話をすると、沙紀ちゃんにも似たようなエピソードがあり、どこの田舎も同じなのだと嬉しくなっていたのだが、一つだけ、同意できないことがあった。

——一日中、鍵を開けっ放しだから、近所の人が勝手に出入りしてたりするんだよね。おすそ分けの野菜や果物が普通に、玄関を上がったところに置いてあったり。

家に鍵をかけないなんて、とんでもない。喉元まで出かかった言葉を飲み込んだ。

物心ついた頃から、我が家では隣の家に回覧板を持っていく際も、庭に出る間でさえも、玄関に鍵をかけるよう母から言われていた。泥棒は一瞬の隙を狙ってくるのだから、と。そのため、私も万佑子ちゃんも母親が専業主婦だというのに、小学校に上がる前から自分専用の鍵を持たされていた。二人お揃いのキャラクターの入ったストラップ付で、外出時に忘れずに持ち出せるよう、下駄箱横のフックにかけてあった。

外に出るときだけではない。家に入ったあとも、施錠を忘れてはならない。

家の中に人がいるのになぜ鍵をかけなければならないのかと、万佑子ちゃんが母に訊ねたことがある。泥棒は人がいてもおかまいなく入ってくるからよ、と母は答えた。むしろ、そっちの方が怖いでしょう？　と言われ、刃物を持った不審者が突然部屋に入ってくるのを想像して、身をすくめた憶えがある。

何せ、我が家にはダイヤモンドやサファイアの指輪があるのだから。

しかし、外から帰ってきた際、毎回、自分で鍵を開けていたわけではない。大概の場合は母か万佑子ちゃんが中にいたので、インターフォンを鳴らして開けてもらっていた。一人で家に入るよりも、玄関まで迎えに出てきてもらう方が好きだという単純な理由からだ。

あの日も、インターフォンを鳴らした。いつもと同じ行動だが、少し事情が違うのは、私は鍵を持っていなかったということだ。母は外から見えないように、首からかけた鍵を服の内側に入れるよう、私たちに言っていた。重ね着をする季節ならお安い御用だが、夏場はTシャツ一枚の内側に鍵を入れると、素肌に当たって気持ち悪い。家を出たあとに首から外してポケットに入れては、そのまま洗濯され、母から叱られることもしょっちゅうあった。

そのため、万佑子ちゃんと一緒なのをいいことに、私は鍵を持たずに家を出たのだ。

インターフォンを鳴らすと、スピーカーごしに母の声が返ってきた。

——ごめんね、今、天ぷらを揚げているから手が離せないの。

その段階でおかしいと気付かなければならなかった。しかし、私はそれでは困るのだともう一度インターフォンを鳴らしただけだった。

——鍵を持ってないから開けて。

仕方ないわね、とつぶやく声がして、一、二分経ってからようやくドアが開けられた。

——二人して鍵を忘れるなんて。おかえり……。

エプロンで手を拭いながら母はこちらを見て気が付いた。

——あら？　万佑子は？

これが、事件発生の合図だった。

——先に帰ったよ。

万佑子ちゃんが帰宅していたら、母が気付かないはずがない。玄関に万佑子ちゃんの靴はなかったし、フックにも鍵は私の分、一つしかかかっていなかった。

一時間くらい前だと伝えると、母の顔色が変わった。それでも、母は初めに家の中を捜した。二階に駆け上がり、万佑子ちゃん？　と呼びながら子ども部屋のドアを開けたが、万佑子ちゃんの姿はなかった。

押入れの中も確認した。羽根布団の件もそうだが、物語に感化されやすい万佑子ちゃんは、押入れやクローゼットの中に隠れては、そのまま寝てしまうことが何度かあったからだ。トイレをノックしても返事はない。ゆっくり開けてみても、万佑子ちゃんはいない。母は夫婦の寝室に入り、部屋全体を見渡すと、羽根布団を勢いよくめくった。そこにも万佑子ちゃんの姿はなかった。

客間、押入れ、階段下の収納庫、ドアや扉を開けるごとに、バン、ピシッ、バシッ、と母の不安を表すように音は激しくなっていき、後をついて回る私の胸も高鳴っていった。一階のトイレはノックもせずに開けたし、洗面所の戸棚や浴槽の中まで確認したが、万佑子ちゃんの姿はなかった。キッチンの床下収納など、そんなところに百パーセントいるはずがないだろうと思う場所も、母は万佑子ちゃんが身をひそめることのできるスペースを隈なく調べていった。

どうか家の中にいますように、と願わずにはいられなかったのかもしれない。

家の中の確認をすべて終えると、母は足を止めることなくサンダルをひっかけて外へ出た。庭とカーポートを捜しても、万佑子ちゃんの姿はなかった。母の車の中にもだ。

万佑子、万佑子、と呼ぶ母の声を聞いてか、斜め向かいの池上さんが玄関から顔をのぞかせて、どうかしたんですか？　と母に訊ねた。

――一時間も前に帰ってきているはずなのに、姿が見えなくて。

池上さんは、まあ、と声を上げて一度家の中に戻り、運動靴を履いて出てきて、捜すのを手伝うと申し出てくれた。アスファルトの道路につま先を軽く叩きつけるのを見て、母も自分の足元がこれではいけないと気付き、慌てて家の中に駆け込んだ。私だけがぼんやりと二人の大人を見ていたと思う。真夏の六時過ぎはまだ明るく、いないのが私や近所の他の子ならどこかで道草でもくっているのだろうと、それほど心配されなかったかもしれない、と。

家の近辺や〈スプリングフラワーシティ〉内は池上さんが捜してくれることになった。

池上さんに、お願いします、と頭を下げた後、いきなり母が振り向いた。

――結衣子！

万佑子ちゃんのことで頭が一杯で、私などまったく視界に入っていないと思っていたので、突然の呼びかけに心臓がキュッと縮み、ヒャイだか、ファイだか、裏返った声で返事をしてしまった。

——どこで遊んでたの？

——神社……。

私のせいで万佑子ちゃんがいなくなったと責められているようで、泣き出したくなるのを我慢しながら声を振り絞って答えた。

〈スプリングフラワーシティ〉の入り口から県道までは約百メートル、住宅街を通り抜けて他の道に出ることはできないため、どこに行くとしても絶対にこの道を通ることになる。

万佑子、万佑子、と母は左右を遠近それぞれ見回し、声を張り上げながら歩いていった。私も母の後ろをついて行きながら、万佑子ちゃん、と一度だけ呼んでみたが、普段、話しかけるときよりも小さな声しか出なかった。道行く人の中には訝しげにこちらを振り向く人もいたが、母はまったく気に留める様子もなく、うちの万佑子を見かけませんでしたか？　と知らない人にも訊ね、手がかりがないと解ると、また名前を呼びながら歩き出す。

隠れているのなら出ていらっしゃい、そんなふうに。

県道に出ると、右手に曲がった。国道や町の中心部へ向かう場合は逆方向に進む。途中に住宅街や田んぼへ分岐する道はいくつかあったが、母はそちらには気を留めず、県道をまっすぐ行った。小学校に向かう道との分岐点で、六年生のなっちゃんたち三人組とすれ違った。小学校の体育館でバレーをしていたという三人に、母は万佑子ちゃんを見かけなかったかと訊ねたが、三人とも首を横にふるばかりだった。

お茶の水女子大学を目指すなっちゃんは、一緒に捜す？　と他の二人に振り返り、二人も頷いてくれた。しかし、母は丁寧に断った。お家の人が心配すると困るから、と。それでもなっちゃんたちは、じゃあ、帰るまでのあいだに捜してみるね、と母に言い、県道を渡って県営住宅の方へ向かう脇道に逸れていった。

母と私は再び県道を進んだ。十分も経たないうちに、左右どちらも田んぼばかりの景色となり、母は名前を呼ぶよりも、道路脇の用水路を覗き込むなどしながら、神社へと急いだ。

神社へ向かう道との分岐点に着くと、〈まるいち〉のシャッターはすでに降ろされた後だった。リニューアルしてからの閉店時間は午後八時だが、当時は六時半だった。〈まるいち〉は日中からそれほど賑わっているわけではないのに、店が閉まっているだけで、まったく人気のない寂しい場所に感じ、胸がざわついた。

万佑子ちゃんは寄り道をしたり、倒れたりしているのではなく、どこかへ連れ去られてしまったのではないか。山姥が……。

そんなことは口にできず、辺りを窺いながらも早足で進む母の後ろを、ただひたすら付いていった。誰にも、自動車にもすれ違わないまま、神社に到着した。母が私を振り向いた。訊かれる前に、昼過ぎにやってきたときには二人だけでシェルターを作っていたことを説明し、裏山に案内した。

シェルターの中に万佑子ちゃんがいたらいいのに。一度は神社を出たものの、せっかく作ったシェルターをもっと楽しみたいと、こっそり戻って寝転がっているうちに熟睡してしまった、とか。半ば無理やりそんな想像をしながら、シェルターに近付いた。

段ボールの壁も、ビニルシートの屋根も、完成したままの形であった。

こんなものを、と母はあきれたように言って、松の木の根元に足を取られないよう、そろそろとシェルターの前まで行き、中を覗き込む前に声をかけた。

——万佑子、万佑子ちゃん！

しかし、返事はなかった。日中よりも気温は下がっているとはいえ、じっと立っていると鼻の頭に汗が滲んでくるほどまだ暑かったのに、なぜか、シェルターの中はとても冷たいのではないかと感じた。体温を感じない、人の気配を感じない、がらんどうの冷たい場所に。

意を決したように母は段ボールの壁の脇にまわり、中を覗いた。そして、大きく息をつき、私に向き直った。

——それから、どうしたの？

万佑子ちゃんがいなかったのに、母が少し安心したように見えたのは、母はいないことよりも恐ろしい想像をしながらシェルターを覗いたのではないかと、今になって思う。私は万佑子ちゃんとシェルターの中でアイスを食べて、寝転がっているところに、私の同級生が三人やってきて、皆で遊ぶことになったことを伝え、母と境内まで戻りながら、同級生の名前や皆がプールに行っていたことなどを話した。

——ここに座ってみんなで何をして遊ぶか決めていたら、万佑子ちゃんが、疲れたからもう帰ろう、って……。

言葉を切ってしまったのは、私が一緒に帰らなかったことを、母に叱られると思ったからだ。実際、母は「ど」と声を上げたが、それをかき消すように首を振って言った。

――どっちに、お姉ちゃんは曲がったの？

母が言いかけた「ど」とどっちにの「ど」は別物だったはずだ。どうしての「ど」だったのではないかと思うが、姉と一緒に帰らなかったのを責められることは、その後もなかった。

それよりも、母の質問の意味が最初、よく解らなかった。

あっち、と〈まるいち〉の方向、つまり母と歩いてきた方を指さした。鳥居を抜けた姉がそちらへ向かう後ろ姿も鮮明に脳裏に焼き付いていた。母は私が指さす方に足を進め、鳥居を抜けた。が、すぐに、来た道を引き返そうとはせず、逆方向へ目をやった。細い一本道は神社を過ぎるとさらに細くなり、大滝山に向かうゆるいのぼり坂のカーブとなって見えなくなる。

――こっちにずっと行くとどうなるの？

――ここは県道ができる前に使われていた旧道で、狭いし、舗装されてないし、カーブだらけだけど、大滝山を越えて福原市のはずれに抜けることができるのよ。

福原市とは県内で二番目に人口の多い大きな街だ。参道は山姥の隠れ家があると噂されている大滝山の麓辺りで行き止まりになると勝手に思い込んでいたが、まさか別の町に、しかも、ＪＲの路線図で見れば隣の隣にあると思っていた市と繋がっていたとは。

姿の見えない万佑子ちゃんを心配しながら、それでも自分の活動範囲内にいることを想像していた。小学校の校区内。子どもだけで校区外に出てはいけないという決まり事もあった。それに違反するとして、遠くても約三キロ離れた国道沿いのスーパー〈ホライズン〉まで。さらに範囲を広げても、中林町内。

母と来た道を引き返しながらも、ずっと逆方向が気になっていた。しかし振り返るのは恐ろしく、まっすぐ前を向いて歩いていると、数十メートル先の、〈まるいち〉前の停留所にバスが停まるのが見えた。制服を着た高校生が数人降りてきた。なっちゃんが目指している三豊駅の近くにある女子高の制服だと思い、気が付いた。

もしも、万佑子ちゃんが車に乗せられたとしたら、新幹線で県外に連れていかれることもあり得る。

そんな疑念など、母には、神社やそこに着くまでの路上に姿がないことを確認した段階で色濃く生じていただろう。いち早く別の場所を捜したいと思っていただろうし、警察に捜索願を出すことや、父や実家の両親に連絡することも考えていただろう。

十三年前、我が家では父だけが携帯電話を持っていた。同じ機種同士でカタカナ数文字をやりとりできる程度のメール機能が付いたものだ。母も夕食時などに購入しようかと話してはいたが、周りの主婦仲間がまだ誰も持っていないことを理由に見送っていた。

家の電話の確認もしたかったはずだ。留守番電話に、万佑子ちゃんが病院に運ばれた、と連絡が入っている可能性がある。もっと恐ろしいメッセージも……。

バッグの中で携帯電話が鳴った。姉からのメールだ。

『貧血、大丈夫？　付き添えなくてごめんね。友だちと一緒に晩御飯を食べて帰るから、ちょっと遅くなるかも。よかったら、冷蔵庫の中のお惣菜、食べちゃって。パパ用だけど多めに作ってるから大丈夫。冷凍庫にアイスも入ってるよ』

『ありがとう』

絵文字もつけないそっけない返信をして、電話をダイニングテーブルの上に置いた。食欲はあまりない。台所に行き、冷凍庫を開けると、種類の違うアイスクリームが五つ並んでいた。新発売のものが三つ。あとは、パナップのストロベリー味とグレープ味が一つずつだ。グレープ味は私が帰ってきたとき用に買っておいてくれたのだろうか。

自分ではしばらく買っていない。パナップのグレープ味を取り出した。木匙が見当たらないので、食器棚の引き出しからデザート用スプーンを出す。パナップの良さは、パナップ用の長い木匙がもらえるところにあるのに、と残念に思いながら、子どもの頃と考えることはまったく同じなのだな、とあきれてしまう。

ダイニングテーブルにつき、蓋を開けると、アイスクリームの表面をスプーンでこそげるようにすくった。バニラアイスとソースをきちんと一度にすくえる、万佑子ちゃん式の食べ方だ。小さい頃、私はカップの縁からスプーンを縦につっこむようにしてバニラアイスだけをすくい、後半に、三本できたソースのタワーを少しずつ崩していくという、おかしな食べ方をしていた。二十歳をすぎてやってみようと思える食べ方ではない。

幸い、今では、ソースの配置が横向きの層状に変わっている。カップの大きさも少し小さくなったように感じる。模様も何度かリニューアルされているが、ストロベリー味はピンク色、グレープ味は紫色が主体というところは同じだ。

万佑子ちゃん捜索の最初の手がかりは、このアイスクリームのカップだった。

神社から家に向かう母の歩く速度は徐々に上がっていき、私はほとんど走るような勢いで後ろを必死についていった。そのために息が上がり、参道から県道に合流した際、正面にあるシャッターの降りた〈まるいち〉の端にある自動販売機に目がとまった。しかし、ジュースを買ってほしいと頼むことはできない。

物欲しそうに自動販売機を見ていることに気付かれないよう目を逸らしたときだ。

――ママ！

声を上げると、母が足を止めて振り返った。

――どうしたの。

いらいらとした口調で問われ、少し怖気づきながら、私は自動販売機横のゴミ箱を指さした。金網状の蓋のない大きなゴミ箱は道路を挟んでも中に捨てられているものが見えた。燃えるゴミと燃えないゴミの混ざったゴミ箱の中、手前の上側に見覚えのあるものがあった。

――アイスのカップ。

二人で道路を渡り、母がゴミ箱を覗き込んだ。パナップのグレープ味のカップにストロベリー味のカップを重ね、その中に長い木匙が二本差しこまれた状態のゴミがあった。

私はそれを指さして、母にもらったお金でこれらのアイスを買い、神社で万佑子ちゃんと食べ、ゴミは万佑子ちゃんが帰り際に持っていってくれたことを話した。

――間違いないのね。

母に問われ、もう一度、ゴミ箱を確認した。長い二本の木匙がカップの中心に固定されるように立っているのは、カップの中に、蓋だけでなくレジ袋の切れ端も入っていたからだ。シェルターの屋根を固定するために、ロープ代わりに万佑子ちゃんが袋を裂き、残ったものを丸めてスカートのポケットに押し込んでいたのを思い出した。

私は、絶対に、の意味を込めて、大きく頷いた。

母は自動販売機のすぐ横、鉄筋二階建ての〈まるいち〉の細い外階段を上がっていった。階段を上がりきった二階に玄関ドアがあり、「丸谷《まるや》一雄《かずお》」と表札が出ていた。母がインターフォンを押すと、〈まるいち〉のおばさんが出てきた。おばさんは母を見て、誰だっけ？　というふうに少し眉を寄せ、後ろに立っている私を見て、ああどうも、と母に笑顔を向けた。

――何か買い忘れでも？

おばさんは私たちが店を開けてほしいと頼みに来たと思ったようだ。

――すみません、買い物じゃないんです。うちの万佑子を見かけませんでしたか？

――万佑子ちゃんなら、夕方頃、来たよ。

――お店に？　何時頃ですか？

すがりつくように訊ねる母に、おばさんも、ええと……、としっかり思い出そうとするような顔つきで腕を組み、万佑子ちゃんが来たときの様子を話してくれた。

――確か、五時頃だったと思うんだけど、万佑子ちゃんが店の入り口から顔をのぞかせて、飴をありがとうございました、ってわたしに手を振ってくれて、帰っていったよ。

おばさんは組んでいた腕を解き、顔の横で両手を広げてひらひらと振りながらそう言った。万佑子ちゃんは祖母の家から帰るときなども、そんなふうに手を振っていた。

――飴？

おばさんに訊き返す母のブラウスの裾を引き、アイスクリームを買った際に、おばさんが飴をおまけしてくれたことを口早に説明した。

——そんなことはちゃんと……。

報告しなきゃダメでしょ、と続けたかったのだろうが、それどころではないと気付いたのだろう。おばさんに向き直り、万佑子ちゃんが店からどちらに向かって行ったかを訊ねたが、おばさんもちょうどレジ打ちをしている最中だったので、気を付けて、と声はかけたものの、あまりしっかりと万佑子ちゃんの方を見ていなかったと、申し訳なさそうに言った。

——お店にいた人でどなたか覚えていないでしょうか。

母の切羽詰まった様子が伝染したかのように、おばさんはおろおろしながら、確かどこそこの誰それさんと、と開いたままの玄関越しに宙を見つめて思い出そうとしていた。が、日が落ちかけた空の色に気付いたのか、ハッと真顔に戻って言った。

——お店のお客さんで思い当たる人にはわたしから聞いておくし、お父さんとこの辺りも捜しておくから、家の辺りをもう一度捜してみた方がいいんじゃないかい？　もしかしたら、もう帰っているかもしれないし。

母は、お願いします、と頭を下げて階段を駆け下りた。ゴミ箱からアイスのゴミを取り上げ、それを持ったまま、県道を我が家の方に向かっていった。

万佑子ちゃんは神社から〈まるいち〉までやってきて、アイスのゴミを捨て、店の中を覗き、おばさんに飴のお礼を言った。その後、どちらへ行ったのかは、それから一時間後くらいに手がかりを得ることになる。

県道を進み、小学校への分岐点辺りで、同じ〈スプリングフラワーシティ〉に住む、山野《やまの》さんのおじさんとおばさんに会った。おじさんは隣保長をしていて、ラジオ体操には毎朝大きなラジカセを持ってきてくれていたので、顔を見るとすぐに誰だか解った。

――万佑子ちゃんは見つかりましたか？

おじさんが母に訊ねた。いいえ、と答えながらも状況が分かっていない母に、おばさんが池上さんから相談を受けて、近所で手の空いている人たちに声をかけて捜してもらっているのだと教えてくれた。二人は通学路を通り、小学校まで見に行ってくれたらしいが、万佑子ちゃんを見つけることはできなかったし、すれ違う子どもたちからも、万佑子ちゃんを見かけたという情報は得られなかったことを話してくれた。

母は泣き出しそうな顔で二人にお礼を言った。私も言うべきだったのかもしれないが、近所の大人たちが捜してくれているということが、大変な事態になっていることをより強調しているように感じてしまい、怖くて何も言うことができなかった。

山野さんたちも母に家に戻るように促したので、母と私は再び家に向かって走った。〈まるいち〉からはずっと走りっぱなしだった。私は万佑子ちゃんを捜すよりも、母についていくのに必死だった。母の背中が遠ざかった瞬間、誰かに後ろからガッと肩をつかまれて、どこかに連れていかれそうな気がしていた。ママ、と呼べば振り返ってもらえる距離にいなければダメだ、と必死になって走っていた。

住宅街まで戻ってきてもなお、私は頭の片隅で山姥が万佑子ちゃんを連れていく姿を想像していたのだ。

家に着くまでのあいだにも、近所の人たち数人とすれ違い、万佑子ちゃんはいましたか？　と訊かれた。田舎町の結束力なのかもしれないが、今から思えば、池上さんや山野さんの人望ゆえではなかっただろうか。

母はお高くとまったところがあり、地域の奉仕活動などは、全員参加と決まったもの以外は出向くことがなかった。回覧板で子ども会の行事のお知らせがまわってきたときも、芋ほりやもちつき大会など私は参加したいと思ったが、母は、子ども会の行事というのは両親が共働きをしていて、なかなか遊びに連れていってもらえない子のためにあるのだ、と言って、万佑子ちゃんや私が参加するのを許可してくれなかった。

単に学童保育と勘違いしていただけかもしれないし、もしくは、小学生以下はたとえきょうだいがいても保護者の付き添いが必要だったので、自分が参加したくないがためにそれらしい言い訳をしていたのかもしれない。

母は息をぜいぜいと言わせながら、声をかけてくれた人たちにお礼を言って、家を目ざした。まだ外灯や懐中電灯のあかりがなくても、すれ違う人の顔を判別できるくらいの明るさだった。

家に近付くと、玄関前に人影が見えた。

——ああ、帰ってきた。

池上さんがそう言って、こちらに手を振った。万佑子ちゃんは？　と訊かれ、母が首を振ると、池上さんもがっかりしたように肩を落とした。

——この辺りはひと通り捜してみたんだけどね。これから、〈ホライズン〉の辺りも車で行ってみようと思うんだけど。

――わたしも！

母は池上さんに飛びつかんばかりの勢いで言った。しかし、池上さんは、いや、とつぶやき、母の肩に手を乗せてゆっくりと訊ねた。

――ご主人に連絡は？

母はハッとしたような顔になり、もう一度、首を横に振った。

――思い当たるところには連絡を入れておいた方がいいんじゃない？　あと、警察にも……。

警察という言葉に私はつばを飲み込んだ。父がときどき見ている刑事ドラマのような場面が頭に浮かんだが、そういった人たちはどこにいるのかわからなかった。学校の川向こうに小さな交番があるが、あそこに連絡するのだろうか、と母の顔を見上げた。

母は険しい顔をして池上さんに頷いた。そして、

――すみませんが、〈ホライズン〉に結衣子も一緒に連れて行ってもらえませんか。

と頼んだのだ。

――万佑子の服装とか、いそうな売り場とか、ちゃんと池上さんに説明するのよ。

池上さんが答える前に私にそう言い、私は母にしっかりと頷いた。

母は家に入り、私は池上さんの車の助手席に乗せてもらい、住宅街を出て、県道を〈まるいち〉や神社と逆方向に進んだ。線香花火の火芯が小さくなりながらもわずかな火花をとばしてねばり続けるように、太陽もいつもより長く山の稜線にとどまってくれていたように感じたが、県道をしばらく走った頃には池上さんも車のライトをつけた。

――オフコースなんて知らないよねえ。

池上さんはそう言って、カーステレオのボリュームを下げてくれた。テレビCMで聴いたことがあると思ったが黙っていた。喫茶店〈金のリボン〉でのアルバイト中に有線放送でごくたまにオフコースの曲がかかることがある。よほど忙しい場合でない限り、このときのことを思い出す。しかし、池上さんと過ごした時間は、緊迫した出来事の最中に唯一、肩の力を抜けたひとときであり、嫌な気分になることはない。

――〈ホライズン〉にいるかもしれないね。うちの子もね、万佑子ちゃんくらいの年のときにいなくなったことがあって……。

池上さんは前を向いたまま、息子さんの話をしてくれた。

――わたしは夜勤に出なきゃならない日で、旦那が帰ってくるまでに夕飯の支度やお風呂の準備をしておかなくちゃってバタバタしていたの。そうしたら、息子の姿が見えなくなってね。居間でテレビを見ていたはずなのにどこ行っちゃったんだろうって、家の中や外もぐるっと捜したけどいなくって。おろおろしているところに旦那が帰ってきて、もしかして〈ホライズン〉じゃないかって言うの。今日はわたしの誕生日だから内緒でケーキを買っておくようにって、旦那がお金を渡して頼んでいたんだって。でも、旦那が二日勘違いしていたから、わたしはそんなこと思いつきもしなくて。二人で行ったら、駐車場の隅っこに座って泣いていたのよ。お金を落としたんだって。……万佑子ちゃんも何かお父さんと約束していた買い物があったのかもしれないよ。

そうだったらいいのにな、と思ったが、誰の誕生日も近くはなかったので黙ったままでいた。

――それか、宿題で足りない道具を思い出して、買いに行ったのかも。絵具とか、工作用のボンドとか。

それはあり得ると思った。宿題の道具ではないが、万佑子ちゃんは家に帰る途中でシェルターをもっとかっこよくできる方法を思いつき、それに必要なものを買いに行ったのではないかと。

冷蔵庫の中には、肉じゃがと春雨の中華炒めが入った大きなサイズのタッパーの他、ほうれん草のおひたしやきんぴらごぼう、ポテトサラダが入った小さいタッパーもきれいに積み重ねられていた。

大学は夏休み中とはいえ、姉はテニスサークルに入っているし、センター街にあるデパ地下のケーキ屋と家庭教師のアルバイトを掛け持ちでやっているそうなので、家をあけることがきっと多く、父がいつ帰ってきてもすぐに食事がとれるよう、こうして常に何種類ものおかずを用意しているのだろう。

もしも、姉と私、逆だったら。県外に出ているのが姉で、私が自宅通学をしていたら。自分一人なら、普段アパートで作っているような、麺を茹でて温めたソースをかけるだけのパスタなどを食べ続けると思うが、父も一緒となるとそうはいかない。二日間なら文句は出ないかもしれないが、三日目の朝、卵くらい焼いてくれ、と言われ、私は焼き具合の定まらないオムレツを渋々作るはずだ。いや、スクランブルエッグか。

母は専業主婦だったせいか、完璧主義者だったからか、料理だけでなく、家事全般を子どもに手伝わせようとしなかった。そのせいにするつもりはないが、私は料理がからきし苦手だ。卵を初めて割ったのも、小六の家庭科の調理実習のときで、割った段階で、ほとんど混ぜなくてもよい状態になっていた。

姉も普段、台所に立つことはなかったが、中学生になってから、休日にときどきクッキーやロールケーキなどのお菓子を作ることがあった。初めて作ったときから完成度は高く、すごいと感じるよりは、この人と私はやはり血が繋がっていないのではないかと、卑屈なまなざしで姉を見ていたはずだ。そんな私の皿に、姉は一番多くクッキーを盛ってくれたし、ロールケーキも分厚いのを乗せてくれた。

その頃、父は自宅に仕事を持ち帰り、書斎にこもっていたし、母はボランティアサークルを立ち上げて、一人暮らしの老人に届ける弁当の献立表などを居間のパソコンで作っていることが多かった。私は、姉が中学生になったのを機に本棚で仕切られた自分の部屋ができ、そこにこもってゲームばかりしていた。特に、池上さんにもらったテトリスに夢中になった。隙間を埋めて、壁を崩すのが心地よかった。そんなバラバラの家族なのに、姉がお菓子を作ると、皆がダイニングルームに集まってきて、姉の学校での話題を中心とした、団欒の時間を持つことができたのだ。タッパーの中の料理はどれもおいしいのだろう。

しかし、姉も私も県外に出ていたら……。山奥の一軒家ではあるまいし、父だって状況に応じて、自分で好きなものを買ってきて食べるはずだ。〈まるいち〉で何か買ってくればよかった。姉のメールには食べてもよいと書いてあるが、これは父のために用意されたものだ。

何か買いに行こう。七時二十分、ちょうど、あのときと同じくらいの時間だ。

スーパー〈ホライズン〉に自転車で向かう。高校時代の通学用自転車で、カーポートの隅に置きっぱなしにしているため、ペダルをこぐたびにチェーンがギコンギコンと鳴って恥ずかしい。

自転車で約十五分、車なら十分弱の距離だ。

　あのとき、もう少し長く感じたのは、子どもだったせいもあるだろうが、道路上に万佑子ちゃんがいないか確認するために、池上さんがゆっくりと運転してくれていたからかもしれない。〈ホライズン〉は平面駐車場だが、メインの交通手段が車であるこの町の人たちに対応できるよう、建物の約二倍の広さがある。建物も一階建てで国道に沿って横長に広く、出入り口は左右二カ所ある。右から入れば食料品売り場、左から入れば衣料品売り場に近い。右側出入り口前の自転車置き場に停めた。

　母は〈ホライズン〉を贔屓にしていたが、洋服は自分のものも、家族のものも、ここで買ったことはない。スウェットや靴下といった普段使いのものでも、センター街まで買いに出ていた。そのため、買い物についてきたときはいつも、右側の出入り口を通っていた。とはいえ、スーパーを利用する人のほとんどが食料品目的なのだろう。池上さんも右側の出入り口に近いところに車を停めて、そのまま私の手を引き、スーパーに入っていった。

　生鮮食品のコーナーから棚のあいだをジグザグに、足早に進んでいき、お菓子のコーナーだけ歩調をゆるめた。私は万佑子ちゃんの姿を捜すと同時に、知っている子はいないかと辺りを見回してみたが、七時を過ぎたスーパーに、子どもの姿はその日は一人もなかった。

　今は片手で数えられないくらいいる。少し気になるのが小学校低学年くらいの男の子三人組だ。兄弟というよりは同級生同士のように見える。カードがおまけについたお菓子を必死に物色しているが、おそらく子どもたちだけで来ているのではないか。外はもう暗い。親は心配していないのだろうか……。

食料品売り場の一番端はお惣菜コーナーになる。三割引きのシールが貼られた鶏のから揚げの六個入りパックをカゴに入れる。〈ホライズン〉の営業時間は午前八時から午後十時まで、半額のシールが貼られるのは大概午後九時を過ぎてからだ。三つ入りの生春巻きのパックもカゴに入れて、日用品コーナーに向かった。歯ブラシを買わなければならない。

シャンプーなどのバス用品の棚の隣が、文具コーナーだ。

あの日、私は万佑子ちゃんがいるとしたらお菓子コーナーよりもこちらだと思い、ドキドキしながら棚のあいだを回ったが、万佑子ちゃんの姿はどこにもなかった。油性マーカー八色セットが目に留まり、これでシェルターの段ボールに絵を描いたら楽しいだろうなと思った。万佑子ちゃんも同じことを考えなかっただろうかと、万佑子ちゃんがマーカーセットを手に取る姿を想像してみた。

『まゆ子とゆい子のひみつのおしろ』

一文字ずつ色を変えながら、そんなふうに書かないか。

マーカーの横には折り紙セットが並んでいた。そういえば、家に残っている折り紙は茶色とうすだいだい色だけだ。新しい折り紙が欲しいと万佑子ちゃんが思ってもおかしくない……。そんなふうに、文具一つ一つに思いを巡らしていたのは、今から思えば、無意識のうちに、万佑子ちゃんが自らいなくなったのだと思い込もうとしていたからかもしれない。

衣料品売り場の確認を終えると、池上さんはそのまま、左側の端にあるカウンターへと向かった。サービスカウンターというものが店のこの位置にあることを初めて知った。カウンターはショーケースも兼ねていて、〈ホライズン〉専用の商品券やギフト用の包装紙とリボンの見本が並んでいた。

　母がここへ来る用はなかったのだろう。

　池上さんは係員の女性に、万佑子ちゃんらしき子どもを見かけなかったか訊ねるのかと思っていたら、子どもを捜しているんです、と言って館内放送をお願いした。名前、年齢、髪が長いといった特徴、そこまでは池上さんが伝えてくれ、あとは私が言わなければならなかった。

　ピンク色の半袖ブラウスに青色のスカート。当時の私のボキャブラリーは本当に貧弱で、デニムや紺色といった言葉も出てこなかった。

　――それから、麦わら帽子……。

　夏前から毎日、下駄箱横のフックにかけられていたし、母が万佑子ちゃんにかぶせてあげていたのも、数時間前まで万佑子ちゃんがかぶっていたのも見ていたはずなのに、いざ説明しようとすると、頭の中が真っ白になってしまった。麦のところは普通の麦で、などとバカな表現をしたあと、しばらく口をつぐみ、リボンがどんなふうだったか考えた。

　万佑子ちゃんの帽子だから、きっと、ピンク色が入っていたはずだ。模様もあったと思う。そうだ、水玉！　色はピンク地に白い水玉模様。黒いゴムがついていた。

　帽子の姿がはっきりと頭に浮かび、嬉々としてカウンター越しに係員を見上げた瞬間、私の目に、その帽子が飛び込んできた。係員の後ろに白いカラーボックスがあり、その一番上の段に透明なビニル袋に入った麦わら帽子が置かれていたのだ。

　――万佑子ちゃんの帽子！

　指さしながら池上さんに言った。えっ？　と池上さんは驚き、帽子について係員に訊ねたところ、落し物だということがわかった。ビニル袋には「落し物カード」と記された白い紙がテープでとめられていた。

届出時間・八月五日午後五時十分、発見場所・駐車場。

記入されていたのはそれだけで、届出人の箇所は空欄になっていた。これが財布なら、届出人の名前と電話番号、発見場所も南側側溝などと詳しく記されていたかもしれないが、何せ、子ども用の麦わら帽子だ。わざわざサービスカウンターまで持ってきてくれたことに感謝しなければならなかった。

池上さんは係員に、届け出た人の特徴を訊ねた。五十代くらいの女性で、届出のあと、ここでタバコをワンカートン買っていかれた、と係員は丁寧に答えてくれた。

帽子には名前が書かれていなかったため、万佑子ちゃんのものだと断定はできなかったが、池上さんの身元確認と引き換えに、あっさり渡してもらうことができた。しかし、万佑子ちゃんが見つかったわけではない。念のため、迷子のお知らせとして館内放送をかけてもらった。

その間、池上さんは手作り風のハンドバッグに片手をつっこみ、がさごそと底の方をかき回していた。看護師をしている池上さんは携帯電話を持っていて、母に帽子を見つけたことを報告しようとしたらしい。しかし、携帯電話は見当たらなかった。後から聞いたことだが、家の電話の横に置いてある充電器に立てたままにしていたらしい。

何かわかったら連絡を入れてほしい、と係員に言って、私に我が家の電話番号を伝えるよう促した。今度はすらすらと出てきた。言いながら、私は係員の青色のベストの胸元についた名札に目をやった。山口、私にも読める漢字だった。

スーパーから池上さんの家に戻り、車から降りようとすると、我が家の前に黒い箱型の車が停まった。パトカーだ、とドキリとし、しかし、すぐにタクシーだと気が付いた。いつも母方の祖母が利用している会社のタクシーで、そのとき降りてきたのも、祖母だった。祖母は駆け足で玄関に向かったが、ふと振り向き、私がいることに気が付いた。

——結衣子、大丈夫かい。

そう言って、私のところまでやってきて、膝をかがめて心配そうに顔を覗き込んだ。この日、私に大丈夫かと声をかけてくれたのは祖母だけだった。祖母はいなくなったのが私だと勘違いしているのかもしれない、とも思った。

——結衣子に捜しにいかせるなんて、春花《はるか》も何を考えてるんだろうね。

そんなふうにつぶやくと、祖母は私の後ろにいた池上さんにお礼を言い、私の背を押して家に向かおうとした。が、あっ、と声をあげた池上さんに呼び止められた。池上さんは片手に持っていたレジ袋を肩の高さに持ち上げた。中に入っているのは、麦わら帽子だ。

奥さんに報告することがあるので、と池上さんが祖母に言い、三人で玄関に向かった。ドアの前で待ち構えていたのか、祖母がインターフォンを押したと同時にドアが開き、母が飛び出してきた。お母さん、お母さん、どうしよう、とすがりついてくる母を祖母は一喝した。

——落ち着きなさい。

言われて初めて母は祖母以外の人がいることに気付いたかのように、池上さんの方を見て、万佑子は？　と訊ねた。さっきまで泣いていたのかもしれない、と思わせるような、わずかにかすれた、震え声だった。

——〈ホライズン〉の落し物コーナーにこれが届いていたの。

池上さんは母にレジ袋を渡した。中を覗いた母の顔が一瞬で強ばった。万佑子ちゃんのものだと確信したのだろう。どこに、どうして、なんで、と池上さんにつかみかかっていきそうな勢いの母を制したのも祖母だ。

——ちゃんと上がっていただいてから、お話を伺いなさい。それより、春花、警察はまだ来ていないの？

祖母に訊かれ、母は決まり悪そうに目を逸らしながら、まだ電話をしていないことを伝えた。

——今まで、何やってたんだい！

祖母に叱られ、母は泣きながら、忠彦《ただひこ》さんが……、と父に電話をかけた際、まだ警察には知らせなくていいと言われたことを話した。あと一時間ほどで仕事を片付けて家に帰るから、それまでにもう一度、思い当たるところをしっかり捜すように、と。母は最初に祖母に、次に父に電話をかけたらしい。しかし、母はぼんやりと待っていたわけではない。

小学校、万佑子ちゃんの担任の家、その後はクラス名簿の順に一軒ずつ電話をかけていったそうだ。しかし、そこからは何の手がかりも得ることはできなかった。そうこうしているうちに、近所の人に声をかけながら万佑子ちゃんを捜してくれていた隣保長の山野さんがやってきて、川の向こうまで行ってみたが万佑子ちゃんの姿はなかったことを伝えてくれた。〈まるいち〉のおばさんからは、万佑子ちゃん見つかりましたか？　という電話がかかってきた。

残る頼みの綱は池上さん、と待っていたところだったという。

——何を呑気なことを……。誘拐されたかもしれないのよ。今すぐ通報しなさい！

母が万佑子ちゃん捜しから家に戻った際、電話に着信履歴は残っていなかった。留守番メッセージも入っていなかった。なのに、叫ぶように祖母が「誘拐」と口にしたのは、思い当たることがあったからだ。

我が家を含め三十軒の家が立つ住宅街を、〈スプリングフラワーシティ〉と呼ぶ人は少ない。宅地を売り出す際、チラシにこの名が記されていたそうなので、買い手の人たちなら一度くらい口にしたことがあるかもしれないが、タクシーに乗った際など、自分の家の場所を説明するのに、この名を用いたりはしないだろう。

下大滝の住宅地、と地区の名前を告げて、目的地が近付いてくるとこまかい説明をする。そうするのが一番わかりやすいのだが、車が日常的な移動手段である田舎町では、各家庭の大人の人数分車を所有しているのが当たり前で、タクシーを利用することはほとんどない。

私の周りでタクシーを利用するのは、母方の祖母くらいだった。東京生まれのお嬢様だったという祖母は車の免許証を持っていない。バスは三豊市にやってきて初めて乗ったとき、百円の運賃を払うために一万円札を出したら、両替できない、と運転手に怒られて以来、二度と乗らないと心に誓ったらしい。

祖母は私と万佑子ちゃんをタクシーに乗せて私たちの家に向かう際、運転手にいつも、中林町の〈スプリングフラワーシティ〉までお願い、と言っていた。だから、私は自分が住んでいるところはそういう名前なのかと思っていたのだが、その名称は、祖母が電話で呼ぶタクシーの運転手には通じても、道端で手を挙げて止めたタクシーの運転手には、中林町内であっても首をひねられることが多かった。

そうなると、仕方ないわねというふうに祖母は、下大滝の……、と説明をし直し、万佑子ちゃんが私の耳元で、最初からそう言えばいいのにね、とおかしそうにささやくのだった。

そんなことを思い出したのは、スーパー〈ホライズン〉で買ってきたお惣菜を広げたとき、ダイニングテーブルの隅に重ねてあったチラシに目が留まったからだ。売出し中の宅地名は〈ハイブリッジタウン・2号〉で、問い合わせ先は〈高橋不動産〉となっている。なんと単純な命名法なのだろうとおかしくなり、同時に〈スプリングフラワーシティ〉も同じではないかと苦い気分になったのだ。

……そうか。

住宅用造成地であるときは不動産屋の付けた呼び名を用いたとしても、全部売れてしまえば、そこはもう個人各々の土地になるのだから、売出し時の呼び名など当たり前のように口にする方がおかしいのではないか。その名を使い続けるのは不動産屋側の人間だけだ。

そんなことに今ごろ気付くとは……。

〈スプリングフラワーシティ〉を取り扱った不動産屋の名称は〈太陽不動産〉なので、売地は会社名から付けられたわけではない。〈太陽不動産〉は私の母方の祖父、樋原日出男《ひでお》が興した会社だ。祖父は東京で石油を扱う会社に勤務していたが、大規模な農業を行っていた曾祖父の死を機に、妻を伴い三豊市に戻り、親の残した農地や山林を元手に不動産業に着手したという。

祖父のまじめで誠実な仕事ぶりは地元の人々から信頼を集め、バブル景気の後押しもあって、

〈太陽不動産〉は順調に事業規模を拡大していったが、バブルの崩壊とともに、会社は大きく傾く。センター街に持っていたビルを三つ売却して負債を穴埋めした後、会社を立て直すために祖父が選んだ手段は、誠実さを捨てることだった。

——下大滝の地価はこの先、下落していく一方だ。農地などタダ同然になるだろう。その上、休耕田でさえ、水路の管理など、毎月一定の管理費を払わないといけないのだから、持っていればいるほど損をする。これでは、子どもに財産を残してやるどころか、やっかいな荷物をしょわせることになりかねない。恩義を受けたこの地域の人が土地に悩まされる姿を見るのは忍びない。ここは〈太陽不動産〉に買い取らせてもらえないだろうか。大金は用意できないが、それを頭金としたオーナーズマンション経営の仲介をすることはできる。これからの時代はマンションだ。家賃収入で老後の生活は安泰、子どもにも孫にも財産を残して喜んでもらえる。悪い話じゃないだろう。

そんなふうに、体を悪くして農業から退いた地元の年寄りに持ちかけて手に入れた農地を、コネを使って安易に宅地申請し、住宅地として売り出したのがこの〈スプリングフラワーシティ〉だ。そこの一番日当たりのよい区画に娘の新居を建ててやることを見越して、その名を付けた。

春花の街。娘のために用意したのは土地と家だけでなく、近隣の住人もまた、経済状況、家族構成など、祖父が厳しく審査して選んだ人たちだという。

これらは事件から数年経って、父から聞いたことだ。

祖母はただ、同意の上で土地を売ったのに、一方的に〈太陽不動産〉にだまされたと言いがかりをつけてくる人がいる、と言っていただけだが、一方的に、とは言いきれないことも解っていたのだろう。

だから、祖母は万佑子ちゃんが行方不明になったと知り、すぐに誘拐事件だと決め付けたのだ。〈太陽不動産〉に恨みを抱く人物が万佑子ちゃんを誘拐したのではないか、と。

例えば、一般の人たちが女子児童の誘拐事件をテレビなどで知った際、犯人の動機は何だと考えるだろう。近頃は、誘拐された子の親の職業や役職どころか、本人の名前すら報道されないこともあるので、想像するのは難しいのだが。
○○会社の社長の子、ならば身代金目的ではないかと考えるだろう。○○会社があまり良い噂を聞かないところであれば、怨恨も考えられる。
一般家庭だと思われるところの子なら、両親のどちらかに対して個人的な恨みがあるのか、などと思い浮かべる。浮気だとか、借金だとか。しかし、一番想像したくないことだが、おそらくこれだろうとみんなが思うのは、いたずら目的か……。

我が家だけの経済状況を考えれば、動機として後者を想定してもおかしくなかったが、震える手で受話器を握り、三豊警察署に、娘が行方不明になった、とかぼそい声で伝える母の後ろで祖母は確信を持って、誘拐事件よ、と大きな声で連呼した。

誘拐事件という言葉を聞きながら、私の頭の中には恐ろしい絵が浮かんできた。県道を歩いて〈ホライズン〉に向かった万佑子ちゃん。駐車場で立ち止り、看板を見上げている背後から、しわだらけの細い手がにゅっと伸びて、万佑子ちゃんを抱え込み、大滝山に向かって猛スピードで去っていく。警察に通報するという現実的な光景を目の当たりにしていてもなお、山姥の仕業ではないかと心の片隅で思っていたのだ。

警察に通報した直後、父が帰ってきた。

父は〈太陽不動産〉に勤務していた。社長の娘と結婚しても、良い肩書きがもらえるわけではなかったようで、どんな仕事をしているの？　と訊ねるたびに、一日中車に乗って町をぐるぐる走ってるんだよ、とのんびりした調子で答えた。しかし、その時は、父なりにあせっていたのか、インターフォンを鳴らして、俺だ、と言った後、ガチャガチャと鍵を開けるのに手間取るような音が聞こえてきた。池上さんから帽子の話を聞いている母と祖母に代わり、私が玄関ドアを開けに行った。

——なんだ、いるじゃないか。

父は私を見ると、胸の中で膨らんでいた不安をすべて吐き出すように大きく息をつきながら言った。私と万佑子ちゃん二人でいなくなり、母は報告する際に万佑子ちゃんの名前だけを出したのだと思っていたらしい。

万佑子ちゃんだけが行方不明だと知っても、父はまだ、その辺で遊んでいるんじゃないか、などと軽口を叩きながら居間に入った。そこで、泣き出しそうな顔をした母と、深刻な顔をした祖母と池上さんがいるのを見て、父の顔に緊張の色が浮かんだ。

特に、神社から家に向かっていたはずの万佑子ちゃんの麦わら帽子が真逆の方向にある〈ホライズン〉の落し物コーナーに届けられていることを知ったときには、整った眉をきゅっと寄せ、厳しい顔つきになっていた。

そこに突然、インターフォンが鳴った。心臓をつかまれたかのようにドキリとして、私は唾を飲んだ。父のときは鳴ったと同時に、父の声が聞こえたためまったく驚かなかったが、誰が押したのか想像できないとこんなに怖いものなのか、と壁に設置されたスピーカーをおそるおそる眺めた。当時の我が家のインターフォンは画像が映るものではなかった。

——宅配便です。

スピーカーから若い男の人の声が聞こえた。母は、警察、とつぶやいて、急ぎ足で玄関に向かい、父がそれを追った。万佑子ちゃんが行方不明だと通報した際に、宅配業者を装って家に行くと伝えられていたそうだ。

居間に入ってきた二人の警察官は、私の見たことのある川向こうの交番のお巡りさんではなかった。犯人から身代金の要求があったときのため、電話の録音などのセットがされるのを、私は居間の隅っこに立ったまま眺めていた。住み慣れた家の中で行われる非日常的な行為は、たとえ、説明を受けているのが父や母であっても、透明なフィルターの向こうの出来事のように見えた。

同じ気分だったかどうかは解らないが、私の隣に立っていた池上さんも、口をぽかんと開けて眺めていた。帰るタイミングを失ったため、仕方なくいたのかもしれないが、このときの様子を、後に〈まるいち〉のおばさんがまるで自分もその場にいたかのように、本もののドラマみたいだったんだって、と説明しているのを聞いて、少し悲しくなったことがある。

しかし、私だって、自分の家の出来事でなければ、誰かに話したはずだ。たまたま訪れていた友人の家で目にしたことなら、間違いなく、その日のうちに万佑子ちゃんにこっそり教えてあげていたに違いない。

あのね、今日ね、すごいことがあったんだ。……そこにあるのは、悪意ではなく、興奮だ。

そして、あの場で一番興奮していたのは祖母だった。犯人が恨んでいるのはこの安西家ではなく、〈太陽不動産〉かもしれないから、会社にも警察を配置してもらいたい、ということを大きな声でまくしたてては、声を落としてください、と警察官に注意されていた。

もしも、犯人が家の近くで様子をうかがっていたら、変装の甲斐も虚しく、警察がやってきたことはすぐに知られてしまっただろう。

とは言え、祖母の要望通り、隣町にある〈太陽不動産〉にも警察が行くことになり、祖父と母の妹である冬実《ふゆみ》おばさんも会社で待機してくれることになった。

――わたしはね、お父さんにここを〈スプリングフラワーシティ〉なんて名前にすること、反対したんだよ。〈太陽不動産〉の社長の娘はここに住んでいます、と皆に教えてやっているようなもんじゃないか。田んぼの持ち主の長塚《ながつか》が、チラシを片手に、宅地として売るなら差額を払え、って会社に乗り込んできたときから、嫌な予感がしていたんだ。犯人は長塚だよ。

祖母はおそらく母に言っていたのだろうが、母はそんなことはまったく耳に入らない様子で、万佑子ちゃんが私と一緒に昼過ぎに家を出てから行方不明になるまでのことを、二人組の警察官のうち、年配の友田《ともだ》さんに話していた。眼鏡をかけた若い林元《はやしもと》さんは母の話をメモに取りながら、祖母が横から口を挟むこともきちんと書き留めていた。

警察には私も話を訊かれることになった。夕方、ひと通り母に話していたので多くを訊かれることはなかったが、神社に来た子たちの名前を答えなければならないときには緊張した。遊びに合流したこの近辺に住む仲の良い同級生というだけなのに、フルネームを口にすると、犯人を密告しているような気分になって、涙が出てきた。

警察はこれからみんなの家に話を訊きに行くのだろうか。みんなやみんなの家のお父さんやお母さんは怒ったりしないだろうか。私が名前を言ったことはすぐにバレてしまうんだろうな。

万佑子ちゃんを心配するよりも、自分が嫌われないかと心配になって、私は泣いてしまったのだ。ぐすぐすとしゃくりあげる私に代わって、〈ホライズン〉での出来事は池上さんが警察に話してくれた。

麦わら帽子は娘さんのものに間違いないかという問いに対して、母は自信を持って頷き、センター街のデパートで買ったものだと、有名な子どもブランドの名前を教えた。万佑子ちゃんにはよく似合い、私にはちっとも似合わない服が並んでいるところだった。

池上さんは話し終えると、家族の夕飯の準備をしなければならないので帰ってもいいかと訊ねた。夕飯という言葉が出ても、我が家のメンバーの誰からも食事を取ろうという提案は出なかった。私も、仕切りのないＬＤＫタイプの台所から漂ってくる冷めた天ぷらの匂いを少しばかり意識して、気分が悪くなっただけだった。

——結衣子ちゃんだけでも、うちで何か食べる？　なんなら、今夜は泊まってくれてもいいし。

——そうさせてもらうかい？

池上さんの申し出に対して祖母が私に訊ねてきたが、私は黙ったまま首を横に振った。池上さんの家に行くのが嫌だったのではない。その場を離れるのが嫌だったのだ。何もできないことは解っていても、何が行われているかは見ておかなければならない。父や母と一緒にいなければならない。そんな気がしていた。

池上さんは家に戻り、半時間もたたないうちに、大きなタッパーいっぱいに作ったおにぎりを届けてくれた。祖母に促されて、片手では持てないサイズの、塩昆布と梅干しの入ったおにぎりにかぶりつきながら電話をじっと見つめていたが、着信音がどんなものだったか忘れてしまうほどに、何の音も響かなかった。

体調は回復したと思っていたが、食は進まなかった。鶏のから揚げを二個と生春巻きを一個食べると、どちらのパックにも蓋をして、冷蔵庫に入れた。冷えた麦茶をグラスに注ぎ、居間へ持っていく。

一人暮らしのアパートは六畳一間なので、居間の半分の広さということになる。大学に合格した後、母と一緒に物件探しをした。最寄駅も大学も徒歩圏内の〈なでしこハイツ〉を見学した際、母は、もっと広いところにしましょうよ、と言ってくれたが、私はここが気に入ったのだと即決した。

二階の角部屋であるためか、天井が屋根の形に沿って斜めになっており、中に入ったと同時に、万佑子ちゃんと作ったシェルターが頭の中に浮かんだ。机やカラーボックスなどのささやかな家具を置くと、さらに狭くなってしまったが、スペースいっぱいに両手足を伸ばして寝転ぶと、あのときのシェルターにより近付いたような気がして、心が落ち着いた。

シェルター作りなどしなければ、万佑子ちゃんが行方不明になることはなかったとわかっていても、シェルターを恋しく感じたのは、あれが万佑子ちゃんと二人だけの最後の思い出となったものだからではないだろうか。

居間の中央にはテレビのある壁側に向かって、三人掛けソファを一つと一人掛けソファを二つ、コの字型に置いてある。ガラステーブルにグラスを置いて、三人掛けソファに腰を下ろしたが、誰もいないからといって、アパートの部屋でのように寝転ぶことはできない。三人掛けに六人で座るのかというくらい端に寄って、座面に足を上げ、膝をかかえて小さく体操座りをするのが、この部屋での一番落ち着く体勢だ。

私はあの日も邪魔にならないよう、こうやって大人たちの会話に耳を傾けていた。

万佑子ちゃんが行方不明になった日の夜、この部屋で、誘拐犯からかかってくるかもしれない電話を待っていた警察官は二人だったが、家の周辺では他に複数の警察官が事件と事故の両面から捜査に当たってくれていた。

まず、万佑子ちゃんが最後に目撃された場所の周辺で聞き込みが行われた。〈まるいち〉商店のおばさんも、改めて警察に訊かれたら、万佑子ちゃんが顔を覗かせたときの店の様子をしっかりと思い出せたらしい。店にいた客は五人、その内、店の奥にいたのが三人、レジにいたのが一人、店の入り口付近にいたのが一人、いずれも、この近所に住む顔なじみの人たちだった。

警察はそれらの人たちのところにも話を訊きに行ったそうだ。しかし、店の奥で買い物をしていた人たちは、万佑子ちゃんが来たことに気付いていなかった。レジにいた人は万佑子ちゃんがお礼を言うのを見て、どこの子かしら、と思い〈まるいち〉のおばさんにそれを訊ねた。

田舎町なら徒歩圏内、誰しもが顔見知りというわけではない。互いに名前を知っているのはせいぜい隣近所数軒で、万佑子ちゃんを知っている大人というなら、〈スプリングフラワーシティ〉に住む人たちくらいだ。新しい住宅地に家を建てて十年かそこらの人たちは〈まるいち〉よりスーパー〈ホライズン〉を利用していた。

おばさんはレジにいた人に万佑子ちゃんのことを、下大滝の新しい住宅街の子だと教えたそうだが、それ以上、万佑子ちゃんの話にはならなかったという。そして、〈まるいち〉のおばさんと同様に、この人も、万佑子ちゃんがその後、どちらに向かったのかは見ていなかった。

聞き込みの五人目は店の近くに住む、田丸《たまる》さんという八十歳のおばあさんだった。店の入り口横にある冷蔵庫から栄養ドリンクを取り出そうとしていたときに、女の子がやってきて〈まるいち〉のおばさんに声をかけていたことを憶えていた。田丸さんは、同じ歳くらいの女の子をもう一人見かけた、と証言した。田丸さんに話を訊いていた警察官は、万佑子ちゃんが神社からの帰り道、友人に会い、その子の家に行ったのではないかと期待したが、田丸さんが言うには、二人は別行動のように見えたらしい。

女の子は店の端にある自動販売機でジュースを買っていた。田丸さんは栄養ドリンクも自動販売機で買えればいいのにと思いながら、その子が何を買うのか眺めていた。女の子はファンタのオレンジ味のボタンを押し、ガシャンと缶が落ちてくる音がすると、続けて、午後の紅茶のレモンティーのボタンを押した。先におつりを取ってポケットに直に入れ、それから缶を二本取り、両手に一本ずつ持って左右の頰やおでこに当てたりしながら、女の子は道路を渡って神社に向かう道の傍に停めてあった車の方に歩いて行ったという。

改装後の〈まるいち〉には店の隣に整備された駐車場があるが、当時そこは個人の持っている畑で、〈まるいち〉には駐車場がなかった。車で来た買い物客は、そこが〈まるいち〉の駐車場であるかのように、神社へ向かう道の傍に車を停めていたが、警察が取り締まる姿を見かけたことは一度もなかった。買い物客だけではなく、バスで通勤や通学をしている人のお迎えらしき車もよくそこに停まっていたので、夕方には常に何台かが駐車している状態だった。

そのときも数台停まっていたが、田丸さんは女の子が車に乗るところまでは見届けず、冷蔵庫の方に向き直った。そこにやってきたのが万佑子ちゃんだった。田丸さんも、万佑子ちゃんをどの子か知らなかった。以前は地域の子ども達のことをよく知っていたものだが、県営住宅ができ、田んぼがつぶされて新しい住宅地ができるようになってからは、だいたいあの辺りの子だろうと思うだけになったそうだ。

田丸さんは万佑子ちゃんが飴のお礼を言っていたのも憶えていた。どういうことだろうと思い、万佑子ちゃんを見ると、片手に空になったアイスクリームのカップを持っていたので、これを買いに来た時に何かおまけをしてもらったのだろうと察し、改めてお礼を言いに来るとは、と感心しながら万佑子ちゃんを見ていたという。

万佑子ちゃんはアイスのカップをゴミ箱に入れ、そのまままっすぐ、住宅街のある方に向かって県道を進んでいった。数十メートル歩いて立ち止り、少し疲れた様子で西に傾いた太陽を見上げ、また歩き始めた。田丸さんは子ども用の栄養ドリンクがあれば買ってあげたいと思いながら冷蔵庫を開けて、いつも買っている栄養ドリンクを三本カゴに入れたが、もう万佑子ちゃんの方は振り返らず、店に入って買い物を続けたそうだ。

念のため、警察はそれぞれの女の子の特徴を田丸さんに訊ねた。

ジュースを買っていた子は、白いTシャツに、ジーパン生地の短パン姿、素足に水色のサンダルを履き、肩くらいまでの髪を左右ゴムで束ねていた。顔の特徴はあまり憶えていない。

店を覗き込んだ子は、桃色のブラウスに、ジーパン生地の膝丈スカート、白い靴下に桃色の運動靴を履いていた。長い髪は束ねておらず、水玉模様のリボンのついた麦わら帽子をかぶっていた。色白で、日本人形のような顔をしたかわいらしい子だった。

後者は明らかに万佑子ちゃんだとわかる説明で、田丸さんの話は信用できると判断された。後日、写真を持って田丸さんを再訪問した警察官に、田丸さんは写真の中の万佑子ちゃんを指さし、店を覗き込んだのはこの子だと言った。が、万佑子ちゃんのクラス写真の中にジュースを買っていた女の子の姿はないと答えた。

女の子と万佑子ちゃんに接点はないと考えられたが、警察は道端に停められていた車についても調べた。田丸さんは三台ほど並んでいたと証言し、女の子は一番手前の白い車には乗らなかったが、何台目のに乗ったのかはわからないと答えた。他に停まっていた車の色や車種も憶えていなかった。

しかし、三台あったと思われる車のうち、店寄りの前から二台は〈まるいち〉の買い物客のものだということがわかった。どちらの人たちも、店に来たときは、自分の後ろに停める車はなかったし、帰るときにも、新たに停められた車は見なかったと答えた。

聞き込みは、〈まるいち〉を訪れていた人たちだけではなく、〈まるいち〉から〈スプリングフラワーシティ〉、そして、〈ホライズン〉までの道沿いに立つ家の人にも行われたそうだが、万佑子ちゃんらしき女の子を見かけたとか、不審な人物や車を目撃したというような、めぼしい証言はなかったそうだ。

また、県道沿いは田んぼや畑が多く、ところどころに溝や用水路などがあったため、事故の可能性を踏まえた捜査も行われた。県道の筋違いにある大滝川も念入りに調べられたが、万佑子ちゃんの姿も、それらしい事故の形跡も見当たらなかった。

そんなふうに複数の場所で同時に捜査が行われた中で、最も重点的に調べられたのがやはり、万佑子ちゃんの麦わら帽子が見つかったスーパー〈ホライズン〉だった。

防犯カメラを調べた結果、左右どちらの出入り口のカメラにも、店内六カ所に設置されたカメラのいずれにも、万佑子ちゃんの姿は映っていなかった。お菓子の棚のコーナーにも、文具売り場のコーナーにも。また、子どもが入りそうな大きな荷物を持った人の姿もなかったという。

店員などへの聞き込みも、成果を得られるものはなかった。

帽子が落ちていたのは駐車場だったため、万佑子ちゃんが店内で目撃されていなくてもおかしくはない。しかし、残念なことに、〈ホライズン〉では駐車場に防犯カメラは設置されていなかった。

『駐車場内で起きた事故や置き引きなどに、当店はいっさいの責任を負いかねますので、各自で厳重にご注意ください』

そう書かれた看板が駐車場内に四つ立てられていた。〈まるいち〉のように買い物客を特定して調べることは難しかったはずだ。

そのような捜査が行われているあいだにも、我が家の電話はうんともすんとも鳴らなかった。知り合いや勧誘業者からの電話もなく、父が、まさか電話線を切られているなんてことはないよな、と自分の携帯電話で家の電話を鳴らしてみたほどだ。鳴らしたのはほんの数秒だったが、母は、今犯人が電話をかけてきたらどうするのよ、と父をなじるような声を上げた。

祖父と冬実おばさんが待機する〈太陽不動産〉の社長室にも脅迫電話らしきものはいっさいかかってこなかった。祖母の疑う長塚某という老人は、警察が調べるまでもなく、祖父から、二年前に他県の老人ホームに入ったことを知らされた。息子夫婦の家の近くらしく、近い身内は中林町どころか、三豊市内にもいないそうだ。

――そんなこと、知っていたならどうしてすぐに教えてくれなかったんですか。

父の携帯電話で祖父と話していた祖母は、正面から抗議をするように電話をマイクのように持って祖父を責めていたが、それは祖母が長塚某のことなど普段まったく口に出さずに過ごしていたからに違いない。

私も万佑子ちゃんも、父に仕事の内容を訊いたところでなかなか理解できず、祖母に訊ねたことがある。本当は社長である祖父に訊きたかったのだが、土日であっても、遊びに行った私たちが起きている時間に祖父が帰ってくることはほとんどなかった。

土地や建物を売ってるんだろうけど、おばあちゃんもよく知らないの。でもね、女は男の人の仕事に口を挟むもんじゃないって、おばあちゃんのお母さんに言われていたから、おばあちゃんもおじいちゃんにあまり仕事のことを訊かないようにしているのよ。同じことをあんたたちのお母さんにも言ってきたから、宿題とかでちゃんと調べなきゃならないなら、もう一回お父さんに訊くのが一番いいんじゃないかねえ。

そんなふうに言われたことがあったが、宿題ではなかったので、改めて父に詳しく訊ねることはなかった。そもそも、私も万佑子ちゃんも不動産屋という職業にそれほど魅力を感じていなかったのだ。万佑子ちゃんは将来、絵本作家になりたいと言っていたし、私はパン屋かケーキ屋になりたいと思っていた。

そういえば、万佑子ちゃんはバイオリンを習いたいとも言っていた。母は私たち姉妹に何度かピアノ教室を勧めたことがあった。それに対して、万佑子ちゃんはバイオリンの方がいいと答えていたのだ。ケースに入れて持ち運びができるから、いつでもどこでも演奏できてかっこいい、と。中林町にバイオリン教室はなかったが、小学四年生から入団できる三豊市の子どもオーケストラで希望する楽器を教えてもらえることから、それに入る予定になっていた。

もしも、万佑子ちゃんが行方不明にならなければ、私たち家族は舞台の上でオーケストラをバックにバイオリンを演奏する万佑子ちゃんの姿を見ることができていたかもしれない。

とはいえ、じゃあ結衣子がピアノを習って、姉妹で演奏できたら素敵ね、という話にはならなかった。中林町では午後十時になると、町内に数ヵ所設置されたスピーカーから「ブラームスの子守歌」のピアノ演奏が静かに流れてきた。子どもは寝ましょう、の合図だ。幼い頃の私は、この曲が流れると一緒になってハミングしていたそうなのだが、笑えるくらいに調子外れだったらしい。それで、音楽の才能もないとみなされたのだろう。

小学生になればさすがに、少しの小節を正しくハミングすることくらいはできるようになった。が、調子外れのハミングをすると、家族皆が笑ってくれるため、おやすみなさい、と言ったあと、わざとおかしなハミングをしながら子ども部屋に上がっていた。

電話を待つ部屋に「ブラームスの子守歌」はいつもの倍の音量で流しているのではないかと思うほど、よく響いた。そこでおどける度胸などなかった。

気丈にふるまっていた祖母も、犯人の予測がついているのといないのとではこうも精神状態が違うのかと、子どもながらに理解できたほど、長塚某が容疑者リストから外れた途端、母と同様にただ震えながら心配するだけになっていた。

音楽は、こんな時間になっても万佑子ちゃんは帰ってこない、と私の不安を高めたが、母はふと日常生活に戻ったかのように、ソファの隅に座っている私に向かって、結衣子は上がって寝なさい、といつもと同じ言葉を口にした。

警察官の二人が帰ろうとする様子はなく、私もここで皆と一緒に万佑子ちゃんを待ちたいと思ったが、一緒に上がろうね、と私の背に手を当てる祖母に逆らってまで、ここにいたいと主張することはできなかった。

祖母に促されるまま、布団に入ると、背中の辺りがむずむずした。風呂に入っていないせいだと思ったが、もともと風呂嫌いなせいもあり、そんなことは口にせず、ギュッと目を閉じた。

それは、長い一日の終わりではない。悪夢の始まりだったのだ——。

第三章　捜索

テレビもつけずに居間のソファにぼんやり座っていると、携帯電話のメール着信音が鳴った。姉からだ。

『今日は友だちの家に泊まることになりました。せっかく帰ってきてくれたのにゴメン。お布団、干してあるからゆっくり休んでね』

昼間、姉と一緒にいた女の人の顔が思い浮かんだ。泊まるということは、やはりあの人は東京の人ではなく、地元の人で、夏休みを利用して帰省し、三豊駅で姉と待ち合わせをしていたのだ。積もる話もあるのだろう。帰省することを伝える友人がいない私と姉とでは、やはり違うのだ。

『布団ありがとう。おやすみなさい』

返信メールを送る。古い小説に出てくる、電報のようだ。バイト仲間の沙紀ちゃんからのメールに、です、ます、は使われない。今日はいい天気だったね、とか、夏バテ注意だよ、といった用件とは関係ないことが絵文字を使ってたくさん書かれているのがかわいらしくて、つい何度も読み返したくなってしまう。なるほど、友だち同士のメールとはこんなふうに書くのかと、マネしようとしても上手くいかない。くだけた会話というのがよく解らないし、用件以外に何を書けばいいのかも思いつかないからだ。

沙紀ちゃんに実家に着いたことを報告しようかと思ったが、十時を過ぎているので、明日、送ることにした。つい先ほど、「ブラームスの子守歌」が流れていた。電話をテーブルに置く。と同時に、またメールの着信音が鳴った。姉から、おやすみ、とでも返ってきたのかと思いながら確認すると、送信者は父だった。メールアドレスは登録しているが、父からメールが届いたことなどほとんどない。

高校時代、塾の送り迎えの際にやり取りをしていたくらいで、大学生になってからは初めてではないだろうか。

『万佑子から、帰っていることを聞きました。今夜は急な仕事が入ったので、会社に泊まります。戸締まり、気を付けてください』

他人行儀なこの文面は、まさしく父からのものだ。家族の中で誰よりも、くだらないダジャレ満載のくだけた話し方をするくせに、メールだと、ですます調になる。姉にそれをからかわれて、携帯電話が口の出張所になってるおまえたちの世代とは違うんだよ、と言い返していたが、私は自分のメールの文章が父と似ていることが嬉しかった。母の文章は語尾に「かしら」や「ネ」が付く、おばさんぽいものだ。

こうやって、いつも私は家族と自分の共通点を見つけては喜んでいた。いや、自分を安心させていたのかもしれない。小さな豆粒のような不安を打ち消すために。

今も、背中に小さな違和感を覚えている。姉と父、二人同時に今夜、家に帰ってこないのは偶然なのだろうか。私の知らないところで何かが起きていて、二人は今、一緒にいるのではないだろうか。

例えば、母は胃潰瘍ではなく、実はもっと重い病気で、夜になって症状が悪化し、二人が一晩中つきそうことになった、とか。私が帰ってきているにもかかわらず呼び出されないのは、私が血の繋がった家族ではないから。……バカバカしい。しかし、輸血が必要な状態だとしたらどうだろう。家族の中で、私だけ血液型が違う。両親と姉はA型で、私はO型だ。珍しいことではないと理解していても、皆と同じになりたかった。調べ間違いが発覚するのを期待したこともある。万佑子ちゃんがO型だと思われていたように。

小さな不安の豆は風船みたいに膨らんでいったが、それに針を突き刺すように、ふと今の不安を解消させる方法を思いついた。母にメールを送ってみればいい。病院では携帯電話を使えないものだと思っていたので、一昨日、母からメールが届いたときには驚いた。心配しないでネ、という短いものだったが、私宛に送ってくれたことが嬉しかった。

もしかすると、看護師の目を盗んで送ってくれたのかもしれない。今も電源を入れているだろうか。

『明日、お見舞いに行くね』

送信ボタンを押して一分も経たないうちに、メール着信音が鳴った。

『気を付けて帰ってきてネ』

母はメールを送ることができる状態にある。私が帰ってきていることを知らない。ということは、姉は母のお見舞いを済ませてから、三豊駅で友だちと待ち合わせたことになる。そして、今、母に付き添っているとは考えられない。そもそも、今日は金曜日だ。大人二人が家に帰ってこないからといって、訝しむことではない。

リモコンでテレビをつけた。天気予報でこの地方の地図が映ると、帰ってきたのだなと実感する。明日の午後から雨が降るようだ。今日はあんなにいい天気だったのに。

そういえば、万佑子ちゃんが行方不明になった翌日も、大雨だった。


なかなか寝付けず、目を閉じたまま、階下から聞こえる話し声や物音に耳をすませていたのだが、そうしているうちに眠りに落ちていったようだ。雨音で目を覚ましたときには、部屋の中の様子が見えるくらい明るくなっていた。私の勉強机、本棚、万佑子ちゃんの勉強机、昨日の朝と変わらないものだけを布団の中から見渡したあとで、ギュッと目を閉じた。

そして、首を真横に向けてゆっくりと目を開けた。

畳の上にぽっかりと空いたスペース、万佑子ちゃんの姿どころか、布団すらない光景に、涙がどっと込み上げてきた。声を上げて泣いたのかもしれないが、自分の声すら耳に入らないほど、雨音は直接私の耳に飛び込んでくるかのように激しく響いていた。

昨日のことは夢だったらいい。階下に下りれば、両親と一緒に万佑子ちゃんがいればいい。夜遅くに帰ってきたの、と笑いかけてくれたらいい。

しかし、私の予想は当たったためしがなかった。天気になりますようにと祈れば雨が降り、一等賞を思い描きながら引いたクジは外ればかりだった。

だから、わざと悪い予想をした。階下に下りても万佑子ちゃんはいない。一晩中寝ずに過ごしたパパとママは悲しそうにソファに座っている。夜中、ママは万佑子ちゃんが帰ってきたような気がして、何度も玄関のドアを開けに行ったかもしれない。パパはママをおばあちゃんに頼んで、神社やスーパー〈ホライズン〉に万佑子ちゃんを捜しに行ったかもしれない。おばあちゃんは心配しすぎて、のぼせてしまったかもしれない。私が居間のドアを開けると、三人とも、万佑子ちゃんが帰ってきた、と喜んだ顔をして、すぐに、何だ結衣子だったのか、とがっかりした顔になる。絶対にそうなる。

そういう予想だけ当たるのが、私という人間だ。友田さんだけが、おはよう、と声をかけてくれた。電話は一晩中鳴ることはなかった。

午前七時半に池上さんがまたおにぎりを届けてくれた。玄関に出た祖母と私に、池上さんも聞きたいことはたくさんあったはずだが、体力つけなきゃね、と励ますように声をかけただけで家に戻っていった。晩に届けてくれたおにぎりはまだ半分以上残っていたが、祖母は、温かいのをいただこうね、と湯気の上がるおにぎりを陶器の平皿に二個ずつ乗せて、皆に配った。タッパーごとテーブルの上に置いていたのでは誰も手をつけないことが昨夜のうちにわかったのだろう。続けて祖母は、のぼせて頭が痛い、とこめかみを押さえながらも台所に立ち、味噌汁を作り始めた。我が家の台所の勝手をよく知らない祖母を、私が手伝った。おにぎりは大量に残っていたが、コーヒーは皆で夜中に何杯も飲んだようで、シンクにカップが無造作に積まれていた。

おにぎりに手を付けない母も味噌汁はちびちびとすすっていたのに、祖母がうっかり、そういやジャガイモが入ったお味噌汁は万佑子の大好物だったたね、と口にしたせいで、箸を置いて泣き出してしまった。

私だけが日常と変わらない生活を送っているかのように、食後、洗面所に向かうと、子ども用の歯ブラシ立てには、私の黄色い歯ブラシしかなかった。昨日まで、万佑子ちゃんのピンク色の歯ブラシが隣に立てられていたというのに。万佑子ちゃんが毎朝、毎晩、長い髪をとかしていた子ども用ヘアブラシもなかった。プラスティックのコップも。万佑子ちゃんの姿がないだけでなく、持ち物まで消えてしまうなんて。

このまま万佑子ちゃんはいなかったことになってしまうのではないか、絵本の中から出てきた、私だけに見えるお姉ちゃんだったことになってしまうのではないか。もしかして、私がいるこの世界の方が、ぐっすり眠っている万佑子ちゃんの夢の中の出来事で、そろそろ万佑子ちゃんが目を覚ます時間になってしまったのではないか。

パニックを起こした私は泣きながら居間に戻り、歯ブラシがない、と大声でわめきたてた。だがそれは、神隠しでも超常現象でもなかった。万佑子ちゃんの指紋が残っている所有物や毛髪を入手できる櫛やブラシ、口腔内の組織が付着している可能性がある歯ブラシ、筆跡を判定するためのノート、といったものは捜査の手がかりになるとして、昨夜のうちに両親がまとめて、警察に提出していただけだったのだ。

玄関に置いていた室内履きのスリッパもなかった。警察犬も出してもらうことになったためだが、打ちつけるような雨が音を響かせる、カーテンが締め切られたままのガラス戸の方を見ながら、父はため息を吐くように言った。

――この雨で、匂いも痕跡も、全部流されちまうんだろうな。

やめて！　と母が立ち上がり、おもむろに玄関に向かったかと思うと、傘を片手に外に出て行こうとしていた。祖母に、危ないから、と引き留められても聞く耳を持たない。

――ただでさえ、体が弱いのに。もし、田んぼに倒れていたらどうするの。〈ホライズン〉の駐車場の脇には大きな溝もあるじゃない。鉄板が乗せてあるから昨日は気付かなかっただけで、もしあの下にいたらどうするの。万佑子は泳げないのよ！

声を振り絞るように叫ぶ母をなだめたのは、警察官の友田さんだ。雨は降っていても、警察は早朝から百人態勢で捜索を開始していることを、落ち着いた口調で母に説明してくれた。昨日よりも範囲を広げて当たっている。ダイバーを要請して大滝川も調べている。町内会と小学校の先生たちも捜査に協力してくれている。そして、雨の日の方が在宅率が高いから、聞き込みで何か手がかりが得られるかもしれない、とも。

友田さんの言葉は単なるなぐさめではなかった。西日本の太平洋沿岸に接近した大型台風の影響で、三豊市にも午後から大雨警報が発令される中、前日、〈ホライズン〉の駐車場で万佑子ちゃんを見かけたという情報が得られたのだ。

柿原《かきはら》風香《ふうか》ちゃんは万佑子ちゃんや私と同じ小学校に通う六年生の女の子だった。〈スプリングフラワーシティ〉から〈ホライズン〉に向かう県道沿いに家があることから、警察は聞き込みに訪れたのだという。

風香ちゃんは神社で一緒に遊んだこともなく、一年生だった私は同じ小学校だと言われても、六年生の彼女の名前すら知らなかった。風香ちゃんが万佑子ちゃんのことを知っていたのは、風香ちゃんが図書委員で、万佑子ちゃんはほとんど毎日、昼休みを図書室で過ごしていたからだった。

万佑子ちゃんが行方不明になった八月五日の夕方、風香ちゃんは家で本を読んでいるとお母さんにおつかいを頼まれた。ポテトサラダ用のマヨネーズが足りなくなったからだ。風香ちゃんはお母さんにお金をもらい、自転車に乗って〈ホライズン〉に向かった。風香ちゃんは自転車を食料品売り場から遠い、左側の出入り口付近にある自転車置き場に停めた。一度、混雑している右側出入り口付近の自転車置き場で自分の自転車のサドルに生卵をかけられたことがあるので、以来、そこには停めないようにしていたのだ。

町中のいたるところで気に入った自転車のサドルに生卵をかけて去っていく、生卵おばさん、というのは地元の子どものあいだでは都市伝説として広まっていたが、実際に被害にあったという人を、私は初めて知った。

風香ちゃんはマヨネーズを買うとすぐに自転車に乗って駐車場内を国道沿いの出入り口に向かって走った。そのときに万佑子ちゃんを見かけたそうだ。白い車の後部座席から窓の外を見ていた万佑子ちゃんに、風香ちゃんが手を振ると、万佑子ちゃんも気付いて手を振り返してくれたのだという。

風香ちゃんは手は振ったものの、自転車を停めたり、近寄ったりはしなかった。夕方五時から始まるドラマの再放送に間に合うよう、急いでいたからだ。万佑子ちゃんが行方不明になったことを知った風香ちゃんは、泣きながら、あのとき万佑子ちゃんをそのままにしてごめんなさい、と話を聞いていた警察官に謝ったらしい。

しかし、万佑子ちゃんは決して、風香ちゃんに助けを求めていた様子ではなかったそうだ。たとえテレビが見たくても、それなら絶対にほうっておかなかったと、風香ちゃんは断言した。

白い車と証言した風香ちゃんは、残念なことに、車の車種にまったく疎かった。軽自動車と普通車のナンバープレートの色が違うことも、この聞き込みのときに初めて知ったというくらいだ。

風香ちゃんの家の車は七人乗りのワゴンタイプで、それよりは小さかったそうだが、そんな車はごまんと走っている。

しかし、重要な証言だ。

車には後部座席に万佑子ちゃんだけが乗っていたという。車の窓は閉まっていたので、フィルムは貼られていなかったと考えられる。ぬいぐるみやステッカーといった装飾品も風香ちゃんの目に留まらなかった。万佑子ちゃんは車の中なのに、麦わら帽子をかぶっていた。警察はこれらの証言をもとに、顔見知りの犯行であることも視野に入れ、車に関する捜査を進めていった。

我が家の車は父用の普通車が黒、母用の軽自動車がワインレッドだった。身内で白い車に乗っていたのは、冬実おばさんだ。しかし、冬実おばさんは八月五日は会社にいて、車も会社の駐車場に終日停められていたことが確認でき、アリバイが証明された。

念のためとはいえ、冬実おばさんは自分が一瞬でも疑われたことが、たまらなく不愉快だったらしい。事情を知っている身内でもそう思うのだから、何も知らずに白い車に乗っているだけで事情聴取を受けた人たちは、もっと不愉快だったに違いない。

つけたままのテレビでは、スポーツニュースが始まっていた。

野球やサッカーにはまったく興味がない。アルバイト先の喫茶店〈金のリボン〉ではたまに、皆で甲子園球場にナイターを見に行こう、と盛り上がることがある。しかし、店は年中無休のため、誰かが出勤しなければならない。そういうとき、私はいつも立候補していた。興味がないと言ってしまうと、水を差すことになるので、今月ピンチだから、と言って誤魔化すようにしている。仕送りは十分に受けているのだが。いつもゴメンね、と沙紀ちゃんたちから申し訳なさそうに言われても、謝られる理由がわからないほど、魅力を感じないイベントだった。

――パパが早く帰ってくると、野球を見ないといけないから、つまんないよね。

野球シーズンになると、万佑子ちゃんが私の耳元でささやいていたのは、いくつのときからだっただろう。あの声は、今でもテレビに野球が映ると、頭の中に蘇ってくる。そんな私が、二時間以上も生で見ていられるはずがない。

チャンネルを替えると、ドラマをやっていた。二時間ドラマの終盤のようで、難病に苦しむ女子高生がいよいよというときを迎えて、取り囲む人たちがそれぞれに彼女との思い出を回想している場面だ。親子をターゲットにしているのか、夏休みになると、毎年一つはこういう内容のドラマが放送されているような気がする。ドラマの中の母親は娘が初めて立った日のことを思い出し、父親は浴衣姿の幼い娘を肩に乗せて、一緒に花火を見た日のことを思い出していた。こういう物語は好きではない。

大切な人を失うドラマを楽しめるのは、大切な人を失ったことのない人たちだけだ。

テレビを消した。

万佑子ちゃんが行方不明になってから三日のあいだに得られた有力情報は、柿原風香ちゃんからのものくらいだった。

事件当日、夕方五時前ごろ、スーパー〈ホライズン〉の駐車場で、白い車の後部座席に一人で乗っていた万佑子ちゃんを見かけた。……それ以降の情報は何もなかった。

事件当日の昼間、私と一緒に段ボールを持って歩いているところを見かけたという人は数名いたそうなので、誰もが、知らない、と答えていたわけではない。むしろ、警察官の聞き込みに、積極的に協力してくれた人の方が多かったそうだ。警察署に電話もたくさんかかってきたという。八月五日に外にいた大滝地区の小学生の女子は、誰もが万佑子ちゃんではないかと疑われたといってもおかしくないほどに。川で遊んでいた、公民館の裏で見かけた、上大滝のコンビニでお菓子を買っていた。警察はそういった証言を一つずつ確認していったが、どれも人違いに終わったという。

家には入れ替わりで常に警察官がいたが、誘拐犯からは電話も郵便もなかった。

四日目、ついに、この事件をテレビで報道してもらうことになった。

万佑子ちゃんは車に乗っていたという。もしかすると、県外に連れて行かれたかもしれない。より広い範囲から情報を得るためにはテレビが有効だ。しかし、好奇の目にさらされたり、捜査を混乱させる嘘の証言が多数寄せられることも考えられる。それらを承知の上で、一つでも多く手がかりとなる情報がほしいと願った両親の決断だった。

行方不明から五日目、夕方のニュースでテレビ画面に万佑子ちゃんの顔写真が映し出された。その年の三月末に家族でディズニーランドに行った際に撮ったものだった。

日帰りで少し遠出しただけでも、万佑子ちゃんは熱を出すことが多かったので、それまで泊まりがけで家族旅行をすることなどなかった。だが、このときは万佑子ちゃんが、結衣子ちゃんが小学生になる記念にみんなで行こうよ、と両親に提案してくれて、二泊三日で出かけることになったのだ。

長時間並ばなければならないアトラクションは避けたため、のんびりとした乗り物三つに乗り、キャラクターショーを二つ見ただけだったが、夢の世界で何日間も万佑子ちゃんと二人で過ごしたような気分に浸ることができた。家に帰り、二人で見上げたお城のことを、何度話したことだろう。そのお城をバックに、私と万佑子ちゃんを写してもらった写真の、万佑子ちゃんの顔のところだけが、大きく映し出されていたのだ。

四カ月ほど前に訪れたばかりなのに、もう何年も前のことのように感じた。万佑子ちゃんが行方不明になってから、私は一度も家から出ていなかった。昨日のこの時間は万佑子ちゃんとシェルターを作っていたのに。二日前のこの時間は、万佑子ちゃんとシェルターの中でアイスを食べていたのに。三日前のこの時間は……。そんなふうに、何度も八月五日のことを思い返していくごとに、八月五日よりも前のことは、遠い昔の出来事だと感じるようになっていた。

――こんなにきれいな子なんだから、すぐに見つかるよ。

祖母が声を上げた。父は昼前から仕事に出ていた。どうしても父でなくては勤まらない仕事だったようだ。女三人で食い入るようにテレビ画面を見つめている中、祖母は、自分以外の二人が、魂を遠いところ、万佑子ちゃんと共有していた時間へと持って行き、現実逃避していることに気付いたのかもしれない。

アナウンサーは、皆様からの情報をお待ちしています、と言って、次のニュースを読み始めた。動物園のシロクマにかき氷をプレゼントしました、というどうでもいい話題だった。祖母は母に夕飯の支度をするよう促した。事件翌日の台風の日こそ、祖母が家にあるもので用意してくれたが、このまま自分ばかりが動いていては、娘が寝込んでしまうと危惧したらしい。

次の日から、食事の支度だけは母がするようになった。

——もし、今、万佑子から助けを求める電話がかかってきたらどうするんだい。誘拐犯が母親に金を届けさせろと言ってきたらどうするんだい。

厳しく祖母に活を入れられた母は、反論せず、しかし、泣きもせず、台所に立った。買い物は〈まるいち〉、〈ホライズン〉、どちらに行くのもつらいからと、母がメモ書きしたものを父がまとめて買いに行ってくれた。

いつもレシピ通りに作っていた母は、手抜き料理の作り方がいまいちわからなかったようで、台所に立つと、最低でも一時間は料理にかかりきりになっていた。それでいいのだと祖母は頷き、私にも、夏休みの宿題を毎日決まった時間にやるよう言った。

食事ができあがるのを待ちながら、祖母は写真提供をした後もテーブルの上に出したままになっていたアルバムを開いた。

——おばあちゃんも一緒に行こう、って誘ってくれたのに。

写真の中の万佑子ちゃんを愛おしそうに指でなでながら、祖母はつぶやいた。万佑子ちゃんと私で誘ったものの、若い人が行くところだから、と断られたのだ。

——万佑子はこうなることをわかっていたのかもしれないねえ。

祖母の言葉にヒュッと心臓をつかまれたような気分になった。行方不明事件の二週間ほど前にやっていた難病ものの二時間ドラマに、同じようなセリフがあったことを思い出したからだ。万佑子ちゃんと泊まりに行った祖母の家で見たものだった。

物語好きであるにもかかわらず、万佑子ちゃんはテレビドラマがあまり好きではなかった。お城もお姫さまも王子さまも魔法使いも出てこないし、子どもたちだけの世界でも、たいした冒険がないからだ。

万佑子ちゃんが好むものを自分も好きでありたい、と思っていた私だったが、テレビドラマが実は好きだった。特に、サスペンスものの二時間ドラマが。家では午後十時に寝なければならなかったため、それを見るのは祖母の家に泊まりにいったときのお楽しみになっていた。そもそもは、祖母が二時間ドラマ好きだったのが、きっかけだ。

二人で泊まりに行った夜、居間で、万佑子ちゃんと私がそれぞれ家から持ってきた本を読んでいると、午後九時前に台所の片付けを終えた祖母がお茶とお菓子の載ったお盆を持ってきて、週末のお楽しみといったふうにテレビをつけるのが常だった。

夕飯はおいしかった？　そのお菓子は好き？　本なんか持ってこなくてもおばあちゃんが買ってあげるのに。他に何かほしいものはないのかい？

何でも訊いてくれる祖母なのに、見たいテレビはないかい？　とその時間に質問されたことは一度もなかった。祖母がテレビに夢中になっている横で、万佑子ちゃんはそのまま本を読み、私は気が付くと本からテレビに視線が移動していた。終盤あたりでうとうとしていた祖母に、もうすぐ犯人がわかるよ、と言って起こしてあげたのを褒められてからは、一緒に見るのが当たり前となったのだ。

しかし、その難病もののドラマのときは、珍しく、途中から万佑子ちゃんも本を閉じてテレビを見ていた。ティッシュ箱を交互に自分の方に寄せて涙をぬぐっている祖母と万佑子ちゃんを見ながら、二人はどうして泣いているのだろうと不思議に思った。病気の子は私たちとは何の関係とだ。


もないし、そもそもこれは作り話じゃないか、と。想像力のない私には、自分のことに置き換えながら見る、という発想はなかったし、自然とそうなるほど、感性が豊かでもなかったということだ。

万佑子ちゃんは病気の子どもを誰と置き換えて見ていたのだろう。自分だったのか、私だったのか。そんなことを考えると、今でも胸が苦しくなってくる。苦手になったのはサスペンスもののドラマも同じだ。あんなものは作り物の世界の中だけでいい。

テレビ画面に、知っている人が映るのはまっぴらだ。

万佑子ちゃんの顔写真だけでもそう思ったのに、翌日、柿原風香ちゃんまでテレビに映った。正しくは、風香ちゃんらしき女の子の足元なのだが。その日は父も家にいて、家族揃って夕方の情報番組を見ていた。風香ちゃんは外でインタビューを受けたらしく、水玉模様のリボンの付いたピンク色のサンダルが大きく映し出されていた。万佑子ちゃんの麦わら帽子と同じブランドのものだと母が気付いた。

——お母さんに頼まれて、自転車に乗ってスーパーに行った帰りに、駐車場で白い車に乗った万佑子ちゃんを見ました。

音声も変えてあったが、話している内容から、風香ちゃんに間違いなかった。たどたどしい風香ちゃんの口調から、マイクを向けられて困っている様子が伝わってきた。それでも、事件が起きれば近所の人たちは取材されるものだと、両親も祖母もそれほど驚いてはいないようだった。

表情を硬くしたのは警察官の友田さんの方だ。少し遅れて父がハッと気付いたように言った。

——これ、犯人が見てたら、白い車をどこかに隠してしまうんじゃないかな。

——そんなことを言ったら、顔写真だって……。

祖母が言いかけてやめた。私に遠慮したのか、自分で言いながら恐ろしくなったのか。私には、先に父が言ったことと併せて、祖母の言いたいことがわかった。長い髪は切られていないか。では、白い頬は……。その先を考えるのが恐ろしくて、私は泣いた。

——結衣子を怖がらせないで！

母がヒステリックな声を上げた。あまりの剣幕に息が止まり、その拍子に涙も引いた。だが、一番に怖がっていたのは、母なのではないかと思った。

そんなリスクを冒してまでテレビで報道してもらったというのに、情報は多数寄せられたものの、有力なものは一つもなかった。我が家に張り込んでいた警察官も、事件から一週間後、すぐに連絡を取れるようにした状態で、引き上げることになった。

その翌日、お母さんに付き添ってもらい我が家にやってきた子がいた。山本奈津美《やまもとなつみ》、六年生のなっちゃんだった。なっちゃんは事件の日の夕方、万佑子ちゃんを見かけたのだと言って、そのときのことを、家にいた母と私に話した。

八月五日、六時過ぎまで小学校の体育館でバレーの練習をしたあと、同級生二人と帰宅していたなっちゃんは、県道に出たところで、私と私の母に会った。母に万佑子ちゃんを見なかったかと訊かれ、なっちゃんは首を横に振ったが、一緒に捜すと申し出てくれた。しかし、母はお家の人が心配するからと言って断った。なっちゃんたち三人は県道を渡って脇道に入り、万佑子ちゃんはいないかときょろきょろしながら歩いていった。

しかし、万佑子ちゃんの姿はどこにもなかった。

一人別れ、また一人別れ、なっちゃんは一人で県営住宅の前にある自宅に向かって歩いていた。そこに、後ろから白い車が走ってきた。狭い道なので、なっちゃんは車を避けるため立ち止まり、道路の端に寄った。白い車が追い越していく際、なっちゃんは後部座席に万佑子ちゃんが座っているのを見たのだ。

万佑子ちゃんは怯えて、助けを求めるような目でなっちゃんの方を見ていた。だが、万佑子ちゃんは助けてと声をあげられない状態にあった。口をガムテープで塞がれていたからだ。なっちゃんはそれを見て、ただならぬ事態であることを察した。誰かに助けを求めに行くべきか。走って車を追いかけるべきか。

迷っているなっちゃんのところへ、万佑子ちゃんを乗せた白い車が、突然、猛スピードでバックしてきた。運転席の窓が開き、目つきの悪い男がなっちゃんに向かって低い声で言った。

バラしたら殺すぞ。

そうして車はまた、進行方向へ、県営住宅の立ち並ぶ方へと走っていった。なっちゃんは恐ろしくて声も出せず、ひざをガクガク震わせながら家に帰り、このことを今日まで黙っていた。しかし、それではいけないということに気が付き、勇気を出してお母さんに打ち明けたのだと言った。

お茶の水女子大学を目指しているだけあって、なっちゃんの説明は澱みなく、私にも理解できるほど簡潔なものだった。しかし、なっちゃんは全部話し終えると、ワッと声を上げてお母さんに抱き付いて泣き出した。

――ごめんなさい。ごめんなさい。わたしがもっと早く勇気を出していたら、今ごろ、犯人がつかまっていたかもしれないのに。

なっちゃん母娘はその後、同じ話をするために三豊警察署へと向かった。最初からそちらに行ってくれていたら、私のその後も、少しはマシになっていただろうか。


誰も帰ってこないのならば、いつまで居間にいても仕方がない。エアコンとテレビを消し、電気は点けたままにして、二階の自室へと上がっていった。かつての子ども部屋を棚で仕切っただけの私の部屋は、神戸のアパートの部屋よりも広く感じる。部屋の隅には布団がたたんで置いてある。姉が、干した布団をすぐに敷けるようにとそのまま出しておいてくれたのだろう。

私はベッドで寝た記憶がほとんどない。家族でディズニーランドに行ったときくらいか。中学生になった姉と部屋を分けることになった際、母はそれぞれの部屋にベッドを置こうと提案したが、姉が却下した。部屋が狭くなると、友だちをたくさん呼べないから、と。ならば、その心配のない私だけ買ってもらおうと思ったが、母が私の意思を確認することはなく、万年床の日々が始まった。

たたんだままの布団にもたれて座ると、ほのかに懐かしい匂いがした。天気のいい日に車のボンネットの上で昼寝をするブランカの丸まった背中に鼻を近づけると、同じ匂いがした。布団も猫も、その綿や毛にお日さまの光をいっぱいに含ませると同じ匂いがする。ということは、これはお日さまの匂いなのだろう。このまま深い眠りに落ちない限り、頭の奥から溢れ出した記憶は万佑子ちゃん行方不明事件から、ついに、ブランカとの日々へ突入していきそうだ。

だから、猫を避けていた。ただ、今回はなんとなく、しっかりとあの事件のことを思い出さなければならないような気がする。事件当時は小学一年生だったが、事件のことはその後、何度も思い返している。過去に見落としていたことがあるとは思えない。しかし、背中の豆の感触は、もう一度、よく考えてみろという合図なのではないだろうか。

おまえが本当にこの家の子であるのか証明してみせろ、と。

頭の奥から溢れ出ることだけを受け止めるのではなく、自分で掘り起こさなければならないのかもしれない。何度も描き重ねられた絵の一番下にある絵は何なのか。私の頭の中にある絵が、万佑子ちゃん行方不明事件という名のカンバスの一番下に描かれているものだと考えるから、豆の正体がわからないのではないか。その、さらに下に絵があるとしたら、私は何から掘り起こしていけばいい?

そういえば、私は大切なものを持っていたではないか。

押入れを開けた。押入れは私の部屋にだけある。押入れの上段は布団を収納するスペースとして使っており、今は冬用の毛布が数枚残っている状態だ。だから母は姉の部屋にベッドを買おうと思ったのか、と今になって気が付いた。

押入れの下段には、こまごまとした私物を、段ボール箱やプラスティックケースに分けて入れてある。手前にある本の入った段ボール箱をまずは取り出す。自分で買い集めたマンガばかりだが、一番底には『えんどうまめの上にねたおひめさま』の絵本が入っている。万佑子ちゃんの本だったが、これは私が持っていようと、こっそり棚から抜いたのだ。

押入れに頭を突っ込み、トイレットペーパーの銘柄が書かれている大きな段ボール箱を取り出した。家族の誰を疑うわけでもないが、ガムテープが剝がされた形跡はない。神戸に出る際、持って行こうかとも考えたが、ようやく始めることができる新生活に、事件に関連するものを持ち込みたくはなかった。だから、ただのがらくた入れに見えそうな段ボール箱を用意して、その中に保管しておくことにしたのだ。

代替わりした〈まるいち〉商店から段ボールをわけてもらい、家に帰ると、ちょうど姉も外出先から帰ったところで、両手のふさがっている私のために、玄関のドアを押さえてくれた。笑いながら、こんなふうに言って。

——こんなに早くから、結衣子が自分で引っ越しの準備をするなんて、よっぽど一人暮らしが楽しみなんだね。段ボール、それくらい大きかったら、全部収まりそうだけど、手伝いが必要なら、いつでも声かけてね。

ガムテープを引き剝がす。段ボール箱の中から、水色のプラスティックケースを取り出した。蓋を開けてノートを探した。Ａ４サイズで表紙が水色の一般的な大学ノートだ。表には『万佑子行方不明事件に関する覚書』と油性のマジックで書いてある。整った、姉の字によく似た、祖母の字だ。中を開く——。

事件直後の三日間は我が家に泊まり込んでくれた祖母だったが、家事のまったくできない祖父と冬実おばさんをほうっておくことはできず、四日目からは通いで来てくれることになった。午前中から来て、夕方前に帰っていくこともあったし、午後から来て、夕飯を一緒に食べてから帰ることもあった。どのようなパターンであっても、祖母は我が家に到着すると、まず、事件について新しくわかったことは？　と母に訊ねていた。

私が初めてノートを見たのは、それまで家に張り込んでくれていた警察官がいなくなった日だったので、事件からちょうど一週間後だ。しかし、ノートの左側のページにはすでに万佑子ちゃんが行方不明になった八月五日からのことが簡単な日記形式で記録されていた。右側のページには、メモ書きのように、祖母の推論が書かれていた。

前日に得たなっちゃんからの証言を、母から聞いた祖母は、その場でノートに記録し、どういうことだろうねえ、と首をひねった。携帯電話を購入した母は、何かあったらすぐに連絡するようにと言って、買い物に出て行った。

——私はねえ、通りすがりの犯行だと思っていたんだよ。

祖母はダイニングテーブルから居間のソファに移動して、ノートを開いてテーブルの上に置くと、片隅に座っている私に向かって、自分の推論を話し始めた。二時間ドラマを見ながら、犯人はだれだろうね、と話すときと同じ口調だった。

夕方五時前にスーパー〈ホライズン〉の駐車場で万佑子ちゃんを目撃した柿原風香ちゃんは「白い車の後部座席に一人でいた万佑子ちゃんが、助けを求めているようには見えなかった」と証言した。

警察は顔見知りの犯行を疑い、安西家に怨恨のある人物を調べた。両親の交友関係、親族内のトラブル。しかし、父や母、父方の祖父母、母方の祖母はもちろんのこと、バブル崩壊後、自社の立て直しだけをなりふりかまわず追求してきた祖父にさえも、それほどに恨みを抱く人物は浮上しなかったらしい。

だが祖母は、祖父に恨みを抱く長塚某が容疑者から外れたところで、怨恨を動機とする顔見知りの犯行説に否定的な考えを持つようになった。そして、行きずりの犯行説に思い至ったという。子宝に恵まれなかったり、幼い子どもを亡くしたり、といった事情を持つ女性が、可愛い女の子を見つけて、つい魔がさして連れ帰ってしまったのではないか、と。そういえば、二時間ドラマでそういう話があったなと私も思い出し、祖母の意見に頷いた。

道案内をしてほしいと言われたのか、誰か友人の名前を出され、その身内だと信じたのか、車に乗った経緯はわからないが、相手が優しそうな女性だったから、万佑子ちゃんは怖がっていなかったのかもしれない。子どもがほしいという動機ならば、大切に扱われているはずだ。

そういったことが、推論の欄にもランダムに書かれてあった。祖母はなるべくよい解釈をし、それを文字にすることによって、自分の心を落ち着かせようとしていたのかもしれない。私も万佑子ちゃんがお城のようなところにいる光景を想像してしまった。

——万佑子が家に帰りたいって言い出さないように、おやつは毎日、〈白バラ堂〉のチーズケーキかもしれないねえ。

〈白バラ堂〉は祖母の家の近所にあるケーキ屋だ。万佑子ちゃんはチーズケーキ、私はチョコレートケーキが好きだった。万佑子ちゃんはチョコレートも好きだったので、一口交換しよう、と言われたことがあったが、チーズが苦手な私は、えー、嫌だよ、ときっぱり断った。一口くらい交換すればよかった。私はチーズケーキを食べないとしても、万佑子ちゃんにはチョコレートケーキをわけてあげればよかったのだ。

お城で万佑子ちゃんがチーズケーキとチョコレートケーキの両方をおいしそうに食べている姿を想像した。うっとりとろけるような表情をした万佑子ちゃんの下がった目尻が傷痕と結びつき、ぐしゃっと歪む。……そんな毎日を送っているはずがないじゃないか。

なっちゃんの証言はそれらを真っ向否定するものだったからだ。なっちゃんが万佑子ちゃんを目撃したのは、夕方六時を過ぎてから。風香ちゃんよりも後だ。「車の運転席には、殺すぞ、と脅すような怖い男がいて、万佑子ちゃんは口にガムテープを貼られて怯えたような表情をしていた」というのに。

その姿を思い浮かべて身を縮めたが、祖母はおかまいなしに淡々と話を続けた。

――魔がさして、には男も女も関係ないとは思うけど、ガムテープで口をふさがれていたってことは、それなりに連れ去る準備をしていたってことじゃないか。いつも通る道を調べられて、死角になるようなところで、待ち伏せをされていたのかもしれない。そうなると、やっぱり、恨まれてっていうことなのかねえ。だけど、万佑子はあの日だけたまたま外に遊びにいったのだから……。

祖母は言葉を切った。が、そこまで言ったのなら最後まで続けてほしかった。誘拐犯が狙っていたのは、万佑子ではなく結衣子だったのではないか、と。万佑子ちゃんは私の代わりに誘拐された。それを申し訳なく思わなかったわけではない。しかし、それより自分が家にいることの安堵感の方が勝り、そんな自分が嫌で、万佑子ちゃんごめんなさい、とギュッと目を閉じた。その頃には、それまでの涙すら嘘泣きだったのではないかと思えるほどに泣きつくし、涙は涸れ果てて一滴も流れなくなっていた。

口を閉じた祖母は、自分の考えを整理するように、ノートの推論欄の方に書き連ねていった。
1、安西家か太陽不動産を恨んでいた。計画的に子どもを誘拐する。ガムテープを準備。

2、安西家を恨んでいない。可愛い子どもがいたので魔がさして連れて行ってしまった。ガムテープは準備していない。
3、安西家を恨んでいない。可愛い子どもを誰でもいいから誘拐しようと企んでいた。ガムテープを準備。

漢字を読み飛ばしながら文字を追っていると、ガムテープ、という単語ばかりが目に飛び込んできた。そうして思い出したのだ。あの日、万佑子ちゃんはシェルター作りに使ったガムテープを自分で持っていたということを。それを伝えると、祖母は、なんてことを、とため息をつき、書き出した三つの項目の上に大きく×を書いた。

しかし、がっくりと肩を落としているだけの祖母ではなかった。なっちゃんが万佑子ちゃんを見かけたという辺りに案内してほしいと私に言ってきたのだ。まさか、この間に犯人から電話がかかることはないだろう、とも。なっちゃんの家は知らなかったが、県営住宅の近くだとは聞いたことがあったので、一緒に出掛けることにした。家から出るのは、事件以来初めてだった。

玄関から出ると、生ぬるい空気に全身がつつまれた。夕方五時をまわっているというのに、日差しは強く、歩き出さないうちから鼻の頭に汗が滲み、今はまだ夏で、万佑子ちゃんが行方不明になってからまだ十日も経っていないのだということを、肌で感じることができた。

県道から直角に延びる何本もの脇道は、今でこそ住宅地の開発により、あみだくじのように細い道路で繋がっているが、あの頃はまだ、この大滝地区は住宅地よりも田んぼの方が多く、ほとんどの脇道は他の道と繋がることなく、住宅地の端かその先の田んぼで行き止まりとなっていた。〈スプリングフラワーシティ〉も同様であり、県道と我が家の間で出会う車はほとんど、同じ住宅地に住む人のものか、住宅地内のいずれかの家に用のある人のものだと言えた。

県道から脇道に逸れ、鉄筋四階建てが二棟並ぶ県営住宅を目指して歩いていると、結衣子ちゃん、と頭の上から声が降ってきた。見上げると、一軒家の二階の窓からなっちゃんがこちらに手を振っていた。なっちゃんは私が手を振り返す前に、窓辺から姿を消して道路沿いの玄関から出てきた。

祖母を見て、おばあちゃん？　と私に訊ね、頷くと、なっちゃんは祖母に自己紹介をした。さすがにこのときはお茶の水女子大を目指していることは言わなかったが、ハキハキとした口調で話すなっちゃんに祖母は好感を抱いたようだ。

――怖い思いをしたのに、話してくれてありがとうね。

そう言って、なっちゃんに目撃現場まで案内してもらえないかと頼んだ。

――こっちです。

なっちゃんはまったく嫌そうな表情を浮かべず、車を見かけたという場所に向かいながら、祖母にも目撃当時のことを話して聞かせた。なっちゃんの家からほんの数十メートル引き返したところが目撃現場だった。そこから先は、なっちゃんの家を含めて、戸建てが八軒と県営住宅で、それより向こうは田んぼになっており、別の道路に出ることは不可能な状況にあった。つまり、なっちゃんを追い越した万佑子ちゃんを乗せた車は、県営住宅より先へは行けないということだ。県営住宅は一棟三二戸×二の六四戸、単純に考えれば、その中のどこかに万佑子ちゃんは連れて行かれたことになる。

県営住宅からなっちゃんの家の方に三人で引き返し始めたとき、レジ袋を提げた母がこちらにやってくるのが見えた。〈まるいち〉に歩いて買い物に行った帰りに、万佑子ちゃんが目撃された場所に行ってみようと思ったのだと、母は祖母に言った。

県営住宅を見上げる母に倣い、私も振り返って、大滝地区では一番高い建物である四階建ての最上階を見上げた。ベランダに干した洗濯物に子ども服が混ざっている部屋がたくさんあった。あの中のどこかに万佑子ちゃんがいるのだろうか。どこかの部屋のベランダからこっそり万佑子ちゃんがこちらを見ている様子を想像しようとしたが、どういうわけか、うまく思い浮かべることができなかった。しかし、その先は行き止まりなのだ。

これで一気に事件は解決するのではないかと、家族全員で期待したが、万佑子ちゃんが見つけ出されることはなかった。

町中に万佑子ちゃんの顔写真の入ったポスターが貼られ、警察はローラー作戦と称して、中林町の家を一軒ずつ聞き込みに回ってくれたが、芳しい成果は得られなかったようだ。

両親と私は、時折、万佑子ちゃんを捜しに外を歩くことがあった。詳しくはわからないが、母の気分にはバイオリズムのような波があり、落ち着いて日常生活を送れるときと、椅子に座ってもいられないほど何もかもが手につかなくなるときがあり、後者の兆しが表われたときは、父か祖母、そのとき母の近くにいた大人が、さりげなく、外に捜しに行こうと母を促すのだった。

しかし、それでも母は、まだその頃は、警察にまかせているところが大きかったように思える。

そのまま八月が終わり、新学期が始まることとなった。

小学校では万佑子ちゃんの事件を受け、集団登下校を行うことが決まり、夏休みの最終日に学級連絡網が回ってきた。私は下大滝地区の子たちと登下校しなければならなかった。その中には、万佑子ちゃんが姿を消した日に、神社で一緒に遊んだ子もいたし、県営住宅に住む子もいた。その子たちとどんな顔をして会えばいいのかわからず、いっそ、一人で登下校したいと思ったほどだ。

あの頃の私には、次は自分が誘拐されるかも、といった不安はなかった。犯人の目的が両親や祖父母を困らせるためであろうと、かわいい子どもがほしかったためであろうと、万佑子ちゃんを連れ去った上に、私まで必要だとは思えなかったのだ。

私が誘拐されても万佑子ちゃんがいなくなったほどには、両親は悲しまない。万佑子ちゃん以上にかわいい子がほしいなら、私など絶対に選ばれない。

それでも、母は私を集団登下校には参加させずに、自分が学校に送り迎えすると言ってくれた。集団登下校といえども、集合解散場所である県道沿いの小学校への分岐路の入り口と家の間は、各々で行き来しなければならない。だとすれば、そんな中途半端な対策には従えない。半ば怒りながら、明日、学校に行って、直接、先生に抗議するとまで言っていた。

だが、翌朝の九月一日、我が家のインターフォンが朝早くから鳴らされた。六年生のなっちゃんが家まで私を迎えに来てくれたのだ。なっちゃんの家から我が家までは、集合場所を通り越して往復十分の遠回りになる。

——一人で集合場所まで行くのは怖いかと思って迎えに来たよ。それに、みんなが事件のことを訊きたがるかもしれないけど、そうなったら、わたしがみんなに注意するから心配しないでね。

玄関先でそう宣言したなっちゃんに、母はあっさりと私を引き渡した。結衣子をよろしくね、と言って。私はとぼとぼとなっちゃんのあとをついていった。結衣子ちゃんのせいで家に警察が来たんだからね。すごく怖かったんだからね。そんなふうに責められたらどうしようと、脇腹がしくしくと痛むのを感じながら、俯きがちに集合場所へと向かった。

ところが、そこにいた十五人くらいの子どもたちは、付き添いの親も含め、誰も私を責めることはなかった。大丈夫、とか、元気出してね、とか、次々と優しい言葉をかけてくれたのだ。何を訊かれても黙ったまま頷くことしかできなかったのは、込み上げてくる涙を懸命にこらえていたからだ。

それでも、二列になって学校に向かう道中、高学年の誰かが事件のことを口にした。電柱に貼られた万佑子ちゃん捜しのポスターのせいだ。

——うちの車はシルバーだけど、隣の家のは白だから、警察にちょっと疑われたんだって。

潜めた声に、好奇心が混ざっていることに気が付いた。超常現象を特集したテレビ番組の話や、山姥の話をするときと同じような口調だった。しかし、その言葉は私に向けられてはいなかった。

——結衣子ちゃんの前でそんな話をしたらダメ。○○ちゃんは自分がかかわっていないからそんな無責任なことが言えるんだよ。結衣子ちゃんやわたしは本当に怖い思いをしたんだからね。わたしが白い車とすれ違うたびにどんな気持ちになるか、想像できる？

なっちゃんがそう言うと、事件のことを口にした子は、ごめん、と申し訳なさそうに頭を下げた。ほとんど家の中にいた私とは違い、なっちゃんはいろいろな人から何度も事件のことを訊かれていたのだということに思い当たった。なっちゃんは犯人の顔まで見ているのだ。私なんかよりもよほど、外に出るのが怖いだろうに、気丈にふるまっているなんてすごいなと、尊敬の念すら湧き上がってきた。

なっちゃんは教室まで送ってくれた。一年生の方が高学年の子よりも、家でしっかりと親から言い含められていたのかもしれない。結衣子ちゃんに優しくしてあげるのよ。事件のことを訊いてはダメよ。そんなふうに。あまり仲の良くなかった子たちまで、私に明るく、おはよう、と声をかけてくれ、宿題全部やった？　貯金箱はどんなのを作ったの？　などとごく当たり前の話題をふってくれた。担任により、特別な学級会が開かれることもなかった。

万佑子ちゃんは見つからないままなのに、自分の生活だけが動き出したという事実をどう受け止めればよいのかがわからなかった。自分だけが当たり前のように学校に来てもいいのだろうか。万佑子ちゃんを置き去りにするようで、申し訳なく感じたものの、二学期の係が決められ、宿題が出され、給食が始まると、自分の意志とは関係なく、無理にでも流れに従って進まなければならなかった。

父は祖父の会社に勤めていたため、休みは取りやすかったようだが、万佑子ちゃんが行方不明になった週が明けてからは仕事に出るようになったし、祖母は自宅に帰ると、事件から切り離された日常に戻ることができたはずだ。

母だけが、ずっと家の中に取り残されていた。頭の中に、万佑子ちゃん以外の日常が割り込んでくることがなかった。

集団登下校は一週間経っても続いた。万佑子ちゃんの事件が解決しない限り、学校側も区切りのつけどころが見つからなかったのかもしれない。なっちゃんに注意されるのはわかっていても、一日一度は誰かしら、事件のことを口にした。万佑子ちゃんと同じクラスの子から、席替えをして万佑子ちゃんの席は窓側の一番後ろになったことや、万佑子ちゃんの二学期の係は担当人数の一番多いレクリエーション係になったことを聞いた。どちらも万佑子ちゃんの喜びそうな結果ではないが、万佑子ちゃんの存在がまだ教室の中にあることが嬉しかった。

しかし、九月十日は誰も万佑子ちゃんの事件のことなど口にしなかった。前日の夜、弓香ちゃんが保護されたというニュースが流れたからだ。

祖母のノートにも、弓香ちゃんが保護された際の新聞や週刊誌の記事がスクラップされている。同一犯と考えたからではないだろうし、実際に、弓香ちゃんの事件と万佑子ちゃんの事件は何の関連性もなかったが、共通点が多かったことは確かだ。姿を消した際の年齢が万佑子ちゃんは小三、弓香ちゃんは小四という違いはあったものの、夏休み中の出来事だったことや、事故の形跡も身代金の要求もなかったことなど、事件の概要を二人の名前を入れ替えて話しても通じるほどだった。

神隠しにあった。そんなふうにも噂されていた弓香ちゃんが五年経って帰ってきたのだから、ニュース番組は連日、その話題で持ちきりだった。しかも、弓香ちゃんは遠いところに連れ去られたり、全国を転々と連れまわされていたわけではない。自宅から一キロメートルも離れていない民家で監禁されていたのだ。バスも通るような広い道路に面した家の二階の一室で五年間、弓香ちゃんは大型犬の犬小屋に閉じ込められていたという。週刊誌には、弓香ちゃんは保護された際、着衣はなく、首に赤い首輪をつけられていたという記事が犬小屋や首輪のイメージ写真とともに載っていた。

また、弓香ちゃんは毎日、牛乳とドッグフードを与えられていたとも書いてあった。

弓香ちゃんを誘拐した容疑者として逮捕されたのは、二十代後半の男だった。子どもの頃から大切に飼っていた犬が死んで、勤務していた宅配便の会社を辞めてしまうほどふさぎこんでいたとき、仕事中に、死んだ犬と面影が似ている女の子を見かけたことを思い出し、自宅付近で待ち伏せをして連れ帰り、監禁した。そんな供述をしているらしい男の名前は、戸田守《とだまもる》といい、誰もがフルネームでその名を口にした。

戸田守は母親と二人で暮らしていた。父親は彼が小学生の頃に病死して、母親が乾物を扱う小さな町工場で働き、家計を支えていた。二階に上がることを息子から禁じられていた母親は弓香ちゃん行方不明事件のことは知っていたが、まさか自分の家にいるとは夢にも思っていなかったという。戸田守は母親に新しい犬を拾ってきたと伝え、牛乳と決まった銘柄のドッグフードを切らすことがないよう、きつく命令していた。戸田守はほぼ一日中、自室にこもり、食事の際だけ一階に下りてきて、五分もかけずに食べ終えると、部屋に戻っていく毎日だった。

ところが、ある日、母親が三日ほど家を空けることになった。他県に住む兄が事故で亡くなってしまったからだ。たった一人の肉親であった母親は、階段から二階に向かって用件だけ伝え、慌てて家を飛び出した。買い物をしてから出て行け、と息子から命令される間もないほどに。

初日は冷蔵庫に残っているものを食べたものの、米のとぎ方も、ラーメンの作り方も、缶切りの使い方も知らない戸田守は、家にあるものでどうにか凌ぐことすらできず、近所のコンビニに買い物に行くことにした。

その際、弓香ちゃんに脅しをかけたそうだ。

俺は今から買い物に行く。おかしなことをすると、おしおきをするからな。

戸田守が出て行ってしばらくした後、弓香ちゃんは思い切り声を張り上げた。ワン、以外に言葉を発するとおしおきという名の折檻を受けていた弓香ちゃんは、人間の言葉を思い出すかのように、一語ずつ区切りながら声を発していたという。

た、す、け、て、た、す、け、て、た、す、け、て……。

それを聞きつけて警察に通報したのは、隣の家に住む四十代の主婦だった。その主婦にしても、隣家を前々から疑わしく思っていたわけではなく、突然聞こえてきた声に驚いて通報したものの、まさかあの弓香ちゃんの声だとは想像もしていなかったそうだ。ただし、それは五年も気付かずにいた自分を取り繕うための言い訳だったかもしれない。

ショッキングな監禁内容だけが一人歩きした弓香ちゃん事件は、連日、多くの人の口に上った。隣の県で起きた事件ということから、新聞や週刊誌で知った、ではなく、山口県に住む知り合いに聞いたんだけど、などと前置きをつける人たちもいた。それでも、子どもの方がまだ、弓香ちゃんの事件と万佑子ちゃんの事件を別物として扱うことができていたのかもしれない。その証拠に、集団登下校の最中は、私がいるにもかかわらず、弓香ちゃん事件の話題で持ちきりだった。万佑子ちゃんのことを口にすればすぐに注意をするなっちゃんでさえ、弓香ちゃんのことはいち早く情報を仕入れてきて、皆に語り聞かせていた。

それを聞きながら、私は弓香ちゃんを万佑子ちゃんに置き換えたりしていたのだろうか。頭の中に浮かんでいたのは、顔のはっきりしない女の子の姿で、それが万佑子ちゃんに変わっていったという記憶はない。もしかすると、あまりにも恐ろしいことなので、無意識のうちに脳が想像するのをセーブしていたのかもしれない。

しかし、母は恐らく、弓香ちゃんの姿に万佑子ちゃんを重ねていたはずだ。報道がピークに達した頃、学校から帰ると、母がすさまじい剣幕で電話をしていた。

――一軒ずつ調べたなんて言ってるけど、全部の部屋を見たんですか？　戸棚も押入れもちゃんと開けたんですか？

相手は警察官の友田さんだった。何と答えていたのかはわからない。電話の横に友田さんの名刺があるのを見つけ、警察もこんなものを持っているのか、などとおかしな感心をしていた。

――これから毎日、電話をします。成果があったなかったではなく、その日、万佑子のために何をしてくれたのか、全部報告してください。

母はそう言って、電話を叩き切った。警察に発破をかけただけではない。母は夕方四時になると、買い物に行くと言って出ていった。祖母が来ている日、いない日に関係なく、同じ時間に出ていき、七時頃に帰ってきた。一つだけ腕にぶら下げたレジ袋にはたいした品物は入ってなく、祖母から、三時間も何をしていたんだい、と訊かれても、献立に迷って、と言葉を濁すばかりだった。

祖母は我が家では一度も弓香ちゃん事件のことを口にしなかった。だから、後に、ノートにびっしりと弓香ちゃん事件の記事がスクラップされているのを見たときには驚いたのだが、単純に考えてみても、あの祖母が弓香ちゃん事件に興味を持たないわけがない。

おそらく、祖母も弓香ちゃんの姿に万佑子ちゃんを重ねてしまったのだ。だから、母が何を思い、何をしていたのか薄々勘付いていたのだろう。夕方三時間、母が家を空けることを咎《とが》める代わりに、私が一人にならないよう、毎日、その時間に我が家を訪れてくれるようになった。

母がしていたことを私が知ったのは、警察への電話から十日が過ぎた頃のことだった。学校の教室の片隅で、女の子数人がひそひそ話をしているのが目に入った。始業式の日に、おはよう、と声をかけてくれたときとはまるで別の表情で私の方を見ていた。何だろう、と勇気を出して訊ねようとしたところで、お調子ものの男子がからかうように私に言った。

――結衣子の母ちゃん、毎日、〈ホライズン〉で変態捜しをしてるんだって？　気持ちはわかるけど、そっちの方が気持ち悪いって、おばさんたちが言ってたぞ。

彼の言葉は間違いではなかった。連日、母はスーパー〈ホライズン〉で、小さな女の子が好むキャラクターのお菓子が置いてある棚や、女児の下着が置いてある棚の脇で、息を潜めるようにじっと立ち、買い物客の様子を窺っていたのだ。しかし、母がしていたことは、それだけではなかった。


母が変態捜しをしていると言われたことを、母が夕方四時から例の買い物に出て行った際、私は祖母に話してしまった。決して、告げ口しようと思ったわけではない。居間のテーブルで少し遅めのおやつを食べていると、祖母が何気ない会話の延長のように訊いてきたのだ。

今日の給食は何だった？　秋の遠足はいつだっけ？　結衣子は国語と算数ならどっちが得意なの？　ところで……、事件のことで、学校で何か辛い思いはしていないかい？

辛いのは、万佑子ちゃんがいないことだ。母が変態捜しをしていると言われても、辛くはなかった。ただ、変態という言葉に、ショックを受けたのは確かだ。万佑子ちゃんは弓香ちゃんと同じような目に遭っているのではないかと、ついに、二人の姿が自分の中でも重なってしまったからだ。母がじっとしていられず、夕方に三時間出て行く理由も、ようやく分かってきた。その確認の意味もこめて、祖母に訊ねた。

――ママの買い物、いつも長いよね。あんまり買ってこないのに、何してるのかな。

祖母はとっくに気付いていると思っていたからだ。それは、半分当たりで、半分外れだった。

――ママはね、多分、万佑子がいなくなったときと同じ行動をとっているんだよ。

夕方四時過ぎに神社まで行き、〈まるいち〉商店、〈ホライズン〉、県営住宅、と万佑子ちゃんが目撃された地点を回って帰ってきているはずだ、と。

――ママにちゃんと訊いたわけじゃないけど、同じ立場なら、わたしでも同じことをしたはずだからね。

――変態捜し？

母を憐れむような祖母の表情が、私の一言で、凍りつくように強ばった。

――何だい、それは？

祖母は、事件当日の足跡を辿るという、母のおおまかな行動は想像できていたが、それぞれの場所で具体的に何をしているかということまでは、思い描いていなかったようだ。私は自分が怒られたような気分になって、クラスの男子に言われたことを、言い訳がましく祖母に伝えた。

――その子だけじゃなくて、他の女の子たちも見たことあるって言ってたよ。

祖母は七時すぎに帰ってきた母に、私が伝えたことをそのまま話し、本当なのかと問い質した。

母はそれがどうしたといった様子で頷いた。

——警察が当てにならないなら、自分で捜すしかないでしょう。

母はバッグから手のひらサイズの手帳を取り出して、テーブルの上に開いた。

『〈ホライズン〉。午後五時十分。お菓子コーナー。三十代半ばくらいの男が〈魔法少女ミルル〉のカード付ラムネを五袋購入。中肉中背、短髪、パーマなし。丸顔、細目、眼鏡なし。オレンジ色のTシャツ、ベージュのチノパン、緑色のウエストポーチ。お菓子の他、カップラーメンとペットボトル入り炭酸飲料、惣菜（から揚げ、焼き餃子）を購入。自転車で国道を南に向かう』

この日は一人分だったが、ページを遡ると、毎日、二、三人分、同様の記録がなされていた。

——一度歩いてみて、気付いたの。〈まるいち〉から〈ホライズン〉までは子どもの足でなら三十分はかかる。でも、〈まるいち〉の奥さんも、柿原風香ちゃんも、万佑子を五時頃見かけた、って言った。ということは、万佑子は〈まるいち〉を出てからすぐに車に乗せられたことになる。風香ちゃんが見かけたときは、まだ、〈ホライズン〉に着いたばかりだったのかもしれない。だから、万佑子もきっと、このあとすぐに家に送ってもらえる、とか思って、あまり怖がっていなかったのよ。

そう言って、母は手帳をひっくりかえした。最終ページを一ページ目として、縦に三分割され、主に数字が記入されていた。

『九月〇日、福原33　ま　2581、日産△△　白』

車のナンバープレートの写しだった。母は午後四時に車で家を出ると、まずは神社に行って裏山のシェルターを作った場所まで行き、その後、〈まるいち〉や〈まるいち〉前のバス停を利用する人たちがよく車を停める道の端に、自分も車を停め、四時四十五分頃までそこに停められたすべての車のナンバーと車種を記録していたのだ。

――テレビで白い車って言っちゃったから、今でもそれに乗っているとは限らないでしょう。それどころか、手帳には、なっちゃん宅周辺の家や県営住宅の駐車場に停められた車のナンバーと車種、色が、一ページ目に赤ペンで記されていた。午後四時四十五分を過ぎると、今度は〈ホライズン〉に車で移動し、そうやってリストアップした車がないかを駐車場で調べてから、店内に入っていたという。

――風香ちゃんが駐車場で目撃したのが五時頃、なっちゃんが家の近くで目撃したのは六時半頃。一時間半も何をしていたのかしら。万佑子を駐車場に残したままじゃ、発見されるリスクも高いと思うのよ。

風香ちゃんの証言の後、〈ホライズン〉の駐車場には目撃情報を募る看板が立てられていた。だが、めぼしい情報は寄せられていないという。

――なのに、〈ホライズン〉に寄ったということは、絶対に買わなければならないものがあったのよ。それで、〈ホライズン〉の店員に、八月五日に新入荷したものを訊ねたの。カレーのルーやドレッシングなんかもあったけど、〈魔法少女ミルル〉のカード付ラムネというのが一番怪しいと思わない？

母は手帳をひっくり返して、不審者リストのページを再び開いた。言われてよく見ると、どの人の情報にも〈魔法少女ミルル〉という言葉が入っていた。

――そうだ、結衣子、あんたこれの鉛筆か何か持ってたでしょ。

母に言われて、子ども部屋から鉛筆とものさしを持ってきた。日曜日の朝にテレビでやっている〈魔法少女〉シリーズは幼稚園の頃は夢中になって見ていたが、小学生になると、もういいかなと思い始めていた。文房具を持っていたのは、幼稚園の卒園記念品の中に、それらが入っていたからだ。祖母は老眼の目を細めながら、ものさしを眺めていた。

――大人がこんなものを買っているのよ。とてもじゃないけど、まともとは言えないでしょう。

――だからといって、ここまでしなくても。警察に、こういう線も考えられるんじゃないかってことだけ伝えて、調べるのはまかせたらいいじゃないか。

祖母はため息をつきながら言った。母は今の今まで興奮気味にしゃべっていたのが嘘のように、黙り込んだ。眉毛の下がった寂しそうな表情だった。どうしてわかってくれないの？　と訴えかけているように、私には思えた。しかし、私も母がなぜ祖母の言葉に納得できなかったのかは、理解できなかった。

――弓香ちゃん……、生きていてよかった、保護されてよかった、犯人が逮捕されてよかった。だけど、あの子はこの先、幸せな人生を送ることができると思う？　精神的なショックを受けているからって意味じゃない。周りの人間があの子を普通の目で見ることなんて無理でしょう。弓香ちゃんを五年間、監禁していた犯人はこの男です、ってあんな気持ちの悪い男の姿を見せられて、おかしな想像をしない人なんている？　おまけに、犬小屋だのドッグフードだの、何でそんなことまで公表されなきゃいけないのよ。

――やめなさい。

祖母が遮ったのは、私に気を遣ってくれたからだろう。しかし、母は今度は私に向かって言った。

――結衣子だって、同級生にドブに突き落とされたら、先生が、やった子を見せしめのために注意するわよね。でも、自分が汚い目に遭ったことをみんなの前で言われるのはイヤでしょう？　臭い、臭い、と突き飛ばされる絵が頭の中に浮かび、思い切り頷いた。同時に、弓香ちゃんは学校に行けるのだろうかと心配にもなった。

――だからといって、警察より先に見つけることなんて、できないと思うけどね。

祖母は頭痛でも催したのか、片手でおでこを押さえながら言った。

――何もせずに待ってろって言うの？　弓香ちゃんは家から一キロも離れていないところに五年もいたのに、警察は見つけることができなかったのよ。

――でも、これじゃあ、春花が何か罪に問われることになりやしないかねえ。〈まるいち〉商店なんて、古くからの住民ばかりが利用してるっていうのに、車のナンバーなんて控えられたら、おもしろくないに決まってる。そんな人たちが、万佑子を捜すのに協力なんかしてくれるわけがない。

これにも母は黙り込んだ。しかし、この場合は祖母の言い分に納得したからだった。

――どうしたらいいと思う？

すがるように祖母を見つめた。

――勘付いてたのに止めなかったわたしも悪いが、こういうことは女一人でやっちゃダメなんだ。男は女をバカにするし、女は女の悪口の方が好きだからね。忠彦さんに相談して、二人一緒に行動した方がいい。

――でも、それじゃあ、同じ時間を辿れないじゃない。

──やり方だって、かえた方がいい。実際、あんたが変態捜しをしているって、小学生が噂しているんだ。犯人だって、警戒するだろうよ。

祖母に説得され、母は万佑子ちゃんが目撃された地点を時間通りに辿るのをやめた。弓香ちゃんが発見される前のように、仕事から帰ってきた父と下大滝地区内を歩き回るだけに留めたのだが、それはあまり長く続かなかった。

母が祖母に説明したその理由を要約すると、こういうことになる。

二人で捜索を始めると、母よりも、父の方が積極的に動いていたそうだ。夜でも臆さずに、懐中電灯の明かりだけで神社の裏山にも足を踏み入れていくし、県営住宅付近も、道路沿いからだけでなく、建物の裏手にまわって、おかしな気配はないか、万佑子ちゃんの声は聞こえないかと、身を潜めて調べていたという。二時間ドラマ好きの祖母が自分であれやこれやと推理をしていたにもかかわらず、母には行き過ぎた捜索はやめろと注意したように、一方が熱心になればなるほど、それを傍観する他方は冷静になるようだ。

母は父を見ていると、胸騒ぎがした。家の裏手はだいたいが浴室になっている。そこから中の様子を窺うなど、変質者と同じなのではないか、と。ある晩、父が県営住宅の裏手の砂地を、ざくざくと音を立てて歩いていると、十五センチばかり開いていた窓が、ピシリと跳ね返るほどに勢いよく閉められた。その音を聴き、母は夜間の捜索に父を連れ出すのをやめようと決意した。

それに対し、祖母は反論しなかった。わたしが考えなしの提案をしたばかりに、と申し訳なさそうに謝っただけだ。

その後、父はノートパソコンとプリンターを買ってきて、お詫びと目撃情報提供のお願いを兼ねた手紙を作成した。それを、なっちゃん宅周辺と、県営住宅、一戸ずつに配り、改めて協力を仰ぐのだと母が教えてくれた。粗品も添えた方がいいだろうと、〈ホライズン〉に買いに行くことになった。母はセンター街のデパートで用意すると言ったが、父がこういうときは地元の店の包装紙がかかっている方がいいと言い、それに従うことになったのだ。

母と私で〈ホライズン〉に行った。私が訪れたのは、事件当日に池上さんと万佑子ちゃんを捜しに行ったとき以来だった。

母はいつもの習慣で食料品売り場に近い、右側出入り口付近に車を停めた。店内に入ると、すっかりディスプレイの色合いが変わっていて、気温はまだ高く、運動会の練習などは半袖で行っているとはいえ、夏がとっくに終わっていたことに、改めて気が付いた。

――お菓子も買おうか。

そんなふうに母に手を引かれ、お菓子コーナーに向かった。〈魔法少女ミルル〉など、キャラクター商品の並ぶ棚の前に立ち、どれか欲しいものはある？　と母は私に訊ねたが、母の視線は私の方に向いていなかった。変態捜しをしているんだ、と私も辺りを見回してみたが、そのときはそれらしい姿は見当たらなかった。

万佑子ちゃんと一緒に〈ホライズン〉に連れてきてもらうと、一つずつ好きなお菓子を選んでもいいことになっていた。万佑子ちゃんはいつもすぐに決めていたのに、私はぐずぐずと悩み続け、なかなか決められずにいた。そんなとき母はいつも、早く決めなさい、と急かしていたのに、その日は、割合早く選んだ私に、もっとゆっくりでもいいのよ、と優しく声をかけてくれた。

……と当時はそう思ったが、私を待つという大義名分があれば、変態捜しを、ゆっくりと、白い目で見られずにできると考えていたのだ、ということが今ならわかる。

お菓子の精算を済ませたあとで、衣料品売り場の奥にある、サービスカウンターに向かった。落し物として届けられた万佑子ちゃんの麦わら帽子が保管されていた場所だ。カウンター内にいる店員は、事件の日と同じ女性だった。顔はそれほどはっきり覚えていなかったが、「山口」という名札で、あっ、と気付いたのだ。私は母にそれを伝えた。母はまるで山口さんが帽子を見つけたかのように、お礼を言い、どこにどんな状態であったのかを訊ねたが、山口さんは申し訳なさそうに、よくわからないのだと頭を下げるばかりだった。それでも母は、何か思い出したら連絡してください、と自宅の住所と電話番号を書いたメモを、山口さんに渡した。

その週末、日の高い時間に、手紙と石けんの包みが入った紙袋を手に、父と母と私の三人で、なっちゃん宅周辺と県営住宅を一戸ずつまわった。紙袋を渡すのは私の役割だった。怪訝な顔で出てきた人でも、よろしくお願いします、と私が頭を下げると、元気出してね、とか、早く見つかるといいわね、と優しく対応してもらえた。

その様子を見ながら、母は確信したのかもしれない。

万佑子捜しは、結衣子にさせるのが一番いい、と――。

第四章　迷走

八月五日の記録から始まった祖母のノートも、二カ月経った頃から、「進展なし」という文言が連なるようになった。万佑子ちゃんの事件、弓香ちゃんの事件、私の周辺の人たちから、一日一度はこれらの話題が出ていたのに、季節が変われば興味も変わるのか、運動会が終わって長袖の服を着るようになってからは、事件のことなど誰の口にも上らなくなった。

学校から、町から、万佑子ちゃんの気配が消えていった。通学路の途中にある町内会の掲示板に貼られた、万佑子ちゃんの情報を求めるポスターの顔写真が色あせていくのを見ると、万佑子ちゃん自身が消えていくようで怖かった。

家の中でさえも、万佑子ちゃんの存在感は薄くなっていった。父も母も、警察への電話は欠かさないものの、直接、万佑子ちゃんを捜しに行くことはなくなった。とはいえ、それでいいとも思っていなかった。父方、母方、双方の祖父母を含め、親族会議が開かれたのは、十月の第一日曜日に行われた、私の運動会のあとのことだった。

私にとって初めての小学校の運動会は、久々に自分のための一日であるように感じた。私一人しか参加しない運動会を、両親と母方の祖母、そして、正月にしか顔を合わせることのない父方の祖母まで見に来てくれるというのだから、頑張らなければならないと気合いが入った。

万佑子ちゃんが行方不明になってからは、国語の授業で新しい漢字を習うときも、音楽の授業でピアニカを弾くときも、万佑子ちゃんは得意だったのだから、残った子どもが私であることにがっかりされないよう頑張らなければならない、と常に万佑子ちゃんを意識していたが、運動会の日には、それがなかった。

万佑子ちゃんの運動会を、私は毎年見に行っていた。母と祖母と私の三人で、学年別に用意されたテントの最前列に陣取って座るのだが、周囲の人たちのように、声を張り上げて応援したことはなかった。万佑子ちゃんが活躍できるのはダンスだけだったのだから。

——上手に踊れていたじゃないか。万佑子はリズム感がいいからね。

弁当を食べる時や、帰り際に、そのようなことを祖母がひとこと言って、運動会の話題は終了だった。

だが、私の場合、そうはならなかった。ダンスはそれほどでもなかったが、かけっこも大玉転がしも得意なうえ、クラス対抗、地域対抗のリレーの選手にも選ばれていた。

最初のかけっこのときから、走っている私の耳に届くほど、母も祖母も、結衣子がんばれ、と大声で声援を送ってくれた。一等賞の子には小さな賞状が贈られるのだが、昼休みにそれを母に渡すと、よくがんばったわね、と嬉しそうに笑顔を向けてくれた。

万佑子ちゃんが行方不明になって以来、母の笑顔を見たのは初めてだった。

笑ってもよかったんだ。私の中にあった頑なな思いが氷解した。

万佑子ちゃんがいなくなって悲しい。辛そうな両親を見ていると心が痛む。だからといって、日常に笑える要素が何一つなくなったわけではなかった。テレビをつければ、どこかしらのチャンネルでバラエティ番組をやっている。そういうものは意図的に避けることができるが、授業中にクラスのお調子者の男子がおもしろいことを言うのは、避けることができない。

万佑子ちゃんへの思いが胸の中にあっても、おもしろいことには笑ってしまう。そうしたあとに、罪悪感が込み上げてきて、泣きたいような気分になる。それを繰り返しているうちに、意識が一歩、内側へ後退するようになってしまった。身の回りで起きていることが、フィルター越しの世界での出来事に思えてくるのだ。おもしろい冗談も、別の国の言葉のように、理解できない音として私の耳を通過していく。だから、皆が笑っているのに、私は笑わない。当然、私が皆を笑わせることもない。

それなのに、私が一等賞を取ったことで母が笑っていた。父も賞状を見ながら喜んでいた。父方の祖母が、忠彦はテープを切ったことなんてなかったのにねえ、と半分からかうように言うと、母方の祖母は、そういや春花はかけっこが得意だったねえ、と誇らしそうに私の頭をなでてくれた。

リレーの声援はさらに大きなものとなった。バトンを渡し終えたあとに、トラックの内側に戻りながら母の方をちらりと見ると、母は大きく手を振ってくれた。遠目に見る母の顔は、日光を受けていたこともあるが、つやつやと輝いているように見えた。

私でも母を喜ばせることができる。

万佑子ちゃんが帰ってくるまで、運動も勉強も精一杯がんばろうと心に決めた。

夕飯は、双方の祖父も合流し、センター街にある中華料理店の個室で取った。人目を気にせずに食事をしたいと、母に頼まれた祖母が予約したところだった。テーブルの上には豪華な料理が並んでいた。そんな中で、母方の祖母が私の活躍ぶりを二人の祖父に披露していると、まるで自分のための食事会のように思えてきたが、しばらくすると、大人たちは万佑子ちゃんの事件のことを話し合い出した。

この先、どうするか。有力な情報を得るために、懸賞金を出してみてはどうだろうと、母方の祖父が提案した。百万円にするか、三百万円にするか、金額はその場で定まらず警察に相談して決めることになった。そのあと、毎月五日にスーパー〈ホライズン〉の前でビラ配りをすることを父が提案して、母も同意した。ビラ配りには〈太陽不動産〉の人たちも協力してくれるということだった。

大人たちが話している間、私はすっかり蚊帳の外で、一人で黙々と料理を食べ続けていた。誰も、結衣子も協力するように、とは言わなかった。

私だってビラ配りくらいできる。万佑子ちゃんのための話し合いに自分が加われないことを悔しく思っていたのだが、父方の祖父母や、母方の祖父といった、普段話し慣れていない大人が複数いたので、不満を口に出すことはしなかった。

もし、あの場で口にしていたら、どうなっていただろう。

結衣子は何もせずに、万佑子が帰ってくるのを待っているだけでいいんだよ、と返ってきただろうか。

結衣子にももちろん協力してもらうよ、と返ってきただろうか。

いずれにしても、私が何か訊ねたところで、母は自分の計画を、皆の前では言わなかったのではないかと思う。

祖母のノートにも、懸賞金やビラ配りのことは書いてあるが、母の計画のことはまったく書かれていない。祖母に打ち明けなかった、ということは、母の中に後ろめたいところがあったという証拠だ。今更そんな証拠に思い当たっても、何の意味もないことだが。

ノートを閉じた。

ここは私の部屋であって、私の部屋ではない。机も家具も小さな置物も、すべて自分が使ってきたものだが、それらは全部、毎日この部屋で過ごしていた頃に揃えたものだ。大学生になって家を離れ、そこから増えたものは何もない。なくなったものもない。家を出た時とほぼ同じ状態のまま。この部屋は約一年半、時間が止まった状態で存在しているのだ。

それは、万佑子ちゃんが行方不明になった後でも同じだった。万佑子ちゃんがいなくなった直後は、万佑子ちゃんの物が家に残っていることが、万佑子ちゃんがいた証拠だと思わせてくれた。だから、万佑子ちゃんの勉強机の上は鉛筆一本動かさなかったし、本棚から本を抜くこともなかった。

しかし、同じ子ども部屋という空間の中で、私の使用する場所は少しずつ様子が変わっていく。勉強机の棚には貯金箱などの小物を飾っていたが、運動会以降は、額に入れた賞状が真ん中を占めるようになった。○をつけて返却された宿題プリントは捨てていいものかどうかわからず、机の端に置いた箱の中に、どんどん積み重ねられていった。鉛筆も消しゴムも小さくなっていき、新しいものをおろした。万佑子ちゃんとお揃いで買ってもらっていたものを、私だけが使うことになった。

万佑子ちゃんの物は万佑子ちゃんがいたときと同じ状態であるのに、今度は変わらないことが万佑子ちゃんがいないことを証明しているようで、家の中、特に、子ども部屋にいるのが息苦しくなってきた。そんな頃だ。

母が猫を買ってきたのは。

ある日、学校から帰ると、玄関に迎えに出てきてくれた母が、結衣子、ちょっと来て、と私の手を引いて、居間に連れていった。三人掛けのソファの端にふわふわとした白い小さなかたまりが見えた。万佑子ちゃんの冬用のベレー帽かと思ったが、近寄って見ると子猫だということがわかった。

――どうしたの？

訊ねる私に、母はシッと人差し指を立てた。

――起きちゃうでしょ。大きな声を出しちゃダメ。

そう言われ、声を落として同じ質問をした。

――秋物の服を買いにセンター街に行ったらね、デパートの向かいのペットショップにこの子がいて、つい買っちゃったのよ。

ソファの横には子ども服ブランドの紙袋が置いてあり、中には、薄手のコートが一着だけ入っていた。私に合ったサイズで、デザインも、これまでのひらひらしたものとは違い、コートを着たまま外で遊べそうな、カジュアルなものだった。いつもお揃いで二着買っていた服を、一着しか買わなかったときの母の気持ちはどんなものだったのか。万佑子ちゃんがいないことをいつも以上に強く感じたのかもしれない。

広げたコートをたたみ直して紙袋に戻していると、がさがさという音が耳についたのか、子猫が大きな欠伸《あくび》をしながら目を覚ました。額が広く黒目がちな顔は、万佑子ちゃんにとてもよく似ていた。もし、魔法で万佑子ちゃんが子猫に変身させられたら、こんなふうになるかもしれない。そんな子猫を母は愛おしそうに抱き上げた。

――小さいでしょ。まだ生後二カ月なんだって。

二カ月という言葉が胸に刺さった。母はこの子猫が万佑子ちゃんの生まれ変わりだと思っているのではないか。そう思うと、今度は息が止まりそうになった。生まれ変わり、が何を意味するのか気付いたからだ。一瞬でもそんな想像をしてしまった自分を、胸の中で激しく責めた。

万佑子ちゃんは死んでない、死んでない、死んでない……。

――さあ、ごはんにしましょうね。

母は子猫を抱きかかえたまま、台所に移動した。ピンク色のかわいらしいエサ箱が用意されていた。床におろし、子猫用のドライキャットフードをカラカラと注ぎ込むと、子猫はポリポリと音を立てながら食べ始めた。万佑子ちゃんの茶碗はあっても、それを使う人はいない。食べる人がいないことがわかっているから、ハンバーグも焼き魚も家にいる人数分しか作らない。家の中に時間の止まった場所ができたことを補うように、音を立て、動くものがやってきた。

日中、家の中で、一人で過ごしている母には、万佑子ちゃんの代わりになるものが必要だったのだと感じた。同時にそれは、私では万佑子ちゃんの代わりになれない、母の胸の中にできた空洞を埋めることはできない、ということを意味していた。

万佑子ちゃんの代わりは、この子猫なのだ。

涸れ果てたはずの涙が溢れ出してきた。

万佑子ちゃんがいなくなったのは、やはり私のせい……。

　母は実家にいた頃、猫を飼っていたので、子猫の扱いには慣れていた。ソファに座り、子猫を膝の上に乗せ、耳の後ろから首に沿って指先でくすぐるようになでると、子猫はぐるぐると喉を鳴らして、気持ちよさそうに母の手に顔をこすりつけながら目を閉じ、そのまま眠り始めた。

　子猫の背中を愛おしそうになでている母の口がわずかに開いた。万佑子、と呼びかけるのではないかと、思わず身構えてしまった。しかし、母は顔を私の方に向けて言った。

　――この子に名前を付けなきゃいけないわね。結衣子が決めてもいいわよ。あなたの呼びやすい名前にしなさい。

　思いがけない言葉だった。母の大切な子猫ではなかったのか。私が名前を決めてもいいということは、私の猫でもあるということか。この子は万佑子ちゃんじゃない。万佑子ちゃんと同じ名前やよく似た名前を付けてはいけない。万佑子ちゃんは帰ってくるのだから。万佑子ちゃんがこの子を見たらどう言うだろう。何と名前を付けるだろう。

　白猫のシロ。そんな単純な名前は付けないか。白、白、白……。

　白、という意味だ。

　万佑子ちゃんの声が頭の奥からこぼれ出た。何を読んでもらっていたときに、このフレーズが出てきたのだっけ。そうだ、『おおかみ王ロボ』だ。真っ白なメスのおおかみの名前は、ブランカだった。

　――ブランカは？　白、っていう意味なんだよ。

　――あら、素敵な名前じゃない。結衣子ならてっきり、シロちゃん、とかそんな名前にするかと思ったのに。ブランカね。決まり。

母はそう言うと、丸まって寝ている子猫を両手で掬うようにそっと抱え上げ、私の膝の上に置いた。半ズボンを穿いた素足の上に、ふわふわとした柔らかい感触と温かい体温が同時に広がり、ほんの少しだけ、背中がぞわっとした。

――怖がらなくてもいいの。ゆっくりとなでてあげて。

おそるおそる子猫の頭に手を乗せて毛並に沿って動かすと、ごろごろと喉を鳴らす感触が指先に伝わってきた。

――上手じゃない。もし、結衣子が一人で寝るのが怖かったら、今日からブランカと一緒に寝てもいいからね。

――いいの？

――当たり前じゃない。結衣子が名前を付けてあげたんだし、可愛がってあげて。

そう言って母は、子猫のために買ってきた道具を私に見せながら、世話の仕方を教えてくれた。トイレは階段下の廊下に、ベッドは私の部屋に置くことになった。それから、と母はプラスティックのオレンジ色のカゴを持ってきた。猫用のカゴで、これに入れられてブランカはペットショップから我が家にやってきたのだという。たったそれだけのためなら、段ボール箱でもよかったのではないかと思ったが、病院に連れて行くときなどにも使うのだと言われて納得した。カゴは私の部屋の押入れに仕舞っておくことになった。

今夜から、子ども部屋に一人きりではなくなる。母は自分の寂しさを埋めるためでなく、私のためにブランカを買ってきてくれたのだ。そう感じた途端、ブランカが愛おしくなり、座ったまま背中を曲げて、ブランカの背中に鼻先をうずめた。干したばかりの布団と同じ匂いがすることに気付き、胸の中までぽかぽかと温まっていくような気分になれた。

白い子猫ブランカは私の友だちだった。

集団登下校は万佑子ちゃんの事件が起こってから三カ月経っても続いていたが、子どもたちが外遊びを控え続けていたわけではない。集団下校の解散場所で、私以外の子たちが各々遊ぶ約束をして家に向かう中、私だけが誰とも約束せずに、一人で家に帰っていた。二学期の初日に家に迎えに来てくれたなっちゃんも、皆が万佑子ちゃんの事件の話をしなくなった頃に、もう大丈夫だよね、と言って、それ以来、あまり私にかまってくれなくなっていた。

とはいえ、神社で遊ぶ子はいなかった。学校で禁止されていたからだ。下大滝地区に住む子どもたちは、県営住宅の公園で遊ぶようになった。一号棟と二号棟のあいだにある、ブランコと滑り台があるだけの狭い公園だったが、大人の目が届く場所ということで、そこでなら遊んでもいいと、どの子も親から許可されていたようだ。

ただし、本当にそういう規則があったのかどうかは解らないが、県営住宅の公園は県営住宅に住む人しか利用できないのだと、そこに住む子どもたちは主張した。そのため、県営住宅に住む子からの誘いがなければそこで遊ぶことはできなかった。

万佑子ちゃんの事件が起こるまで、神社で一緒に遊んでいた同級生の中にも県営住宅に住んでいる子はいた。しかし、他の子たちは公園に誘われたが、私には声はかからなかった。おそらく、私が外で遊ぶことを親から許可されていないのではないかと、気を遣ってくれているのだろうと思い、こちらから一緒に遊びたいと申し出ることはなかった。いや、自分でそう思い込もうとしていたのかもしれない。

祖母も我が家を訪れるのは、週に一度の割合になっていた。母が万佑子ちゃん捜しに長時間出歩くこともなくなり、精神状態が落ち着いたと判断したからだ。

一人で家に帰る私の足取りはそれほど重くはなかった。インターフォンを鳴らすと、母と一緒に、いつもブランカが迎えに出てくれていたからだ。ランドセルを背負った私を昼間でも黒目がちな目で見上げ、おかえり、と言うように、ミャア、と鳴き、足元にすりよってくるブランカを、抱き上げて居間に連れていくのが、毎日の習慣になっていた。ランドセルとブランカを下ろすと、手を洗うのよ、と母が声をかけ、私は洗面所へと向かう。そこにもブランカはついてきた。抱き上げたいのを我慢して、居間まで戻り、おやつを急いで食べると、足元で待っているブランカを膝に乗せて、背中をなでた。

ブランカがグルグルと喉を鳴らすと、私もなんだか気持ちよくなり、一緒に昼寝をしたり、ボールを転がして遊んだりした。ブランカを外に連れ出して遊びたいと思うこともあったが、逃げるといけないから、と母から禁じられていたため、一緒に過ごすのはいつも家の中でだった。ボールのようにくるくると動き回るブランカと過ごしているとあっという間に時間が経ち、友だちと遊べないのを退屈に思うこともなく、夜を迎えることができた。

当然、寝るのも、ブランカと一緒だった。毎晩、子ども部屋に抱いて行き、部屋の片隅に置いてあるベッドの上に下ろすと、その場で丸くなって寝始めるのだが、夜中、気が付くと私の枕元で丸くなっていた。暗闇の中でブランカの寝息を感じながら目を閉じていると、頭の奥から、童話を読む万佑子ちゃんの声が聞こえてくるようだった。

決して、ブランカは万佑子ちゃんの身代わりではない。そう思っていたはずなのに、我が家にやってきてひと月も経たないうちに、私はブランカに万佑子ちゃんの姿を重ねるようになっていた。

そのブランカが、ある日、学校から帰っても姿を見せなかったのだ。


ブランカのカゴは今でも押入れの中に入っている。何故、こんなものをいつまでもとっておくのだろうと、自分でも理由がわからないのだが、ブランカがこの家にいたという証《あかし》は、このカゴ以外には残っていない。

押入れからカゴを取り出した。十三年も前に買ったとは思えないほどに、カゴ本体のプラスティックは劣化していないし、色あせてもいない。ブランカはこのカゴに入れられてペットショップからやってきたというが、私はこの中にブランカが入っている姿を一度も見たことがない。しかし、白いプラスティックの持ち手の部分は私の手汗を吸い込んで黄色く変色している。

カゴの蓋の部分は両側それぞれに仕掛けがあり、片側は猫を出し入れできる扉になっている。透明のプラスティック越しに中の様子を見ることもできる。もう片側は黄色いプラスティックの小物入れとなっている。猫を連れて出かける際に、えさやリードを入れることができるはずなのだが、ここを開閉した記憶はない。開けてみる。

首輪が出てきた。ピンク地に白い水玉模様のベルトにシルバーの鈴が一つついた、ブランカがはめていたものだ。ブランカを手放す際、つけたままだと思っていたのだが、こんなところに入っていたとは。首輪があると知っていれば、それだけを残し、カゴなどとっとと処分したのに。いや、そうだろうか。

母が首輪を買ってきたのは、ブランカが我が家にやってきてから、ひと月後のことだった。外に出さないのだから、首輪など必要ないのではないかと母に訊ねたが、ネックレスみたいなものよ、と母は少しはしゃいだ様子でブランカに首輪を巻いた。白い毛に光沢のあるピンク色はきれいに映え、とても似合っていた。首輪がないときはその姿に慣れていたのに、一度首輪をつけると、それ無しではなんだかとてもみすぼらしく見えて、やはり首輪があった方がいいと思えた。

しかし、鈴は必要なのだろうかと疑問に思った。首輪本体は子猫用でベルトの生地は薄く、幅も一センチ弱しかないのに、鈴だけが、直径二センチはありそうな子猫には不釣り合いな大きさだったのだ。鈴が背中にくるようにとめていたため、食事をしたり、のどを掻いたりするのに不便ではなさそうだったが、歩くたびにチリンチリンと大きな音が鳴るのでは、ブランカも落ち着かないだろうと、かわいそうになった。とってあげた方がいいのではないかと提案しようとしたときだ。母が言った。

——鈴の音が聞こえたら、ブランカがどこにいるのかすぐにわかって安心でしょう。

姿は見えなくても気配を感じて安心したいという母に反論はできなかった。だが、動くたびに鳴る音に初めは驚いた様子でいたブランカも、半時間もすると居心地悪そうな素振りは見せなくなった。ブランカが利口なのか、すべての猫に備わっている性質なのか、音の出どころが自分にあると解ると、なるべく大きな音が立たないような動き方をして、徐々に耳を鈴の音に馴らしていくようだった。

首輪を揺らしてみる。音のない部屋の中では、鉄製の風鈴ほどによく響く。この音を求めすぎて、幻聴を催したこともあった。

姿を消したブランカを捜す手がかりは、この音しかなかったからだ。映像や音声が残っていなくても、当時のことを思い出すには、カゴと鈴の音だけで十分だ。


玄関のドアがあき、私を迎えてくれたのは母だけ。ブランカの姿どころか鈴の音さえも聞こえず、私は声に出して名前を呼んだ。しかし、返事はなかった。不安になって母の顔を見上げると、母も辛そうに眉を顰《ひそ》めて私に言った。

――ブランカが外に出てしまったの。洗濯物を干している間くらい大丈夫かなって思ってたら、姿が見えなくなってしまって。

それだけでも涙が込み上げてきそうになった。しかし、俯く私に母は言った。

――捜しに行きましょう。生後半年以内の猫の行動範囲なんてたったの数百メートルだって聞いたことがあるから、すぐに見つかるわ。それに、ブランカの首輪には大きな鈴がついてるじゃない。さあ、早く、ランドセルを下ろして、部屋からカゴを持っていらっしゃい。

頷くと私は急いでカゴを取りに行き、母と二人で外に出た。

――名前を呼んでみたら？　結衣子じゃなきゃ、ブランカは返事をしないでしょう。

ブランカは名前を呼ぶだけでなく、私が声をかけただけで必ず返事をする猫だった。おなかすいた？　眠いの？　遊ぶ？　トイレ？　などとブランカに話しかけると、必ず、ミャアとこちらを見上げながら鳴いた。初めて外に出て、嬉しくなって遠くまで行ったはいいけれど、帰る道がわからず、今頃怯えながらどこかに隠れているのかもしれない。結衣子ちゃん助けて、と私の声が聞こえるのを待っているのかもしれない。

私は声を張り上げて、ブランカ！　と呼んだ。返事はない。しかし、母は何か気配を感じたように、あっ、と声をあげた。

——向こうの方から鈴の音が聞こえなかった？

私には聞こえなかったが、母に聞こえたのならと、母が歩いて行くのについていった。五十メートルほど歩いては立ち止まり、ブランカの名前を呼んだ。母にこっちよと誘導されていくうちに、〈スプリングフラワーシティ〉を離れ、県道まで出て、ついには、県営住宅の前までやってきた。

——やっぱり、建物の裏の方から聞こえてくるわ。ママはここで待ってるから、結衣子、見てきてくれない？　もしかして、どこかの部屋に上がり込んでいるかもしれないから、中の方からも鈴の音が聞こえないか、しっかりと耳をすませてみるのよ。

どうしてここからは一人なのか、などと細かいことを考える余裕はなかった。ブランカを捜しているうちに、どこか、万佑子ちゃんを捜しているような気分になり、必死になっていたからだ。母に言われてカゴを持ったまま県営住宅の一号棟の裏手にまわると、公園で数人の見慣れた子たちが遊んでいた。

——結衣子ちゃんどうしたの？

私に駆け寄ってきた同級生、上級生、合わせて六人くらいの子たちは、私とカゴを交互に見ながら訊いた。

——猫を捜してるの。

答えると、皆、興味深そうに私に質問してきた。どんな猫？　色は？　大きさは？　名前は？　まだ小さな子猫なのだと知ると、俄然興味が湧いたようで、みんなで捜そうということになった。私に協力するというよりは、狭い公園内でできる遊びなど限られていて、それらに飽きていたからではないかと思う。

ブランカ、ブランカ、と子どもたちは声を上げながら、公園内や建物の周辺を捜し回ったが、ブランカを見つけることはできなかった。一階の部屋の裏手に置いてある、洗濯機や物置きの下も覗いたがそこにもいない。少し時間が経ったところで、なっちゃんたち六年生も公園にやってきた。

私が手にしているカゴを見て、これまでの経緯を皆から聞くと、なっちゃんは一階の端の部屋からインターフォンを鳴らして、ブランカが上がり込んでいないか訊いてみようと提案した。頷く前になっちゃんは私の手を引いて、玄関が公園に面している二号棟の一階一〇一号室から順にインターフォンを鳴らしていった。

私はなっちゃんの隣に立っているだけでよかった。

ドアを開けて顔を覗かせるのは、どの部屋も母親と同年代の主婦だった。あら、なっちゃん、と親しげに声をかける人もいた。

——白い子猫を捜しているんですけど、知りませんか？

なっちゃんに訊かれても、皆、首をひねるばかりだったが、訝しそうにこちらを見返す人はいなかった。一号棟、二号棟、両方の一階の部屋をすべて訪ね終えた頃に、母がやってきた。母は片手に〈まるいち〉商店のレジ袋を提げていて、私が皆に協力してもらったことを伝えると、ありがとうね、と言いながら、チョコレートバーの大袋を取り出して、なっちゃんに渡した。なっちゃんが猫捜しをした子たちにお菓子を配ると、皆が嬉しそうに受け取った。

——みんな、ありがとうね。これからも、結衣子と仲良くしてね。

母が声をかけると、特に私の同級生たちが大きく頷き、ブランカ見つかるといいね、とか、結衣子ちゃんもここで遊ぼうね、と優しい言葉をかけてくれた。ブランカは見つからなかったが、心がぽかぽかと温まるような気分で、母と手をつなぎ、県営住宅を後にした。

——部屋の中から鈴の音がしないかも、ちゃんと確認した？

母に訊かれて、私はなっちゃんと一戸ずつ訪ねてまわったことを話した。

——みんな、知らないって言ってたし、部屋の中からブランカの声や鈴の音も聞こえてこなかったよ。

そう伝えると、母は少し考え込むような表情になった。が、すぐにこちらに笑顔を向けた。

——えらいわね、勝手に裏の辺りをうろつくんじゃなくて、ちゃんと、玄関から訪ねていったのね。そんなことができるようになったなんて、さすが小学生だわ。ブランカのおかげで結衣子もお姉さんの気持ちがわかるようになったのね。

褒められているのだ、と嬉しくなった。自分はなっちゃんの横に立っていただけだとは言わなかった。お礼も言った？　と訊かれ、頷いたが、それをしてくれたのもなっちゃんだった。しかし、褒められているうちに、同じ状況にまたなれば、今度は一人で対応できるのではないかと、根拠のない自信が湧いてきた。

家に着き、庭を見回してから中に入った。手を洗うように言われ、洗面所で洗っていると、台所から、まあ、と母の大きな声が聞こえた。石けんをろくに洗い流さないまま、急いで台所に駆け付けると、母がブランカを抱いていた。

――あんなところで寝ていたのよ。

母が指さしたのは、勝手口の横に積んであるビールケースと壁の十センチほどの隙間だった。私の方を見ながら、眠そうな目で、ミャア、と声をあげるブランカを母から受け取り、思い切り抱きしめると、先に家の中を捜せばよかったではないか、という思いなど、一気に消え失せてしまった。

万佑子ちゃんが行方不明になった直後は、昨日は万佑子ちゃんがいたのに、一週間前は万佑子ちゃんがいたのに、と最後に見た万佑子ちゃんの姿を思い出していたが、四カ月、五カ月と過ぎていくうちに、去年の今日は万佑子ちゃんと何をしていただろうか、と一年前の万佑子ちゃんを思い返すようになっていった。

どんな遊びをしていたか、どんな話をしていたか、どんな本が好きだったか。

十一月のある図工の時間に絵を描くことになった。先生から好きな絵本を一冊用意するようにと言われて、私は『えんどうまめの上にねたおひめさま』を持って行った。図工の授業は午後からだったので、その日の昼休みは皆が自分の持ってきた本を見せ合った。そういった場合、興味を持たれるのはあまり有名でない作品だ。アンデルセン童話を持ってきている子は他にもいたが、『えんどうまめの上にねたおひめさま』はほとんどの子が知らなかった。

読ませて、読ませて、とクラスの女の子たちに机を囲まれて、私はちょっとしたクラスの人気者気分を味わうことができた。短い話なので、皆、すぐに読み終えることができた。おもしろかった、と言う子はいない。よくわからない、というのが大多数の意見だった。自分が皆をがっかりさせたみたいで、申し訳ない気もした。だが、おもしろくないわけではなかったようだ。

——本当にこれだけ布団を重ねているのに、豆があるってわかるのかな。

誰かが言い、周りの子たちが頷いた。疑問を口にするうちに、好奇心の方が大きくなっていったようだ。やってみたいなあ、でも家にそんなに布団はないし、お母さんに怒られそう、などと少しばかりいたずらの要素を含んだその行為について、目を輝かせながら語り出した。そして、絵本を持ってきた私にこう訊ねる。

——結衣子ちゃんはやったことある？

私は大きく頷いた。皆が気になる実験をやってみたことがあると、言いたくて仕方がなかったのだ。

——豆じゃなくてビー玉だし、掛布団も二枚だけだけど羽毛のを使ったよ。万佑子ちゃんがね……。

言葉を詰まらせてしまったのは、とっさに万佑子ちゃんの名前を出してしまったからだが、その後を続けられなかったのは、万佑子ちゃんとの楽しかった時間を思い出して、涙が止まらなくなったからだ。

涙が一滴、机の上に落ちると、私を取り囲んでいた女の子たちがさっと一歩引いた。成長すれば涙の原因が目の前にあるとは限らないということを誰もが理解しているが、小一の子どもにはわからない。涙の原因は泣いている子の半径一メートル以内にあると考える。だから、その中にいる子は外の子に向かってあわてて弁解する。

――誘拐されたお姉ちゃんのことなんて、こっちからは言ってないんだからね。結衣子ちゃんが自分で言って、泣いてるんだからね。

私は誰も責めていない。なのに、周りの子たちは口ぐちに、泣いているのは結衣子ちゃん自身のせいだと、私を責めている。どうすればいいのかわからず、私は絵本を抱えたまま教室を飛び出した。どこに行けばいいのかわからなかった。悪口を言われたのなら職員室に行って先生に相談するが、そういうわけでもない。ただ、もうこの絵本は皆の前に出したくないと思った。違う本にしよう。そう考えて、図書室に向かった。

国語の授業中に図書室の使い方は習っていたが、毎日のように利用していた万佑子ちゃんと違って、私は一度も本を借りたことがなかった。絵本を抱えたまま図書室に入り、カウンターを素通りして棚の方に向かおうとすると、先に返してから次のを借りてね、と声をかけられた。図書委員の女の子だった。六年生ということは名札を見てわかったが、名前の漢字を読むことはできなかった。原という字がわかったくらいだ。

これは家から持ってきた本で、図工の時間用に一冊、別の絵本を借りたいのだとシドロモドロになりながら伝えた。泣かずに言えたのは、女の子がとても優しそうな顔をしていたからだ。まぎらわしいことをしたのは私の方なのに、勘違いしたことを謝ってくれたし、題がわかっているなら探してあげようかとも言ってくれた。

何を借りるのかは決めていなかったが、とっさにブランカの顔が頭に浮かび、シートン動物記の『おおかみ王ロボ』だと伝えた。女の子はすぐに本棚から持ってきてくれ、そのまま貸出カードも書いてくれた。

――一年二組、安西結衣子です。

名前を言うと、女の子は手を止めて、じっと私の顔を見た。それから、顔をぐしゃっとゆがめて、ごめんね、と言った。そこでようやく、女の子が柿原風香ちゃんであることに思い当たった。万佑子ちゃんが行方不明になった日の夕方、スーパー〈ホライズン〉の駐車場で目撃した、あの風香ちゃんだ。謝られても何と答えてよいのかわからず、本を黙って受け取り、図書室をあとにした。本を探してくれたお礼も言わないままだった。

図工の時間はどこから見ても猫にしか見えないおおかみを二匹描いて、どうにかやりすごすことができた。放課後、集団下校のため、グラウンドに出て下大滝地区の集合場所に向かっていると、別の地区の旗を持った風香ちゃんと目が合った。

お礼の気持ちを伝えるために、そっと手を振ると、風香ちゃんも笑顔で手を振り返してくれた。それを見ていたなっちゃんが私に声をかけてきたのは、集団下校の解散場所に着いてからだ。今日は家まで送ってあげる、と言われて、二人で私の家へ向かって歩いていたとき、なっちゃんに訊かれた。

――なんで、風香ちゃんに手を振ってたの？

私は昼休みに図書室を訪れたときのことを、ごめんねと謝られたこと以外、すべて伝えた。

――事件のことは何か言われなかった？

私は黙って首を横に振った。

――風香ちゃんのことは信用しちゃダメだよ。あの子は友だちがいないから、みんなの気を引こうとして嘘をつくんだから。生卵おばさんの被害に遭ったとか、あんなのただの都市伝説なのに、本当にやられたなんて言ってるし。……多分。

なっちゃんは声をひそめて私に顔を近づけた。

――六年生の女子みんなが言ってることだから、結衣子ちゃんにも教えてあげるけど、事件の日に〈ホライズン〉で万佑子ちゃんを見かけたっていうのも、嘘だと思う。

ガツンと頭を殴られたような気分で、言われたことを理解するのに、少し時間がかかった。まさか、重大な事件のことなのに嘘をつく子がいるなんて、と信じられない気持ちでいっぱいだった。黙ったまま数歩足を進めて、あっ、と気が付いた。

――でも、万佑子ちゃんの帽子が〈ホライズン〉の駐車場に落ちてたよ。

――だからあんな嘘を思いついたんだよ。

なっちゃんはとまどうことなく答え、自分の推論を私に聞かせた。犯人は複数いるのだと。犯人たちは警察の捜査を攪乱するために、一方は万佑子ちゃんを連れ去り、もう一方は連れ去るルート上から離れた場所に万佑子ちゃんの私物を置きに行ったのではないか、と。そして、帽子のことを偶然知った風香ちゃんは万佑子ちゃんが駐車場にいたと思い込み、嘘の話をでっち上げた。

――でも、風香ちゃんが帽子のことをどうやって知るの？

――親戚のおばさんか誰かが、〈ホライズン〉で働いてるんじゃないの？

なっちゃんの澱みない口調には説得力があり、家が見えてきた頃には、なっちゃんの言う事を九割方信じるようになっていた。

――お母さんに言った方がいいのかな。

不安になってそう訊ねると、なっちゃんは自分の口元に人差し指を立てた。

――そんなことしたら、風香ちゃんが警察に怒られるでしょ。でも、警察は子どもの嘘なんて簡単に見抜けるから、風香ちゃんの証言が嘘だってことも、とっくに気付いていると思う。それより、風香ちゃんは自分が注目されなくなったらまた嘘をつくかもしれないから、事件のことを訊かれても、絶対にしゃべっちゃダメだよ。すぐに、わたしに相談してね。

頷いたところで、家に着いた。約束を守り、私は母になっちゃんから聞いたことを話さなかった。しかし、話した方がよかったのかもしれない。母は〈ホライズン〉での張り込みをやめていなかったのだから。


それから一週間後のことだ。まだ十二月にはなっていなかったが、集団登下校中にクリスマスの話題が上るようになった。年上の子と一緒にいると、新聞の一面を飾るようなニュースなど、得られる知識も多いが、現実を突きつけられるという残念な出来事も起こる。小一にして、サンタクロースはいないことを知らされてしまった。

しかし、教えてもらえてよかったのかもしれない、とも思った。プレゼントを用意してくれるのが親なのだとしたら、万佑子ちゃんのいない今年はクリスマスのことなどすっかり忘れているかもしれないし、憶えていても、プレゼントを買う気が起こらないかもしれない。それを知らずに、今年はサンタクロースが来てくれなかった、万佑子ちゃんが行方不明になったのが私のせいだからだろうか、などと悲しい気持ちにならずにすむのだから。

それでも、皆、プレゼントを楽しみにしていた。私も半ばあきらめてはいたが、プレゼントがあればいいなと思った。それよりも、クリスマスまでに万佑子ちゃんが帰ってきてくれるのが一番いい。

そんなことを考えながら家に帰ると、玄関前に母が立っていた。手には猫用のカゴを提げていた。私を見ると、母は困ったように眉を顰めた。

——またブランカが出て行ったのよ。

家の中はしっかりと捜したのだと言う。そして、カゴを持って家の近辺を捜してみたところ、県営住宅二号棟の二〇三号室のベランダにいるのを見つけた。しかし、インターフォンを鳴らしたが誰も出てこなかったのだ、と。

——今度は結衣子が行ってきてくれないかしら。ブランカも、結衣子の声が聞こえたら自分から降りて来るかもしれないし、ね。

頷く前に、母にカゴを渡され、私はその場でランドセルを下ろして県営住宅へと向かった。不安ではあったが、部屋までわかっているのなら、簡単なことだと自分に言い聞かせた。前回、なっちゃんがやっていたように、はきはきとした口調で訊ねればいい。

県営住宅に到着すると、気合いを入れるように二号棟の建物を見上げた。エレベーターはない。建物の両端に階段がある。二〇三号室の位置を憶えてから、裏手にまわるとベランダが見えた。各階、ベランダは一続きになっていて、部屋ごとに白い板のようなもので仕切られているだけだった。階段から飛び移り、板の下を通って移動したのだろうか、と二〇三号室を見上げると、派手な毛布が目に留まった。見覚えのあるアニメの主人公。魔法少女ミルルの前にテレビでやっていた魔法少女マロンの絵が入った毛布がベランダのフェンスに干されていたのだ。

目を凝らしてみたが、ブランカの姿を見つけることはできなかった。

二〇三号室のインターフォンを鳴らすと、おばあさんが出てきた。頭の中では何度も繰り返したはずなのに、思うように言葉が出てこなかった。

――白い子猫を捜しています。ベランダにいませんか？

これだけのことを、手のひらに汗を滲ませながら言った。しかし、おばあさんは怪訝な顔をすることなく、勝手に上がってきちゃったのかねえ、と振り返った。玄関からベランダは見えなかったが、おばあさんは毛布が干しっぱなしだということに気付いたようだった。

――毛布のところでひなたぼっこをしているかもしれないから見てくるね。

そう言って、玄関のドアを開けっ放しにしたまま、部屋の奥へと入っていった。鈴の音が聞こえないかと耳を澄ましてみたが、テレビの音が聞こえてくるだけだった。祖母が好きな刑事ドラマの再放送だとわかったところで、おばあさんが戻ってきた。

――端の方まで見たけど、いなかったねえ。この辺りにまだ隠れているのかもしれないけど、日が暮れるのも早くなったし、誘拐事件の犯人もまだ捕まっていないんだから、遅くまで捜し回ってちゃいけないよ。

言いながら、おばあさんは気付いたようだ。目の前にいるのは、誘拐事件の目撃情報を募る手紙と粗品を配っていた子だ、と。おばあさんは同情するような目で私を見た。

――かわいそうにねえ……。何で、うちに来ることになったのかはわからないけど、あそこの家に猫はいなかったってお母さんに言うんだよ。猫なんて、あんたが捜しに行かなくても、待ってれば必ず帰ってくるんだからね。

励まされているのか、追い返されているのか、判断が付きにくい強い口調でおばあさんは言った。私はぺこりと頭を下げておばあさんに背中を向けた。お礼の言葉を口にできなかったのは、歯を食いしばっていないと泣いてしまいそうだったからだ。

同じ階の他の部屋を訪ねる気力はなかった。公園に同級生の姿が見えたが、気付かれませんようにと、全力で走り抜けた。そのまま家に戻り、インターフォンを鳴らすと、母はエプロン姿で菜箸を片手に出てきた。

どうだった？　と訊ねながらも台所が気になるようで、私を中に入れると鍵をかけ、ちょっと待ってて、と言って台所に戻っていった。

玄関の上り框《かまち》にカゴを置いた途端に、汗でべた付いた手を気持ち悪く感じた。洗面所に入り、蛇口をひねろうとすると、鈴の音がかすかに聞こえた。隣の浴室からだった。浴室のドアを開けると、今度は鳴き声が聞こえた。蓋の閉まった浴槽の中からだった。

どうしてこんなところから？　とおそるおそる蓋を開けると、水を抜いた浴槽の中からこちらを見上げるブランカと目が合った。訴えるような目で私を見上げるブランカを抱き上げて、母のいる台所に連れていった。

――おなかすいたでしょう。ご飯もうすぐできるけど、その前に少しおやつを食べておいたら？

菜箸を片手にそう言いながらこちらを振り向いた母は、ブランカを見て、驚いたように目を見開いた。

——どこにいたの？

浴槽の中にいたと伝えると、まあそんなところに、水を抜いていてよかったわ、と母はさも安心したように言ったが、私はブランカがそこに自分から入ったとは思えなかった。

大人になれば、自分が小学一年生だった頃のことを忘れ、その年齢の子どもの知恵がどの程度働くのかなど、大人のものさしでしか測れなくなってしまうのだろう。

私だって、万佑子ちゃんの事件がなければ、小学一年生のときの記憶など、せいぜい運動会くらいしか残っていなかったはずだ。どの漢字を何年生のときに習ったか、算数はどんな問題を解いていたのか、そういった学習内容についても、年月が経てば、小学生の時に習ったもの、と記憶の中で一括りにまとめられてしまう。

そうしていつしか、小学一年生という存在について考える際、当時の自分を思い出すのではなく、記号化された幼い子どもを頭の中に勝手に作りあげるようになる。そういう場合の子どもとは、純粋で、疑うことを知らず、大人の言うことは何でも信じるという、大人にとって都合のいい思考回路を持つ単純な生き物でしかない。

母も例外ではなかった。むしろ母のように、育ちがよく、世間体を気にする人は、子どもの頃に嘘をついていたり、いたずらをしていたり、それを誤魔化す方法も考えていたり、親の嘘を見抜いて指摘する言葉を容易に思いついていたりしたことを、すっかりなかったことにして、自分は純粋な子どもだった、と記憶を書き換えている部分が多いはずだ。

だから、それほど勉強ができるというわけではない小学一年生の娘など、簡単に言いくるめられると思っていたに違いない。

浴槽にはしっかりと蓋が乗せられていた。保温性の高い、厚さが五センチ以上もある蓋を、子猫が開けられるはずがないことは、ブランカを見つけたときに気付いていた。母が閉じ込めたのだとすぐにわかった。まだいっそ、庭にいたのを見つけたのだけど、揚げ物をしているところにじゃれてきたら危ないから、浴槽に避難させていた、と言い訳されたほうが、信じることができたはずだ。

ママは嘘をついている。

そう確信したのならその場で言えばよかったのだが、なんとなく、言うと怒られるような気がしてやめた。母の目的に薄々気付いていたからではないかとも思うが、それは、その後の出来事と混同して、私が勝手にそう思い込んでいるだけかもしれないので、自分をそれほど知恵の働く子だったと勘違いしないためにも、この段階ではまだ気付いていなかったことにする。

それに、このとき母を問い詰めなかったのは、多少、緊張はしたものの、県営住宅を訪れた際にそれほどいやな思いはしていなかったからだ。

それから数日後だった。集団下校の最中に、猫を見せてほしい、と言われたのは。

私に声をかけてきたのはなっちゃんだったが、言い出したのは万佑子ちゃんと同じ三年生の女の子だった。その場にいた他の女の子も数名、自分も見たい、と言い始めたので、総勢五名が我が家にやってくることになった。

玄関で私を迎えた母は後ろにいる子どもたちを見て少し驚いた様子だったが、すぐに笑顔を作って皆を家の中に招き入れてくれた。

――昨日からわかってたら、ケーキを焼いておいたのに。

そう言いながら、買い置きしてあったクッキーなどのお菓子と紅茶を人数分、居間のテーブルに用意してくれた。

猫は？　となっちゃんに訊かれ、ブランカが迎えに出てくれなかったことに気が付いた。母に訊ねると、あら、またいなくなっちゃったのかしら、と母はブランカの名を呼びながら、居間を出て二階へと上がっていった。その間、子どもたちは互いの顔をこっそり窺いながら、お菓子を食べていた。私の家に遊びに来ているのに、私に話しかけてくれたのはなっちゃんくらいだ。

――ブランカってよく外に出るの？

そう訊かれ、自分ではブランカが外に出ていくところを見たことはなかったが、母が洗濯物を干すときなどに出て行ってしまうこともあると伝えた。そこに、母がブランカを抱いて入ってきた。

――ママたちの部屋で寝ていたわ。

そう言って、ブランカを皆が座っている秋冬用のラグの端の方に置いた。ブランカは眠そうな目をしばたたかせながら、大きく伸びをすると、私の方を見て、ミャア、と鳴き、こちらにやってきた。これだけ子どもがいても、私を識別してくれることが嬉しかったし、皆の前で誇らしくもあった。

かわいい、と声を上げながら子どもたちはブランカを囲んだ。慣れた手つきで喉元を撫でる子もいたし、おそるおそる指先でしっぽに触れる子もいた。ブランカへの褒め言葉を聞いていると、自分が褒められているようで、くすぐったい気分になった。ブランカと遊んでいるうちに、テレビのラックにディズニーアニメのビデオがあるのを見つけた子がいて、皆で一緒に「ふしぎの国のアリス」を見ることになった。

お菓子をつまみ、ブランカを膝に乗せ、ユニークなキャラクター達の振舞いに声を上げて笑う。幸せなひとときだった。日が短くなっていたため、ビデオを見るのは前半でやめて、玄関で母と一緒に皆を見送った。なっちゃんがしっかりとした丁寧な口調で母にお礼を言い、皆もなっちゃんに倣って挨拶をした。

――ビデオの続き、また見ようね。

私が言うと、またね、と皆も笑顔で答えてくれた。玄関のドアを閉め、足元にいたブランカを抱き上げて居間に戻ると、ソファの上に通学帽があることに気が付いた。私のものかと思ったが、ひっくり返すと別の子の名前が書かれていた。

まだ追いつけるだろうと、帽子を持って家から出ると、皆はそれほど遠くまでは行っていなかった。団子になってゆるゆると歩きながら話している声が、私のところまで聞こえてくる程度の距離だった。

――猫、本当に飼ってたんだね。

――可愛かったね。

――なんか、万佑子ちゃんに似てたね。

――わたしも思った。ちょっと怖かったんだ。

通学帽を持ったまま家の中に戻った。テーブルの上のお菓子の残骸は楽しかった時間の余韻を含むものであったはずなのに、虚しさを強調するだけのものになっていた。頭の中では聞いたばかりの会話がぐるぐるとまわっていた。

ブランカは万佑子ちゃんに似ている。だけど、それのどこが怖いのだろう。万佑子ちゃんが幽霊のように扱われている気がして悲しくなった。今度また遊びに来ても、怖いと言った子には、ブランカを触らせてあげたくないと思った。が、同時に、今日来た子たちはもう遊びにくることなどないような気もした。たとえ、ビデオを最後まで見終わっていなくても、だ。

猫、本当に飼ってたんだね。皆、それを確認するために来たのだ。しかし、この言葉はいったい何を意味するのだろう。そういえば、今日来たのはなっちゃんを除いて、県営住宅に住む子ばかりだった。一緒に猫捜しをしてもらったことがあるから、うちに猫がいるのを知っているはずだ。それなのに、疑いを持つということは、猫も飼っていないのに、カゴだけ持って猫捜しをしていると思われていたのだろうか。

何のために？　……万佑子ちゃんを捜すためだ。

ならば、ママはブランカをわざと隠して、万佑子ちゃんがいるかもしれない家の様子を、私に見に行かせているということだろうか。そういえば、今日帰ったときもブランカは迎えに出てこなかった。もし、なっちゃんたちが来なければ、またブランカ捜しを頼まれていたかもしれない。そして、今日捜しに行くことができなかった分、明日、行かされるかもしれない。

この頃にはすっかり通常勤務に戻り、残業までするようになった父を待たず、母と食事を取る席で、怒られるのを覚悟しながら母に訊ねた。

——このあいだ、ママはブランカじゃなく、万佑子ちゃんを捜して欲しかったの？

母は目を見開いて箸を置いた。

――誰かにそう言われたの？

直接は言われていないが、ズルい私は誰かのせいにする方がラクだと思い、黙って頷いた。私だけなら誤魔化せると思っていたが、高学年の子どもに吹き込まれたのなら仕方がないとあきらめたのか、母はあっけなく、そうよ、と認めた。

――警察にまかせてじっと待ってるなんて、やっぱりママにはできないのよ。

母は変態捜しをやめると約束したすぐ後から、次の作戦を考えていたのだ。自分は離れたところから観察して、目立つところへは結衣子に行かせればいい。知らない家を訪ねる口実として、猫を捜していることにすればいい、と。

しかし、前回訪れたのはおばあさんの住む部屋だった。変態だとは思えない。が、魔法少女マロンの毛布が干してあったことに思い当たった。母も〈まるいち〉商店のレジ袋を提げて県営住宅のベランダを遠巻きに眺めている際に、おかしいと感じたのだという。

――洗濯物は大人のものしか干していないのに、アニメキャラクターの毛布があるのはおかしいでしょう。

母の観察眼に当時は感心すらしてしまったが、今となってはアニメキャラクターの毛布があった理由は見当がつく。ベランダにあった毛布は魔法少女マロンのものだった。しかし、その頃オンエアされていたのは、魔法少女ミルルだ。

キャラクター商品はオンエアが終了すると、タダ同然の値段で売り出されるということを、一人暮らしになって初めて知った。神戸のアパートの台所には値引きシールの貼られたアニメキャラクターのふりかけを置いているが、そのアニメを見たことは一度もない。百円均一の店が近くになければ、はみがき用のコップなどもそういったキャラクターもので揃えていたのではないかと思う。定期的に通ってくる彼氏もいないのだから、日用品など必要な機能を備えていれば、色や柄などどうでもいい。

おばあさんがアニメキャラクターの毛布を使っていたのは、単に、安かったからではないだろうか。しかし、食料品以外の日用品はすべてセンター街のデパートで買うのが当たり前だった母にはそこまで思い至らなかったのだ。

——本当はね、県営住宅やあの周辺の家を一軒ずつ全部訪ねて、隅から隅まで調べてやりたいの。タンスや押入れの中もすべて。でも、ママがそれをするのは許されないのよ。警察にお願いしたんだけど、警察ですらできないんですって。そのうえ、警察はなっちゃんの証言を信用していないみたいなのよ。かといって、他に有力な手がかりがあるわけじゃない。あんなに礼儀正しいしっかりしてる子が嘘をつくとは思えないし、手抜き捜査の言い訳をしているだけだと思うわ。だからね、ママが頼れるのは結衣子しかいないの。

母の言うことすべてに納得できたわけではない。しかし、母に求められている、という一点のみで、私は母に協力しようと思った。タイミングよくブランカが膝に乗ってきたことも後押しした。万佑子ちゃん捜しという目的がはっきりすれば、もうブランカがどこかに閉じ込められることもない。母に嘘だとわかる嘘をつかれることもない。

——だからといって、しつこくインターフォンを鳴らさなくてもいいし、家の人が出てきても、中には絶対に入っちゃダメよ。万佑子の声が聞こえないか、子どもの気配がないか、どこかおかしいところはないか、そういうことを確認したらすぐに帰ってくるのよ。

本当の目的を打ち明けたからこそ出てきた注意事項で、もし、私が猫捜しと信じたままなら、こんなことは言わずに私を送り出していたはずだ。いや、目的が万佑子ちゃん捜しであろうと、猫捜しであろうと、母が私を誘拐犯のもとに送り込もうとしていたということには変わりがない。母にその自覚がどこまであったのか解らないが、もし誘拐されたのが私の方だったら、母は同じことを万佑子ちゃんには絶対に頼まなかったはずだ。

そんなところにまで思い至らずに、母に指示を出されるまま、カゴを提げてノコノコと出かけていたのだから、小学一年生の知恵は大人が思うより働くという持論は、撤回した方がよいのかもしれない。

首輪をカゴの蓋に仕舞った。このカゴを提げて、猫を捜しているんです、と何軒訪れただろう。母は県営住宅やその周辺の家の洗濯物や布団の観察だけでなく、スーパー〈ホライズン〉での変態捜しも続けていた。ただ、最初の頃のように、露骨に棚の陰から見張っていたわけではない。

母には協力者がいたようだ。お願いした、と母は言っていたが、何か金品でも渡していたのではないだろうか。でなければ、店側に知られたらクビにされるようなことを、〈ホライズン〉の従業員が引き受けるはずがない。協力者の名前は山口さん。万佑子ちゃんが行方不明になった日に、サービスカウンターで落し物の帽子を受け取った人だ。

山口さんはまず、魔法少女ミルルの新商品が入荷する日を母に伝えた。これを受けて、母は買い物を装い、遠巻きにその商品の棚を観察していた。他に、山口さんがしていたのは、衣料品売り場の観察だ。サービスカウンターから衣料品売り場はよく見える。そこで山口さんは魔法少女云々に関係なく、小学生女児用の品を購入する人をチェックし、女児に縁のなさそうな人が購入していた際には店を出るまで尾行して、車のナンバーやどちらの方向に出て行ったかをメモに控えて、母に連絡を入れていた。

そして母は、そうやってチェックされた人が県営住宅やその周辺に住んでいないか、調べていたのだ。

猫用のカゴを持って県営住宅やその周辺の家を訪れた際、ドアを開けるのは大概、高齢者だった。〈ホライズン〉の従業員、山口さんからもたらされる、小学生女児用の品物を購入していた女児に縁のなさそうな人、という情報を元に辿りついた人たちだったのだが、おそらく、山口さんには子どもがいなかったのではないだろうか。もしくは、幼少期に祖父母と過ごすことがなかったのか。

私が母方の祖父母の家に泊まりに行く際、手ぶらだったように、高齢者が同居していない孫のために買い物をするのは珍しいことではない。直接、孫が家を訪れることがなくても、宅配便で送ってあげることもあるだろう。山口さんはそんな簡単なことに思い至らなかったようだ。同じく、報告を受けた母にしても、私をその人たちのもとに送りこんでいたのだから、山口さんと同じだと言える。

ただ、母の場合、そうした事情もわかってはいたが、藁にもすがる思いの方が強かったと考えることはできる。その上、変態男のもとに私を行かせることに抵抗があっても、高齢者のもとにならば安心して送り出すことができる。ならば、結果はそれほど期待できないとしても、確認はしておいた方がいい。そんなところではないか。

しかし、高齢者が皆、親切なわけではない。もちろん、半数くらいの人たちは、嘘をついているのが申し訳ないくらいに、猫が隠れていないか、ベランダなどをしっかりと捜してくれた。年明けの寒い時期にはカイロを持たせてくれた人もいたし、なぐさめの言葉とともに、みかんや袋入りのせんべいを一つ、二つ持たせてくれる人もいた。そういったものを母は、ちゃんと断らなくちゃダメでしょう、とゴミ箱に放り込んでいたのだが。

暖かくなり、日が長くなると、なかなか私を帰らせてくれない人たちもいた。もともと女児用の品物を購入していた人たちだ。猫については、見なかった、とひと言で終わらせるものの、何年生？　まあ、うちの孫と一緒、などと孫について延々と語られることも少なくなかった。遠方に住む孫に何を送れば喜ばれるのかわからず、学校ではやっているものや好きなキャラクターを教えてほしいと言われ、必死になって説明したこともある。

だが、これらは辛い経験ではない。残りの半数からは、知らない、と吐きすてるように言われ、門前払いをくっていたのだから。ある訪問先で、私の姿を見るなり、帰れ、と思い切りドアを閉められたのは、事件から一年以上経った秋のことだった。

それからしばらくしたある日、登校すると、誰も口を利いてくれなかった。それまで一緒に遊んでいた女の子たちは遠巻きにこちらを見ながら、ひそひそとささやき合っていた。私が近付くと、わっ、と大袈裟に驚いたような声を上げながら、教室の外へと逃げていく。そして、開けっ放しの廊下側の窓越しにこちらを見ながら、また、ひそひそ話をし始める。意地悪を楽しむようなくすくす笑いはなかった。ただ、本当に私を避けているように見えた。なぜ、突然そんなことをされるようになったのか、理由がわからなかった。

私が二年生に進級したその年の四月から、まるで年度が変わるのを待っていたかのように、集団登下校はなくなった。万佑子ちゃんの事件が起きた直後こそ、集団登下校に異論を唱える人はいなかったが、時間が経つにつれ、朝は保護者の出勤の時間に合わせて、放課後は子どもの塾や習い事などの時間に合わせて、登下校させたいと学校に訴える保護者が増えていたそうだ。こちらから頼んだわけではないのに、学校側は集団登下校をやめることへの許諾をうちの両親に求めてきた。同時に、万佑子ちゃんの学校での扱いも話し合われた。

四年一組の名簿に万佑子ちゃんの名前はあったが、三年生のときのように席は用意されていなかったし、係などを割り振られてもいなかった。万佑子ちゃんの存在が学校から消えていくのは辛いことだったはずなのに、お姉さんが誘拐されたかわいそうな子、として気遣われることが少なくなっていくことに、ホッとしている自分もいた。休憩時間のドッジボールも他のクラスメイトと同様に私を狙ってボールが飛んできたし、鬼ごっこをしても、ちゃんと鬼に追いかけられた。

万佑子ちゃんの事件のことも、弓香ちゃんの事件のことも、子どもたちは学校で話題にしなくなった。テレビ番組や人気のおもちゃのことを夢中になって話していた。物騒な話題で盛り上がったのは、ノストラダムスの大予言についてくらいか。万佑子ちゃんの事件から丸一年経った八月五日には、新しいポスターを貼ったり、ビラを配ったりしたが、夏休み明けにその話をする子はいなかった。しかし、事件が忘れられていくに従い、私は普通の子として皆の中に溶け込むことができていたのだ。

それなのに、無視されるようになった。

話しかければそっぽを向かれるし、追いかければ逃げられるのだから、理由を確認することは難しかった。それ以上に、理由を訊ねて、きらいだから、とあっけなく答えられてしまうのが怖かった。学年や男女に関係なく、誰にでも、無視や悪口はいけないことだと声を上げていたなっちゃんは卒業していた。が、なっちゃんのようなタイプは、声の大きさに差こそあるが、クラスに一人はいるようだ。帰りの会で私の無視について発言したのは、お父さんが中学校の先生をしている島田くんという男の子だった。

——伊藤さんはクラスのみんなに安西さんを無視しようと言いました。どうしてなのか理由を言って、謝ってください。

家で練習でもしてきたのか、島田くんは堂々とした口ぶりだった。主犯が伊藤さんだということを私はそのとき初めて知った。二年生から同じクラスになった子で、サバサバとしたところが好きだったのに。伊藤さんはワッと声を上げて泣き出した。

——だって、結衣子ちゃんはわたしのおばあちゃんを誘拐犯だって疑ったんだもん。

バレていたのか、と心臓が止まりそうになった。慌てて会を中断させたのは担任の先生だ。今になって思えば、私のような事情のある子はベテランの先生のクラスに入れられそうなものなのに、二年からの担任は四月に赴任してきたばかりの若い女の先生だった。事件のことをろくに知らないまま、押し付けられたのかもしれない。

——この話は放課後、先生と安西さんと伊藤さんで話し合います。でも、どんな理由があっても、クラスメイトを無視するのは許されることではありません。

そんなふうに注意してくれたことは感謝している。島田くんはどこか納得できない様子だったが、他の子どもたちはさも反省したかのように、神妙な顔をして頷いていた。

放課後、私は県営住宅に住む伊藤さんのおばあさんの部屋を訪ねたのは、猫捜しをするためだったと先生に説明した。しかし、伊藤さんは、それは表向きの理由で本当は誘拐犯を捜しているのだと家族が話しているのを聞いて、おばあさんが疑われたことに腹を立てたのだと反論した。その通りなので、私は伏せた顔を上げることができなかった。

——本当に猫捜しなのね。

先生は念を押すように私に訊ね、私は下を向いたまま大きく頷いた。

——おうちの人が子どもに犯人捜しをさせるはずがないでしょう。

先生にそう言われて、伊藤さんは頷いたが、納得した様子ではなかった。しかし、話し合いはそれで終了した。謝られはしなかったが、先生が力なく机の上に乗せていた私の手と伊藤さんの手を取り、無理やり握手をさせた。翌日からあからさまな無視はされなくなったが、友だちとして遊びの輪の中に入れてはもらえなかった。それは、無視されるのと何らかわりのないことだった。

先生がうちに連絡を入れることもなかった。問題はすべて自分の手によって解決できたと思い込んでいたのか。まさか、本当に猫捜しをしていたと信じたのか。伊藤さんの言うことの方が正しいとは思っていたが、面倒なので、猫捜しで通すことにしたのか。大人が母に忠告してくれない限り、私が猫捜しから解放されることはない。だから、その後訪れた家でのことは、有難くはあった。

——今度はうちを疑ってるのか。二度とこんなマネはするな！

かつて、教師をしていたという一人暮らしのおじいさんは、私に怒鳴りつけただけではなく、玄関のドアを開けたままうちに電話をかけて、同じ台詞を母にも言い放った。その口調があまりにも恐ろしくて、私はその場でおしっこをもらしてしまい、それをたまたま同じ階に住んでいた同じクラスの女の子に見られてしまった。翌日には皆の知るところとなっていた。無視されるだけでなく、からかわれる対象となり、私のいじめられっ子への道筋が着実に固められていった。そうなってしまったのは、母のせいなのだが、学校での出来事を母に相談することも、八つ当たりすることもしなかった。母が関われば関わるほど事態は悪化していくようにしか思えなかったからだ。

私をなぐさめてくれるのはブランカだけだった。子猫とは呼べない大きさになったブランカは、相変わらずの甘えん坊だったが、私が辛いときには、元気を出して、と励ますような目でこちらを見上げ、温かいからだを思い切りすり寄せてくれた。

無視をされれば同情の方がマシだったと思い、からかわれたり突き飛ばされたりすれば無視の方がマシだったと思う。最悪という状態に限りはない。同級生からのいじめの方がマシだと思える出来事が起きたのは、三年生に進級してしばらく経った頃だ。

万佑子ちゃんが行方不明になったときの学年と同じになると、自分の中でも少し薄くなっていた万佑子ちゃんの姿が、再び明確に浮かび上がってくるようになった。あの頃の万佑子ちゃんより、今の私の方が背が高い。体重も重い。しかし、万佑子ちゃんが読んでいた本を開いてみても、まったく読み進めることができないし、読めない漢字もたくさんある。

鏡に映った自分の姿に万佑子ちゃんの姿が重なることもない。自分の中に万佑子ちゃんと同じ要素が何一つ見当たらない。そんな私と万佑子ちゃんは、事件が起きなかったとして、仲良し姉妹でいられただろうか。私が万佑子ちゃんを好きだったほど、万佑子ちゃんは私を好きではなかったかもしれない。考えれば考えるほど辛くなることを、わざと考えていたのは、自分の中から万佑子ちゃんを切り離そうとしていたからだろうか。

だから罰が当たったのだ。

おじいさんに電話で怒鳴られて以来、母は私を猫捜しに出さなくなっていたのだが、ある日学校から帰ると、半年ぶりに玄関に猫のカゴが置かれていた。カゴを見ただけでヒュッと身をこわばらせた私に母はこんなことを言った。

——お願い、結衣子。これで、最後。やっと犯人を見つけたのよ。

母が指定したのは県営住宅ではなく、なっちゃんの家の三軒隣の家だった。家主の名字は広永《ひろなが》。何と、万佑子ちゃんが行方不明になった日に、〈ホライズン〉の駐車場で万佑子ちゃんの麦わら帽子を拾い、サービスカウンターに届けてくれた女性だという。

——三十過ぎの息子と二人暮らしをしているみたいなんだけど、昨日、魔法少女なんとかのクッションが入荷したって連絡を受けたから見張っていると、その人が買っていったのよ。絶対におかしいでしょう。だから、ね。インターフォンを鳴らさなくても、家の裏手をこっそりのぞくだけでいいから。それにね、今日はどういうわけか本当にブランカがいないのよ。

母が嘘をついているようには見えなかった。黙って頷くと、カゴを手渡された。玄関を出て深呼吸を三度繰り返して、何度も通った場所へと向かった。

広永と表札の出た家の、車一台分のガレージに車は停まっていなかった。空のガレージからは家の裏庭が見えた。忍び込むというほどの距離ではないように思えた。様子を見て戻るのに一分もかからないのではないか、と。辺りに人の気配がないのを確認して、裏庭に向かった。雑草が伸び放題の荒れた庭には、本当に猫が隠れていそうだった。

突然、背後でガラス戸の開く音がした。

——何してんの？

おそるおそる振り返ると、男の人が立っていた。

——猫を捜しているんです。

想像していた変態のイメージにどこも当てはまることのない容姿だったせいか、普通に声を出すことができた。

——もしかして、白い猫？

——そうです！

こちらが説明する前にブランカの特徴を言われ、私は声を上げて頷いた。男の人は腕を組んで空を見つめ、アッ、と何かを思い出したように手を打った。

——そういや、ちょっと前におふくろが台所で猫に昼飯の残りを食べさせていたような……。まだいるかな。よかったら、上がって名前を呼んでみて。

柔らかい笑顔を浮かべてそう言われ、私は何も疑うことなく、男の人の立っているガラス戸から家の中に入った。ブランカ、と呼ぶと、男の人も、ブランカ、と呼びながら私を台所へ案内してくれた。シンクの洗い桶の中にも、食器棚の中にも小学生の女児が使うようなものなどなかったし、魔法少女シリーズなどのキャラクター商品も見当たらなかった。それよりも、私の頭の中はブランカのことでいっぱいだった。

——あれ？　今、食器棚の上から猫の鳴き声がしなかった？　持ち上げてあげるから見てみなよ。

そう言って手を伸ばされても避けようともしなかった。男の人に背を向ける形で腋の下から持ち上げられ、いないです、と言ったのになかなか離してくれず、それどころかさらに手に力を籠められて、ようやく自分が尋常でない状態でいることに気が付いた。全身から汗がだらだらと流れているのを感じた。助けて、と叫びたいのに、どうすれば声を出すことができるのかすら解らなかった。心と体が乖離《かいり》して、目から言葉が、耳から涙がこぼれるような錯覚を覚えた。が、ガチャリとドアの開く音がして、私の体は床の上に放り出されるようなかたちで解放された。男の人の母親が帰ってきたらしく、私は猫のカゴを握らされ、ガラス戸から押し出されるように外に出た。

ガクガクと震える足で道路まで出ると、県営住宅の方から同級生の女の子が二人やってくるのが見えた。あ、いた、と指を差され、とっさに逃げ出したい気分になったが、足の震えは止まらない。私の前まできた女の子たちは少し興奮した様子で言った。

——結衣子ちゃんを呼びに行こうとしてたんだ。ブランカが木の上にいるよ。

ふらふらとした足取りで二人の後をついていくと、県営住宅の公園の片隅にある大きなポプラの木の上に、確かにブランカの姿があった。私の姿を見つけると、名前を呼んでもいないのに、ミャア、と鳴いて木から降り、足元にすり寄ってきた。ブランカを抱き上げた途端に、私の目から涙があふれ出た。口から嗚咽がもれた。よかったね、という女の子たちの声が耳に届いた。

こうして、私の猫捜しは終了した。

第五章

帰還

約二年間に及ぶ猫捜しという名目の犯人捜しで蓄積されたストレスを、たった一度だけ人前で発散させたことがある。

県営住宅に住む同級生の女の子二人といっしょに、ブランカを胸に抱えて家に帰り（カゴはどちらかの子が持ってくれていたのではないか）、猫捜しは無事終了したように思えたが、本来の目的は犯人捜しだ。

また明日ね、という久しぶりに聞く優しい言葉をかけてくれた子たちを見送ったあと、母に広永さんの家に万佑子ちゃんの気配はなかったことを伝えたが、母は納得していない様子だった。しかし、広永さんの息子に体を触られたことは伝えなかった。母から禁止されていたのに、私は家に上がってしまった。無理やり連れ込まれたわけではない。それを母に知られたら、私が叱られそうで怖くなった。

母はあきらめず、広永さんの家について調べた。一人にターゲットを絞ると、母のようなあまり地域に溶け込めていない人でもそれなりに情報を集めることができるようだ。ほとんどは〈まるいち〉商店のおばさんから仕入れてきたものらしいが、広永さんの息子の噂はあまりいいものではなかった。

有名私立高校の受験に失敗したことが原因で、もう十五年以上も引きこもり生活を送っているという。広永さんの旦那さんは仕事中に事故死したため、遺族年金や保険、慰謝料で経済的にはそれほど困っていないらしいが、この先どうするつもりなのか。

このあたりまでは特別な情報ではない。

広永さんの息子は中学時代、教師から一目おかれるほど優秀だった。本人にもその自覚があり、休憩時間には同級生を相手に講義めいたものをしたがるところがあった。それがかえって疎まれる原因になり、本人も地元の公立高に進学するのを嫌がったという。しかし、知識をひけらかしたいという欲求は引きこもりになってからもあったようで、五年ほど前、夏休みの時期にふらりと神社を訪れ、そこで遊んでいる子どもたちを呼び集めては、科学研究の宿題の手伝いをしてあげるなどと言いながら、宇宙の話などを語っていたらしい。

体が弱く、一日に二時間ほどしか外出できないため、大学に行くことができなかったのだが、アメリカの大学に送った論文は高評価を受けた、という嘘も子どもたちは真に受けていたようだ。ところがある日、一人の女の子に隕石のかけらを見せてあげると言って、家に無理やり連れ込もうとしていたのを近所の人から見咎められ、それ以来、子どもたちの前に姿を現すことはなくなった。

どうして事件が起きたときにその話をしてくれなかったのかしら、と母は怒っていた。多分、翌日には警察に電話をしたはずだ。私は自分が広永さんの家に上がったことがバレてしまうのではないかと冷や冷やしたが、何日経っても、警察から話を聞かれることはなかったし、広永さんの息子が逮捕されたという話も伝わってこなかった。

その翌月だっただろうか。梅雨入りして間もない頃の週末、私は母方の祖父母の家に一晩預けられることになった。一人で泊まるのは初めてだった。祖母は万佑子ちゃんの事件の後も、これまでのように時々家に泊まりにおいでと誘ってくれたが、母が首を縦に振らなかったのだ。家の中に大人だけしかいないんじゃ気分も滅入るだろうからね、と祖母は母の肩を持つようなことを言って納得していたが、今から思えば、私が猫捜しのことを祖母に打ち明けてしまうのを避けようとしていたのかもしれない。

それなのに、私を預けたということは、余程の事情があったのだ。両親が何をするかは本人たちからも、祖父母からも私には伝えられなかった。両親は祖父母にも家を空けること以外、明確なことは話していないようだった。ただ、大人たちの会話の端々から、万佑子ちゃんに関する有力な情報が入ったのではないかということは感じとることができた。

――ママたちは万佑子ちゃんを迎えに行ったの?

祖母と冬実おばさんと三人で夕飯を取りながら、私は祖母に訊ねた。

――そうだといいんだけど、おばあちゃんもよくわからないのよ。でも、明日、万佑子も一緒に帰ってきてくれたら、どんなに嬉しいだろうねえ。

――ちょっと、母さん。

冬実おばさんが声を上げた。

――結衣子に期待を持たせるような言い方しないでよ。何をしに行ってるのか、わからないのに。

母も思ったことは割とすぐに口にするタイプではあったが、冬実おばさんはさらに輪をかけてズケズケと歯に衣着《きぬ》せぬ物言いをする人だった。いや、このときはそれなりに気を遣ってくれていたのかもしれない。もしかすると、両親は身元不明の子どもの死体の確認に行っているのではないか、と考えることもできるのだから。もちろん、当時の私はそんなことを想像もしていなかった。

——ちょっとくらい嬉しい想像をしてみたっていいじゃないか。

祖母は拗ねたような口ぶりで言い、ねえ、と私に同意を求めてきたが、私はどう答えればよいのかわからず、箸を置いて俯いてしまった。それが自分のせいだと冬実おばさんは思ったのか、食後にわたしの部屋でゲームをしよう、と誘ってくれた。万佑子ちゃんと二人で泊まりにきていたときは、食卓は一緒に囲んでも、その後、遊んでもらったことなど一度もなかったのに。

それはいい、と祖母も手を打った。サスペンスドラマは見たいが、この状況で私に見せるのはいかがなものかと少しばかり悩んでいたはずだ。

初めて入った冬実おばさんの部屋を、私はしばらく口を開けたまま眺めてしまった。和室のはずなのに、光沢のある紫色のベッドカバーに、豹柄のカーテンとラグといった派手なインテリアで彩られていたからだ。他にも、むせ返るような香水の匂いに、吸い殻が山のようにたまったドクロ型の灰皿。ここは本当に祖母の家なのだろうかと、軽く混乱してしまいそうになった私に、何びっくりしてんのよ、と冬実おばさんはケラケラ笑いながら言い、ラグの上に散らかった服を無造作にまとめ、私の座る場所を用意してくれた。

普段から、化粧や服装は少し派手だと思っていたが、この部屋を思い浮かべることはできなかった。姉妹だというのに、母の趣味とはまるで違う。

——最近、ゲーム買ってないからなあ。結衣子は何が好き？

当たり前のように訊かれたが、私はテレビゲームをしたことが一度もなかった。それを冬実おばさんに伝えると、嘘！　と目を丸くされたが、五秒も経たないうちに、だろうね、と一人で納得したように頷いた。

——お姉ちゃんがゲームをさせるはずないか。まあ、今日は特別ってことで、スーパーマリオでもやってみる？

ゲームを知らない私でも、その名前ぐらいは聞いたことがあった。頷くと、冬実おばさんは、どこへ仕舞ったかな、とテレビの横に置いてある黒いプラスティックケースの中をかき回し始めた。

——そうだ、こっちだ。

冬実おばさんは棚の上を見上げた。テレビの横にあるのと同じケースがあった。次に冬実おばさんはドレッサーの方を見たが、踏み台になりそうな椅子の上には洗濯前なのか後なのかわからない洋服がちょっとした小山を作っていた。

——結衣子、持ち上げるから、あれ取ってくれない？

持ち上げるから、という言葉にドキリとしたが、相手は冬実おばさんだ。私は頷いて棚の下まで行った。しかし、腋の下に手を入れられた瞬間、ぶるりと体が震え、心臓が音を立てそうなほど早打ちし始めた。じめじめとした季節ではあったが、そのせいで流れるのとは違う冷たい汗が背中を流れているように感じた。

冬実おばさんは私の様子などおかまいなしに、よっ、と声をあげて私を持ち上げた。足が床から離れた途端、腋の下に私を持ち上げる手がぐいっと食い込んだ。冬実おばさんの手だとわかっているのに、呼吸が苦しくなり、私はケースに手を伸ばさないまま体を反転させて、その手から逃れた。深呼吸するように息を吸ったが、かえってそれが内側に溜まっているものを押し出したのか、涙があふれ出た。オゲッ、と一度声が漏れると、それも止めることができず、窓の外に激しい雨音が響いているのをいいことに、わんわんと声を上げて泣いた。

――どうしたの？　どこか、痛かった？

冬実おばさんにおろおろした様子で訊かれても、首を横に振ることしかできなかった。だが、冬実おばさんはそれ以上、泣いている理由を聞いてこなかった。足元に転がっているものを私が踏まないようにゆっくりと背を押して、ラグの上に座らせてくれた。その横に冬実おばさんも座ったが、背中や頭を撫でてくれることはなく、かといって、テレビを点けたりゲームを始めるわけでもなかった。

呼吸が自分の泣き声よりも雨音に同調するようになった頃、冬実おばさんはようやく口を開いた。

――二年経とうが、悲しいものは、やっぱ、悲しいよね。結衣子は万佑子のこと本当に好きそうだったし。もし、これがわたしとお姉ちゃんだったら、どうだったろうな……。

冬実おばさんはそう言って、私の母である姉とのことを話し出した。

――結衣子にとっちゃ、ママもわたしも、同じ大人でおばさんなんだろうけど、お姉ちゃんの歳の人と、わたしの歳の人じゃ、まったく違う。

冬実おばさんは、母と同じ歳の人たちは、自分が常に世の中や時代の中心にいると無意識のうちに錯覚している世代なのだ、と言った。

——子どもの頃はお姉ちゃんだけがそういう性格だと思っていたんだけどね。

自分が正しいと思うことが世の中の常識である。多様な価値観が共存することを認めない。自分と同じ考えを持たない人は間違っている、と何の疑いももたずに判断し、それを堂々と口にする。

——まあ、仕方ないよ。一番わがまま放題したい時期に、親や社会がそれを許せるくらいのゆとりを十分に持ち合わせていたんだから。

あの頃の私は、冬実おばさんの言うことを半分以上理解できていなかったはずだ。しかし、冬実おばさんが子どもの頃から、勉強しろ、片付けをしろ、その服はおかしい、と母に口うるさく言われているのは想像することができた。私も万佑子ちゃんから注意されたことはあったが、母の場合、あんな優しい言い方ではなかったはずだ。

——親のすねかじりながらのんびり暮らしてるわたしに、えらそうなこと言える資格もないんだけどね。あんまり仲のいい姉妹じゃなかったけど、それでも、お姉ちゃんが行方不明になれば辛かったと思う。理由はわかんない。そもそも感情に理由なんかいらないんだよ。泣きたいときには泣けばいい。結衣子、あんた、親の前で泣くのをガマンしてるでしょ。

泣き止んではいたが、そうだと口に出すことはできなかった。頷くのもいけないような気がした。

——まあ、わたしに言われたくらいじゃ、はいそうですか、ってすぐには思えないか。

冬実おばさんはそう言うと、テレビの電源を入れ、ゲーム画面に切りかえた。画面に現れたのはスーパーマリオではない、一対一で格闘するゲームだった。

——結衣子はこの子ね。

チャイナドレスを着た女の子のキャラクターだった。対戦相手は筋肉ムキムキの男の人だ。コントローラーを渡された。

——このボタンがパンチで、こっちのボタンがキック。ジャンプは……、まあ、あまり深く考えずに、ワーって押してみなよ。

そう言われ、ボタンを一度押すと、キャラクターの女の子が、ハッ、と声を上げて腕を前に伸ばした。じゃあ、始めるよ、と自分もコントローラーを手に持った冬実おばさんに言われ、私はむちゃくちゃにボタンを連打した。息をするのも忘れるくらいに指を動かしているうちに、筋肉ムキムキ男が膝をつき、倒れる。

——やったあ。

自然に声が出た。もう一度やる？　と冬実おばさんに聞かれ、大きく頷いた。夢中になってゲームに興じているうちに、私の頭の中から万佑子ちゃんの姿は消えていった。猫捜しでの辛い記憶も、両親が何をしに行っているのかという疑念も。

翌日、昼過ぎに両親は私を迎えにやってきた。一晩中ゲームをし続け、明け方ようやく祖母の敷いてくれていた布団に入った私は、インターフォンの音で目を覚ました。ゲームのしすぎでおかしくなったのかと思うほど、カーテンの隙間から差し込む光に目がチカチカした。それほどに、窓越しに見える空は青く澄み切っていた。

もしや、万佑子ちゃんが一緒にいるのでは。そんな予感が込み上げてきた。ドキドキしながらパジャマのまま玄関へと向かった。しかし、そこにいたのは両親だけだった。

——万佑子に会えたの？

祖母は母にそんなふうに訊ねた。母は黙ったまま首を横に振った。残念な報告であるはずなのに、祖母は安堵の息をついたように見えた。

——疲れたでしょう。上がって、ゆっくりしていきなさい。

祖母がそう言うと、母は靴も脱がずに祖母に抱き付き、声を上げて泣き出した。祖母は小さな子どもをあやすように、大丈夫、大丈夫、と繰り返しながら母の背中を撫でた。それをぼんやり眺めていると、父がようやく私の存在に気付いたかのようにこちらを見て言った。

——結衣子、お姉ちゃんは生きてるからな。

私の記憶の中で一番頼もしい父の言葉だ。


もう一度、祖母のノートを読んでみようと手に取ると、脇に置いていた携帯電話が鳴った。深夜零時を回っていても、おかまいなしにメールを送ってくるのは怪しい業者かアルバイト仲間の沙紀ちゃんくらいだ。

『実家、楽しんでる？』

楽しんではいない。家族は誰も家にいないのだから。ずっと、頭の奥底で塗り固められていた事件の記憶を掘り起こしているだけだ。

『のんびり過ごしてます。ありがとう』

嘘はついていないと、つまらない言い訳をしながら送信して、電話を置いた。ふと、もしも沙紀ちゃんに事件の話を聞かせていたら、私は今、何とメッセージを送っただろうかと考えてしまう。

駅で万佑子ちゃんに会ったよ――。

だが、事件のことを話していてもいなくても、沙紀ちゃんはこのメッセージに何も違和感を抱かないはずだ。単純に、お姉さんに会ったんだな、と感じるだけ。このメッセージを受け取った際にどんな反応を示すのか見てみたい、と感じるのは両親に対してだ。メールでなくてもいい。貧血で倒れたからといって直接家に帰らずに、母の入院する病院に寄ってこれを伝えたら、どんな顔をしただろう。父が家にいて、二人で食卓を囲みながらこれを伝えたら、どう返事をしただろう。

あらそう。ああそうか。ありきたりな返事がくるような気もする。

両親は、私が姉を「万佑子ちゃん」と呼んだことが一度もない、ということに気付いているのだろうか。

神社の鳥居の下で女の子が保護された。

我が家にその連絡が入ったのは、八月五日の午前九時過ぎだった。その日は行方不明になってから丸二年ということで、開店時間の午前十時からスーパー〈ホライズン〉の駐車場でビラ配りをさせてもらうことに決まっていた。ビラ配りは私も参加することになっており、暑くなりそうだなあ、と窓越しに外を眺める父の声を聞きながら、母に日焼け止めクリームを塗ってもらっていたときだ。

居間に置いてある電話が鳴った。ビラ配りは冬実おばさんや、太陽不動産の社員も数名手伝ってくれる予定になっていたため、そのうちの誰かだろうと、電話の音が響いてもそれほど驚くことはなかった。が、私の頰に触れていた母の指は一瞬、ピクリと震えたような気がした。

電話の一番近くに座っていた祖母が、出るわ、と立ち上がろうとしたとき、僕が出ます、と父が電話に駆け寄り、受話器を取った。

――はい、……いつもお世話になっています。……まさか。……はい、すぐに向かいます。

前半はあまり集中して聞いていなかったが、そんなふうに父は応対していたように思う。後半から声の調子が強ばっていくのを感じ、何かよくない知らせが届いたのではないかとおそるおそる、受話器を置いた父の方を振り向いた。母も祖母も父をじっと見ていた。

――今朝、神社の鳥居の下で女の子が保護されたらしい。宮司の奥さんが掃除をしているときに見つけたそうだ。

祖母は泣き出しそうな顔をしながら両手で口を押さえて母を見た。母は怯えるような目で父を見ていた。誰もが、保護された女の子が万佑子ちゃんであることを確信していたはずだ。万佑子ちゃんが戻ってきた。そんな日が来たら飛び上がって喜ぶだろうと想像していたのに、私は両方の足の裏をべったりと床につけたまま、石のように固まって、父の言葉を頭の中で反復するばかりだった。そうしながら、全身に興奮にも似た嬉しさが広がっていくのを感じた。

外出の準備は整っている。警察署にはてっきり自分も連れて行ってもらえるものだと思っていた。祖母も同様だったようで、皆で万佑子を迎えに行こうじゃないか、と張り切った様子で声を上げた。しかし、父は母と二人だけで行くことを祖母に伝えた。保護された女の子は警察署ではなく、衰弱がひどいため病院に運ばれているのだという。

私も祖母もがっかりしたが、そんな状態じゃ大勢で押しかけるわけにはいかないだろうし、まだ万佑子と決まったわけじゃないんだから、まずはあんたたちで確認してこなきゃね、などと祖母は自分に言い聞かせるように両親に言った。

――もし、万佑子じゃなかったとしても、気を落とすんじゃないよ。

玄関で二人を送り出すときには、母にそんなことも言っていた。しかし、その直後、冬実おばさんに電話をかけて、両親がビラ配りに参加できなくなったことを伝えた際には、皆にはまだ黙っておいてほしいんだけど、と前置きし、どうやら万佑子が見つかったらしいんだよ、と喜びを隠せない様子で話していた。もちろん生きてるわよ、と冬実おばさんを叱るように言ってもいた。

祖母は受話器を置くと、私の足元にすりよってきたブランカに目を留めた。

――ブランカ、あんたのおかげかもしれないねえ。おいで。

そう言って台所に行くと、まだキャットフードの食べ残しのあるブランカの皿に、かつお節をどっさりと盛った。ケフケフとむせ返りながらも、皿に顔を突っ込んでおいしそうに食べているブランカの姿を見ていると、私もブランカがいいニュースを我が家に運んできてくれたように思えてきた。

万佑子ちゃんはブランカを見て何と言うだろう、と部屋の中に万佑子ちゃんが入ってくるときのことを想像してみた。当然、万佑子ちゃんの姿はテーブルの上に置きっぱなしにされているビラの写真と同じ、二年前のままだった。

保護された女の子が万佑子ちゃんだと確定したわけではなかったため、ビラ配りは決行になった。冬実おばさんも社員の人たちには黙っていたようで、カンカン照りの空のもと、男女合わせて十人くらいが汗を流しながらビラ配りをしてくれているのを見ると、申し訳ないような気もした。ビラを受け取った買い物客から、がんばってね、などと優しい言葉をかけてもらうたびに、見つかったんです、と叫び出したい衝動に駆られたが、ぐっと唇をかみしめて、スキップをしてしまわないように注意しながら別の人のところにビラを配りに行った。

ビラ配りは二時間足らずで終了した。祖母は協力してくれた人たちに愛想よく丁寧に頭を下げ、冬実おばさんに、皆さんにうなぎでも、と言いながら封筒を渡していた。〈ホライズン〉の事務室に行き、店長に終わったことを伝えてお礼を言うと、お昼ごはんを買って帰ろうと、私の手を引いて店内の惣菜コーナーに向かった。

——パパとママはいつごろ帰ってくるかしらねえ。ああ、どうか万佑子でありますように。

そんなふうに言いながら、握りずしのパックとハンバーグ弁当をカゴに入れた。お菓子とアイスクリーム、母が普段あまり飲ませてくれない炭酸の入ったジュースも買ってくれた。

それらを家で食べていると、ふと、父が言った「衰弱」という言葉が頭に浮かんだ。漢字は出てこなかったし、正しい意味もよくわかっていなかったが、サスペンスドラマでたまに耳にすることがあった。やせ細っている様子のことだ、と認識したと同時に箸を置いてしまった。自分がこんなふうにおいしいものを食べていてもいいのだろうか。そういえば、弓香ちゃんはドッグフードを食べさせられていたのではなかったか……。

突然だったにもかかわらず、祖母は私が食事の手を止めた理由を察したようだった。

――結衣子が申し訳ないなんて思う必要ないんだよ。万佑子が家に帰ってくる日には、ごちそうをうんと用意して待っていようね。白バラ堂でケーキも買わなきゃいけないねえ。

祖母の言葉に頷き、私のお小遣いでも何か買ってあげようと思いながら、もう一度箸を手に取った。両親が帰ってきたのは、私が大人用のハンバーグ弁当をようやく平らげた頃だった。半分食べたあたりでお腹いっぱいになっていたのだが、今度は箸を置くことができなくなっていたのだ。

――どうだったの？

居間に入ってきた両親が一息つく間もなく、祖母が訊ねた。

――万佑子でした。

答えたのは父だ。祖母は口の周りにソースがついたままの私を思い切り抱きしめ、私もそのまま声を上げて泣いた。

万佑子ちゃんが戻ってくる。


翌日には万佑子ちゃんのところへ連れて行ってもらえるものだと思っていたのだが、そう簡単に事が運ぶわけではなかった。万佑子ちゃんは幸い、外傷は見られなかったが、何日も食事を与えられていなかったようで、しばらくは入院が必要な状態なのだと聞かされた。

保護されたとき、万佑子ちゃんは行方不明になった日と同じ服を着せられていた。二年前のその服装が違和感なく見えるほど、万佑子ちゃんはガリガリに痩せていたのだという。

それからも両親は毎日、警察署や病院に通っていたが、私や祖母にはなかなか許可がでなかった。病院から制限されていたのか、両親が自分たちでそう判断していたのかどうかはわからない。ただ、両親が祖母に説明するのを、祖母の隣に座って聞きながら、万佑子ちゃんがなかなか退院できない理由は体の衰弱だけが原因ではないということが私にも理解できた。

万佑子ちゃんは保護されてから一度も言葉を発していないそうだ。両親が目の前に現れても、うつろな目で見ているだけで、自分の親だと認識できていないらしく、医者からは記憶喪失の疑いがあると言われているのだ、と。

——余程、恐ろしい思いをしていたんだろうねえ。

祖母が声を詰まらせながら言うのを聞き、私はまたもや弓香ちゃんのことを思い出した。犬小屋に裸で入れられている万佑子ちゃんの姿を想像して、頭を思い切り振った。

——生きていてくれたんだからそれでいい。時間はかかるかもしれないが、帰ってきた万佑子を受け入れてやってください。

万佑子ちゃんが保護されて以降、両親は常に二人で出かけていたのに、祖母に説明をするのは父の役目となっていた。母はギュッと唇をかみしめるようにして、父の隣に座っているだけだった。祖母に泣きながらすがりつくこともなかったし、万佑子ちゃんの話をしていないときも、あまりおしゃべりをすることはなかった。

母の様子を見ていると、万佑子ちゃんが保護されたことを手放しで喜んでいいのだろうかと、不安が込み上げてくることもあった。そのうえ、しばらく外に出るのが困難な状態にもなった。

万佑子ちゃんのことがテレビのニュースで報じられたからだ。

斜め向かいの池上さんや〈まるいち〉商店のおばさんなど、事件直後に捜索に協力してくれた人たちは、果物などを持ってうちまでやってきて、本当によかったですね、と玄関に出た母や私に優しい言葉をかけてくれた。両親の友人や知人からの電話も数多く鳴り、父も母もその都度、電話口で頭を下げながらお礼の言葉を口にしていた。

ところがすぐに、そのつもりでうっかり玄関ドアを開けたり、電話に出たりすると、マスコミの取材であることが大半となった。しかし、両親が答えられることは何もない。万佑子ちゃんが無事保護された、それだけだ。

警察が犯人を逮捕したというニュースもなかった。

万佑子ちゃんが神社に運ばれるまでの目撃情報もめぼしいものは得られなかったようで、一部の週刊誌では、神隠しにあった万佑子ちゃんが二年前と同じ姿で帰ってきた、と超常現象のような書き方がされていた。

犬小屋よりは神隠しの方がマシだと思ったのは、その記事を見たときだろうか。犯人として気持ちの悪い変態男が逮捕されるのをテレビで流されるよりは、犯人が見つからないままの方がいいのかもしれない、と思った憶えもあるので、もっと後になってからのような気もする。

しかし、私にとって一番大きな問題は、そういうことではなかった。

私が病院に連れていってもらえることになったのは、万佑子ちゃんが保護されてからちょうど二週間後だった。祖母も一緒に行きたがったが、両親は、まずは結衣子から、と近いうちに必ず祖母も連れていくことを約束して納得させた。

万佑子ちゃんはまだ口を利かないのだと、病院に行く前日に両親から教えられた。だから、大きな声で話しかけたり、ましてや、飛びついたりしないように、と忠告も受けていた。

明日、ついに万佑子ちゃんに会えるのだと思うと、布団に入ってもなかなか寝付くことができなかった。足元にブランカの体温を感じながら、何度も万佑子ちゃんと対面する場面を想像した。両親のこともわかっていない様子だ、と聞いていても、私は心のどこかで、自分なら思い出してくれるのではないかと、かすかな期待を抱いていた。そう願っていたという方が正しいかもしれない。

辛い思いをした二年間のことは忘れたまま、私と過ごした楽しい日々のことは思い出してほしい……。そうして思い付いた。ガバッと体を起こして電気を点けてしまうほどに、いいアイデアだと感じた。

万佑子ちゃんが好きだった本を持っていったらどうだろう。

何が一番いいかと考えて、やはり『えんどうまめの上にねたおひめさま』しかないと思った。何せ、実験までやったのだから。興奮を抑えきれず、ほぼ寝ていない状態で朝一番に母に提案した。が、あっけなく却下された。

——そういうことは一番やっちゃいけないの。

諭すように言われ、がっかりしながら病院に向かったが、私が病室に一歩入った瞬間、信じられないことが起きた。

——ゆいこ、ちゃん……。

虫の羽音のように小さいが、確かにそう発する声が聞こえたのだ。しかし、それを口にした目の前にいる女の子が誰なのか、私には判断することができなかった。

一般的に、人を識別する際、主にどこで判断するのだろう。

病室のベッドの上で体を起こしていた女の子は、細い体に長い髪、色白の肌、といった私が憶えている万佑子ちゃんの特徴を備えていた。顔のパーツがまったく違うと言い切れるほど、別人の顔でもなかった。少し大きいのではないかと思える目は、やせ細っているからそう見えるのだと子どもながらに理解することができたし、鼻も口もじっと見ているうちに、こんなふうだったかもしれないと、記憶の中の万佑子ちゃんの顔に上書きできる程度の変化のように思えた。

自分の記憶している万佑子ちゃんの顔ではないが、二年経てばこういうふうになるのかもしれない。

そう納得しようと思えばできないこともなかった。しかし、見た目とは別の部分で、違う、と感じたことに関しては、簡単に修正することはできない。何に対して、違う、と感じたのか、自分でもよくわからなかったのだから。ゆいこちゃん、と呼んでくれた声に違和感を覚えたわけでもなかった。ただ、感動して涙が込み上げてきてもおかしくない状況であったはずなのに、まったく知らない女の子に声をかけられたかのように、心に響くものが、記憶を揺り動かすものが、何も感じられなかったのだ。

女の子が私の名前を口にしたことで、案内をしてくれた看護師が担当の医師を呼び、病室内がにわかに慌しくなったが、私は端の方に立っていればよくなった状況に安堵したほどだ。もしも母が、結衣子のことがわかるのね、などと言いながら私の背を押して、ベッドの脇まで連れて行かれていたら、どういう態度を示せばよいのかわからないまま凍りつき、両親を失望させるようなことになっていたかもしれない。

万佑子が帰ってきてくれて嬉しくないの？　せっかく名前を呼んでくれたのに、どうして優しい言葉をかけてあげられないの？　そんなふうに。

先生、万佑子は……、と両親は女の子が私の名前を口にしたことについて医師の話を聞きたそうではあったが、女の子が再び口を閉ざし、具合が悪そうにベッドに体を横たえてしまったため、後日改めて、と早々に病室から引き上げることになった。私がいたことも早く引き上げる原因の一つになったのかもしれない。身内とはいえ、小学三年生の子どもに詳しい病状を聞かせるべきではないと、気を遣われたのではないか。

父の運転する車で家に帰る道中も、ほとんど誰も口を利かなかった。

自分だって黙っていたにもかかわらず、どうして父も母も何も話さないのだろう、と息苦しささえ感じていたのだが、家に着くと祖母が自分の家に私たちを迎え入れるように、いそいそと出てきた。

――万佑子の様子が訊きたくてね。さっき来たところなんだけど、ちょうどよかった。

そう言いながら、私の肩に手をかけて居間まで促し、ソファに座らせた。台所で大人用のアイスコーヒーと私用のジュースを用意し、さあ話しておくれ、といわんばかりの態勢を整えるのに五分もかからなかったはずだ。

ブランカが膝に乗ってきたのをいいことに、私は誰とも視線を合わさず、俯いてブランカの背中をなで続けていた。

——お姉ちゃんには会えたのかい？

祖母に訊かれても、顔を上げないまま小さく頷いただけだ。病院で本人を目の前にしては言えなくとも、子どもなのだから、感じたままのことを一度くらい口にしてよかったのかもしれない。何を言っているのだ、と怒られるのは、悲しいけれど辛いことではない。しかし、万佑子ちゃんが帰ってきたと喜んでいる両親を悲しませるのは、私にとって辛いことだった。そもそも、両親が自分たちの娘だと認めている以上、私は否定できる立場ではない。両親よりも万佑子ちゃんと深く繋がっていたと胸を張って言える自信もなかった。

ちらりと祖母を見上げると、私が何も話さないことにがっかりしたような顔をして、両親の方に目を向けた。それを受け、いつものように父が報告した。

——ゆいこちゃん、としゃべったんです。

父は私たちが病室に入ったときのことを順を追って祖母に説明した。私は気付かなかったことだが、両親にはいつもと同じ焦点の定まらない視線を向けていたのに、私を見た途端、ほんの一瞬ではあったが生気が宿ったように、父の目には映ったのだという。そして、ゆいこちゃん、と呼びかけたのだと。

——無意識のうちに言葉を発していた。そんなふうに見えました。

——何てことだろうねえ。

祖母は目頭を押さえながら私を見た。

——純粋な子ども同士だからこそ、目に見えないものが触れ合って、思い出せたのかもしれないねえ。親子の繋がりこそが一番深いものだと思っていたけど、姉妹でしか理解しあえない繋がりってのも、この世にはあるのかもしれないねえ。

奇跡でも目にしたかのように、目を輝かせながら、祖母は私の頭をゆっくりと撫でた。

――病院なんかにいるよりも、家に帰ってきて、結衣子と一緒にいるほうが、早く回復するんじゃないのかい。ああ、わたしも早く万佑子に会いたいわ……。

子どもだの姉妹だのと言いながら、祖母は自分も、おばあちゃん、と呼ばれることを想像していたのではないかと思う。それほどに、祖母の顔は期待に満ちているように見えた。だから、私が抱いた違和感を、両親を悲しませない程度に説明できる言葉が浮かんできたとき、それを口に出すことはやはりできなかった。胸の中で、ブランカに語りかけただけだ。

ぜんぜん似合ってなかったんだよ。万佑子ちゃんにとても似合っていたキッズブランドの、ピンク地にリボンやレースの付いたかわいらしいパジャマが。

しかし、口を閉ざしていたのは私だけではなかった。祖母が大はしゃぎで、よかったよかった、と繰り返すのに、父はそれなりに相槌を打っていたが、母はずっと黙ったまま、二人の様子を、興味がないテレビ番組を見るような目で眺めているだけだった。

もしかすると、違和感を抱いているのは自分だけではないのかもしれない。そう感じると、その日は幾分心も軽くなった。


――あの子は本当に万佑子なのかい。

私が胸の内に留めていた言葉をいとも簡単に口にしたのは祖母だった。

私が病院に連れて行ってもらった三日後、今度は両親と私と祖母の四人で病院に行くことになった。病室が近付くにつれ、祖母はうきうきした様子を隠せなくなっていた。が、病室に入り、ベッドの上で体を起こしている女の子を見ると、わずかに眉を寄せた。女の子が、おばあちゃん、と呼びかけることもなかった。

おばあちゃんもおかしいと思ってる。私はそう確信し、強い味方を得たような気分になったのだが、祖母はすぐに笑顔を浮かべて女の子に近付いていった。

——万佑子のおばあちゃん、お母さんのお母さんだよ。よく帰ってきてくれたねえ。顔色も想像していたより、うんといい。

女の子は耳もあまり聞こえていないかのように祖母をぼんやりと見返すだけだったが、祖母は気にしていないといったふうに、いいんだ、いいんだ、と言いながら両親の後ろへと下がった。眉を寄せたと見えたのは気のせいだったのかとがっかりしながら、私も気持ち程度に女の子に会釈してみせたが、このときは私を見ても女の子は黙ったままで、両親も祖母に対面させたことで満足したのか、早々に辞することになった。

その帰りの車の中でだ。祖母が先のセリフを口にしたのは。後部座席に祖母と並んで座っていた私は、私も、と言いそうになった。が、先に口を開いたのは母だった。

——バカなことを言わないで。

バックミラーに向かってではなく、母は直接祖母に振り返り、声を上げたのだ。

——あの子は万佑子よ。そりゃあ、二年前とは人が違うように変わっているかもしれない。でも、過酷な生活を強いられていたのだとすれば、多少、人相が変わってしまうのはおかしなことじゃないでしょう。目の前にいる子が自分の子かどうかくらい、母親なら誰でもわかる。お腹を痛めて産んだ私が言うんだから間違いない。これ以上おかしなことを言うなら、万佑子が家に帰ってきても、お母さんには会わせてあげないんだから。

——悪かった。そんなつもりで言ったんじゃないの。

祖母が母をなだめるように謝ると、母は大きく息をついて前に向き直った。それでもまだ息遣いは荒く、シートの間から、母の肩が大きく上下しているのが見えた。しかし、祖母は落ち着いた口調で、話を続けた。

——二年間、手がかりがほとんどなく、ある日突然保護された子を、うちの子です、と親が言ったところで、警察はすぐに信じてくれるものなのかい。おまけに子どもは記憶喪失だというのに。二年前とまったく同じ顔をしていても、歯型であったり血液型であったり、そういった検査はするものだと思ってたから、どうなのかと聞いてみたんだよ。

——それなら、最初からそう聞けばいいじゃない。万佑子は虫歯になったことはないから、歯科医のカルテはないけれど、血液型は病院でちゃんと検査してもらったわ。A型よ。私も忠彦さんもA型だから、おかしくはないでしょう？

祖母は納得した様子だったが、私はドキリとした。万佑子ちゃんはO型だと思っていたからだ。万佑子ちゃんと私は生まれた病院が違う。万佑子ちゃんは県立の総合病院で生まれた。妊娠中に何か問題があったわけではなかったが、出産の最中に子宮が破裂するなど、外科的な処置が必要な不慮の事故に備えて総合病院にした方がよい、と友人からアドバイスを受けたため、母は初めての出産は大事をとって総合病院で行うことにしたのだ。しかし、世の中は高級産院ブームであった。自分は病人のものと同じベッドや食事で出産という一大イベントを迎えたというのに、高級ホテルのような産院でフランス料理のシェフが手掛けた食事が出されているのをテレビで見て、母は損をしたような気分になったらしい。経済的に余裕がないわけでもなかった。何事もなく出産できたからそう思えるってことはわかっていたんだけどね、と前置きしながらも、だから次はお城のような個人病院で産もうと思ったの、と万佑子ちゃんと私に話してくれたことがある。

二回の出産の際、新生児の血液型検査は総合病院では任意で、個人病院では必要な検査の一つとして初めから行われることになっていたのだという。万佑子ちゃんの血液型検査を母は申し込まなかった。看護師に、赤ちゃんに針を刺すことになりますが、と言われ、可哀相だと思ったからだ。それに、夫婦が共にA型だったため、調べなくてもA型だろうと思い込んでいた。しかし、私は検査の結果、O型だということがわかった。両親はそのとき初めて、A型にもAA型とAO型があり、A型同士でもO型が生まれることを知った。そして、子どもたちの成長を見ているうちに、自分たちには神経質なところがあるが娘二人はのんびりしている、これは万佑子もO型に違いない、と思うようになり、万佑子ちゃんにもそう伝えていたのだ。

しかし、実際はA型だった。

――DNA鑑定ってたまに聞くじゃない。こういったケースであれば受けることができるらしいんだけど、そこまでする必要はないと思って断ったの。強制じゃないみたい。血液型だって、私は別に調べる必要はないって思ったくらいよ。それほどに、あの子は自分の子だって断言できる。だから、万佑子を疑うのはやめて。

母に言われて、祖母は自分がずっとしゃべっていたかのように大きく息をつき、わかった、とつぶやいた。私も心の中で、もう疑うのはやめよう、と決めた。

走る車の窓越しに外を眺めながら、そういえば、と思い出したことがある。たまたま母に付いて訪れた太陽不動産で仕事中の父をみかけたことがある。毎日顔を合わせているのに、どこか他人のように思えて、おっ、結衣子、と声をかけられただけなのに気恥ずかしく、顔が真っ赤になった。あれと同じことなのかもしれない。万佑子ちゃんも、病院で会ったから知らない女の子のように思えてしまったが、家に帰ってくれば、疑ったことが申し訳なく思えるくらい、何も変わっていないのではないか、などと考えた。

保護された女の子——姉が家に帰ってくることになったのは、十月に入ってからだ。

学校が始まってからは、私は病院を訪れていなかったが、両親の話によると、姉はカウンセリングなどを受けながら、徐々に読み書きなどの記憶を取り戻し、それに伴って、行方不明になる前の、幼い頃のことなども少しずつ思い出しているようだった。体重も小学五年生女子の平均体重に追いつくくらい増えた、と言って母はセンター街のデパートで姉用の服を大量に買ってきた。

日曜日の朝、家じゅうをピカピカに磨き上げ、白バラ堂のケーキを買って、祖母と二人で待っていると、両親と姉が帰ってきた。バタバタと駆け足で玄関に向かうと、ブランカが足元にまとわりつくように付いてきたので、抱き上げて、三人を迎えた。

——ただいま。

姉は私の前にやってきて、小さな声でそう言った。

——おかえり。

カラカラにかすれた声で答えながら、ブランカを抱える腕にギュッと力を込めると、目の前に白い腕が伸びてきた。

――猫がいるんだね。

そう言って、姉は優しく微笑みながらブランカの背をなでた。初対面の人になでられているのに、ブランカは気持ちよさそうにのどをゴロゴロと鳴らした。その音を聞いていると、この女の子はやっぱり万佑子ちゃんなのだと思えてきた。ブランカが野性の勘でこの家の子だと認めているのだから間違いない、と。

ほんの少し残っている違和感も、時間が経てば、きれいさっぱりなくなるはずだと前向きな気持ちで捉えていたのに、姉は一時間も経たないうちに病院に戻ってしまうことになった。急に咳き込み出したかと思うと、とまらないくらいに激しくなり、おまけに腕に赤い発疹まで浮かんできたからだ。

姉は猫アレルギーだと診断された。

そうなった以上、ブランカを我が家で飼い続けることはできなかった。小学三年生でも理解できることだ。しかし、気持ちが追い付くわけではない。ブランカを抱きしめて、イヤだイヤだと泣きながら駄々をこねた。あれほど激しく両親の前で感情をむき出しにしたのは、後にも先にもあのときだけだったのではないだろうか。それでも、結果は伴わなかった。お姉ちゃんのためでしょう、と説得され、ぬいぐるみを買ってあげるから、と宥《なだ》められ、いい加減にしなさい、と怒られても、私はごね続けた。そして、そんなものは無視しておくのが一番だとほうっておかれることになったのだ。

私の知らないところでブランカの飼い主探しがおこなわれ、太陽不動産の従業員の知り合いの人に引き取ってもらえることになった。私とはほとんど接点がない上、三豊市内ではなく、隣の隣、福原市に住んでいると言われ、ブランカとは二度と会えないのだ、と喚きすぎて空っぽになってしまった頭の中で解釈した。

うちで飼おうか、と祖母が提案してくれたことを、ブランカと過ごした最後の夜に知った。ブランカの引き渡しは週末に太陽不動産でおこなわれることになっていたのだが、その前日、私とブランカは祖母の家に泊まることになったのだ。掃除をするためだ、と母は言ったが、また私がメソメソと泣き出すのではないかと、鬱陶しがっていたこともあるのではないかと思う。

ブランカを飼おうか、なんて、万佑子をうちに連れてくるな、と言ってるのと同じじゃない。母は噛みつくように祖母にそう言ったらしい。夕飯の席で、冬実おばさんが教えてくれた。言ってすぐに、祖母に怒られていたのだが。それが叶えばどんなによかっただろう、と祖母の家の玄関で私に走り寄ってくるブランカの姿を想像したところで、状況が変わるわけではない。私は冬実おばさんに新しい飼い主はどんな人なのかと訊ねた。

――五十代の夫婦だって。子どもたちが結婚や進学で出て行って夫婦二人になったから、猫でも飼ってみようかって話し合ってたところらしいよ。

その家に自分と同い年くらいの子どもがいないことに、少しだけホッとした。冬実おばさんはこうも続けた。

――そりゃあ、結衣子は寂しいだろうけど、飼い主が見つかったことを喜ばなきゃ。保健所送りになってたかもしれないのに。猫を飼いたいなんて思う人は、大概、子猫をほしがるもんじゃないの？　それを成猫でもいいって言ってくれたんだから。白猫、ってところがポイント高かったみたいよ。縁起がいいんだって。

すべてに納得できたわけではなかったが、大事にしてもらえるのなら、ブランカもその家に行った方が幸せなのかもしれないと思った。私に万佑子ちゃん捜しをさせる口実作りのためだけに我が家にやってきたブランカ。自分が一番可愛がっていたと自信を持っていたが、深い浴槽の中からこちらを見上げる顔を思い出した途端、ごめんね、という気持ちが込み上げて、箸を置いた。

逃げ出さないように、とブランカを閉じ込めていた冬実おばさんの部屋で一緒に寝ることを祖母はすすめてくれたが、私は首を強く横に振って断った。早々に布団の中に入るとブランカのことばかり考えてしまいそうで、祖母と一緒にサスペンスドラマを見ることにした。結衣子の好きな温泉女将シリーズだもんねえ、と祖母は居間のテーブルにお菓子を用意してくれた。そんなシリーズを好きだと言った憶えはなかったが、ドラマが始まると、さも楽しみにしていたかのように、この人が犯人かなあ、などと明るく振舞ってみせた。

——結衣子、お姉ちゃんを嫌いになっちゃいけないよ。

祖母が優しくそう言ったのは、私が布団に入り、電気を消したあとだった。


ブランカが引き取られるまでは別れの寂しさばかりを感じていたが、業者にでも頼んだのか、ブランカの毛一本、匂いひとつ残っていない家に戻ると、別の思いが込み上げてきた。帰って早々母に怒られ、反発心が生じたせいだとも考えられる。

——せっかくきれいになったのに、どうしてそんなものを持ってくるのよ。

そんなもの、私がぎゅっと握りしめていた猫用のカゴのことだ。

普段はおとなしいのに、カゴに入れようとすると暴れるブランカを、冬実おばさんはそれぞれ両手に抱えて、車の後部座席に乗せた。一緒に行くかと訊かれたが、太陽不動産で待っているのは新しい飼い主ではなく、仲介をしてくれた人だったため、祖母の家の玄関先でブランカを撫で、お別れすることにした。その数時間後、冬実おばさんはカゴを片手に帰ってきた。もしや、何かアクシデントが生じてブランカも一緒に戻ってきたのではないかと胸が躍ったが、単に、先方がカゴを用意していたというだけだった。そのカゴには、ブランカはおとなしく入ったらしい。が、カゴの中は空ではなかった。センター街にあるおもちゃ屋の紙袋に、ゲームボーイとポケモンのカセットが入っていたのだ。

——猫のお礼に、だってさ。

冬実おばさんは他人から預かってきたような言い方をしたが、私は冬実おばさんが買ってくれたのではないかと思った。冬実おばさんが買ったと母が知れば、こんなものを結衣子に与えないでちょうだい、と怒って返すはずだ。だから、あえて、返すことのできない相手がくれたということにしたのではないだろうか、と。私は冬実おばさんにお礼を言った。

祖母の家まで私を迎えにきた母は、冬実おばさんが後部座席にカゴを置いていったことに気付いていなかったようだ。

——貸しなさい。捨てておくから。

母はカゴに手を伸ばしたが、私は持ち手を両手で強く握りしめた。これを母から手渡されるのが嫌でたまらなかったはずなのに、この時、手放したくないと思ったのは、中にゲームが入っていたからではない。ブランカがこの家にいたという証はこれしか残っていないことがわかったからだ。

――仕方ないわね。ビニル袋に入れて、物置の奥に仕舞っておくから。

私は黙ったまま頷き、おもちゃ屋の袋を取り出して、母にカゴを渡した。案の定、母はゲームをもらったことに顔をしかめたが、一日一時間以上は禁止よ、と言っただけで取り上げようとはしなかった。

子ども部屋は特に念入りに掃除が行われたのか、消毒薬の匂いが漂っていた。病室にいた女の子の顔が頭の中に浮かんだが、その子がこの部屋にやってくるのを想像することはできなかった。あの子は万佑子ちゃんではない。

証拠を探すような気分で、万佑子ちゃんと過ごした日々を思い返した。どこかに猫は出てこなかっただろうか。学校や通学路に迷い猫はいなかっただろうか。かわいいね、と撫でたことはなかっただろうか。万佑子ちゃんが友だちの家に猫がいるという話をしてくれたことはなかっただろうか。行方不明になる前の万佑子ちゃんが猫アレルギーではなかったことがわかれば、あの子が偽ものだと証明することができるのに。しかし、残念ながら万佑子ちゃんとの思い出の風景の中に、猫が登場したことは一度もなかった。

これが、最初の間違い探しだった。

だが、思い出の中で猫捜しをしているうちに、私はもっと重要なことに気が付いた。どうして病院で気付かなかったのか、と自分を責めた。私だけは忘れてはならない万佑子ちゃんの特徴だったはずなのに、と。右目の横の傷痕だ。ローラースケートで転んでできた傷痕は、万佑子ちゃんの目尻の延長線上にくっきりと刻み込まれていた。

私はバタバタと階段を駆け下りて、台所にいる母のもとへと行き、言った。

――あの子の目の横に、傷痕はなかったよね。

母は怒りはしなかったが、顔から一瞬で表情が消えた。

――あの子って、だあれ？

しまった、とは思ったが、こればかりは口にしたことを後悔していない。そして、偽ものの女の子を万佑子ちゃんとは呼びたくなかった。

――お姉……、ちゃん。

母は大きくため息をつくと、しゃがんで私の顔を正面から見て言った。

――結衣子はあのケガのことをまだ心配してくれていたのね。だけど、子どもの傷痕なんてきれいに消えてしまうものなのよ。結衣子がこのあいだ体育の時間に転んでできた擦り傷だって、どこにあったのかわからないくらい、きれいになくなっているでしょう。

私は自分の膝を見た。しかし、万佑子ちゃんの傷と自分の傷が同じレベルのものとは思えなかった。血の流れ方が違ったのだから。

――それに、あの時はちゃんと傷痕が残らない処置をしてもらったの。縫った方が早く治るけど、女の子だから痕が残らないことを優先して、テープで止めてもらったのよ。

その姿はすぐに思い出すことができた。

――結衣子、ママの言うことをよく聞いて。万佑子はようやくこの家に戻ってこられたの。だからって、すぐに万佑子が元の生活を送れるわけじゃない。万佑子のことを白い目で見る人たちだってたくさんいるはずよ。それを守ってあげられるのは、家族だけなの。結衣子の協力も必要なの。……わかった？

二度と疑うようなことを口にするな、ということだ。何もかもに納得できなかったが、反論はしなかった。

——ゲームしてもいい？

訊ねると、母は私の頭を撫でながら、いいわよ、と答えてくれた。

そして、ついに姉が帰ってきた。


私は姉を疑うことをやめてはいなかった。いつも、何か尻尾をつかんでやろう、と一歩下がって斜めの方向から見上げるように彼女を見ていたはずだ。しかし、そんな私の思惑などまるで気付いていないかのように、姉は私に一番たくさん、笑顔を向けてきた。口数はそれほど多くなかったが、私と二人でいるときは、病院で虫の羽音のように小さな声で私の名を呼んだことが嘘のように、明るい声で話しかけてくれた。

——私、結衣子ちゃんのことはいろいろ思い出せたんだ。

暗闇の中でそうささやかれたのは、姉が帰ってきた日の夜だ。母は、姉と母が大人用の寝室で、父は客間、私はいつも通りの子ども部屋で寝ることを提案したが、子ども部屋で大丈夫だよ、と言ったのは姉だった。そうして、万佑子ちゃんが行方不明になる前と同じように二組並べて布団が敷かれた。

たまらなく息苦しかった。居間に家族全員でいるときから、早く一人になってゲームでもやりたいと思っていたのに、寝るときまで隣にいるとは。こうなれば、一刻も早く眠ってしまうしかないと、思い切り目を閉じ、まぶたが痺れてきた頃に、隣から声が聞こえてきたのだ。

本ものの万佑子ちゃんに言われたのならどんなにか嬉しかったであろうその言葉も、背中がぞわぞわするような感触しかもたらさなかった。万佑子ちゃんの声じゃない。起き上がって、そう叫び出してしまいたいのを、ただひたすら堪え続けた夜は、万佑子ちゃんが行方不明になった日の夜と同じくらいに長く感じた。

それから一週間も経たないうちだ。姉に、本を読んであげようか、と言われたのは。

——三年生だから、自分で読めるかな。

姉が帰ってきて以来、誰も、一度も、本の話などしたことがなかったはずだ。なのに、私に読んであげようか、とは。もしや、本ものの万佑子ちゃんなのかもしれない、と胸がざわついた。

——ううん、読んで！

ムキになって答えた。

——いいよ。何がいい？

——あれがいい。ほら、やっぱり、あれ。

タイトルを出さなかったのは、姉を試そうとしていたからではない。興奮して、ど忘れしてしまったのだ。姉は首をかしげながら本棚の前に立った。そうして、一冊の本を抜き取り、これかな？　と私の前に差し出した。

『えんどうまめの上にねたおひめさま』

この人は本当に万佑子ちゃんだったのだ、とむず痒くなった鼻を思い切りすすった。……のだが。

――何回読んでも、おもしろいよね。

本を置きながら姉は言った。うん、と私も頷いた。

――ビー玉で実験しても、全然わかんなかったよね。

決定的なひと言だった。

――思い出したの？

抑揚の付け方が微妙に違うことに気付き、当てずっぽうで選んだだけだったのかも、などとわずかに湧き上がっていた疑心が一気に吹き飛ばされた。

――だって、楽しかったんだもん。

万佑子ちゃん！　と叫び、飛びつきたい気分だった。どうして私はこの子を万佑子ちゃんと信じることができなかったのだろう、と自分を責めた。この思いがなければ、とっくに飛びついていたはずだ。

――なのに、こんなにたくさん布団を重ねた下に豆があるってわかるのが、お姫さまだっていう証拠なんだよね。そんなくだらないことばかり考えて暮らしてるなんて王族はのんきな身分だな、って当時の人と同じ、バカにした気分になれるのは、やっぱり実験したからだよね。

は？　と、え？　の中間のような間抜けな声しか出てこなかった。聞いたばかりの物語の感想を頭の中でもう一度繰り返し、姉の顔を見上げた。こちらに向けられた笑顔を気持ち悪いと感じた。傷痕のせいで泣いているように見えるのが、万佑子ちゃんの笑顔だったはずなのに。

――誰なの？

本人を前にして、直接訊ねた。

怒り出したり、泣き出したりするだろうかと身構えたが、姉は少し眉を寄せて私から目を逸らし、空を見つめただけだった。何か難しい考え事でもするかのように。本ものの万佑子ちゃんであれば、どうしてそんなことを訊くの？　と目に涙を浮かべるのではないだろうかと、さらに疑いの念を込めながら、姉の顔をじっと見つめた。だが、姉が私の方を見ると、つと視線を外してしまった。私はこの人を恐れていたのだ。

——私は安西万佑子。結衣子ちゃんのお姉さんよ。結衣子ちゃんが信じられなくても、私は結衣子ちゃんのことを、心の底から大切な妹だと思ってる。

黙り込むしかなかった。堂々と言い放った姉に、違う、偽ものだ、と言い返せるほどの自信を私は持っていなかった。証拠も握っていなかった。そんな私に今度は姉が問うた。

——どうして、私を別人だと思ったの？

責めているのではない。ただ疑問に思う、そんな表情だった。

——この本を読んで、万佑子ちゃんはそんなふうに言ってなかった、から。

私は『えんどうまめの上にねたおひめさま』の絵本を手に取った。王族をバカにした気分になれる、などと万佑子ちゃんが口にしたことなど一度もなかった。

——確かに、二年前に読んだときはそんなふうに思わなかったかもしれない。でも、今はそう思ったの。結衣子ちゃんだって、二年前に好きだったアニメの再放送を見て、昔と同じように感じる？

私は黙って首を横に振った。姉の言うことは正しい。だけど、だけど、と私は上手く言葉にできない思いを、頭の中でこねくりまわし、ようやく一つのかたまりにしてから、姉にぶつけた。

――万佑子ちゃんは人をバカにするのが楽しいなんて思う子じゃない！

言葉は直撃したようだった。姉はドッジボールを顔面で受けたような表情になり、下を向いた。両手を強く握りしめたり開いたりを繰り返す様子を私はじっと見ていたが、ふと視線を姉の顔に向けると、以前よりも大きくなったと感じる目に、こんもりと涙が盛り上がっていることに気が付いた。

泣きたいのをガマンしているのだ。そう感じた途端に胸が痛んだ。絵本の中の王族をバカにすることよりも、私の方がずっと意地悪ではないか。本ものであれ、偽ものであれ、自分が目の前にいる子を傷つけていることには変わりない。

――ゴメン……。

つぶやいたのと、床に姉の涙が落ちたのと、どちらが先だったのか。姉は握りこぶしで床の上を拭い、同じ手で両目を強くこすった。

――ううん、私こそ、イヤな子でゴメンね。結衣子ちゃんに、お姉ちゃんが帰ってきてくれてよかった、って思ってもらえるように頑張るから。小さかった頃の話もいっぱいできるように頑張るから。あと……。

涙を堪えながら振り絞るように声を出していた姉だったが、ワッ、と堰《せき》を切ったように泣き出した。痩せてはいたが、華奢には見えず、それもまた違うと感じていた姉の体が、小さく震えるのを私はじっと眺めていた。姉が言葉を発するまで、自分は息を止めていたのではないかと思えるほど、そのままでいるのが居心地悪く、胸が苦しかった。あと、何なのだ。あと……。

――猫を飼えなくなって、ゴメンね。

この一言で、自分はもう面と向かってはっきりとこの子に疑いの言葉をぶつけることはないのだろうと思った。万佑子ちゃんではないくせに、この子はなんだかいい人で、この子を疑えば疑うほど、自分が嫌な子であることが強調されるのが、漠然とではあるが、予想できたからだ。

姉は新年度を待たずに、年明け、三学期から小学校へ通うことになった。両親、特に母はもっと落ち着いてからの方がいいのではないかと言っていたのだが、姉が学校に行くことを望んだのだ。ただし、万佑子ちゃんが行方不明になる前に通っていた公立の学校ではない。広崎市内の私立の学校だった。

新しい環境で再スタートさせたい、と母は祖母に言っていた。評判の良いスクールカウンセラーが常駐している学校なのだ、とも。それに関しては、姉も母の意見に従ったようだ。もしや私も一緒に転校することになるのだろうかと思っていたのだが、特に何も訊かれることのないまま、姉だけ転校の手続きがとられた。そのことに対し、私はこれといって不満を抱かなかった。

仲の良い友だちもいなかったため、転校を寂しいと感じることはなかったはずだが、学年が違うとはいえ、姉と同じ場所で長時間過ごすのはできることなら避けたかった。家から車で二時間ほどかかるので、早起きしなければならないし、下校時間も姉に合わせることを考えれば、これでよかったのだと素直に思えた。

もしも、姉がもとの学校に復帰していたら、という想像もしてみた。

まず、多くの子たちが空白の二年間を自分勝手に想像するのだろう。弓香ちゃんの事件と重ねられ、犬小屋で監禁されていた子として、直接酷い言葉を浴びせられることはないとしても、奇異な目を向けられ、行方不明になる前と同じように接してもらえることはないはずだ。それ以前に、どことなく違う、と多くの子たちが疑いを抱くのではないだろうか。

そう考えると、姉が遠い私立の学校に通うことになったのも納得できた。両親は姉を、万佑子ちゃんを知っている人たちの目から遠ざけたかったのだ。一時は、広崎市内にマンションを借りて、家族全員で引越しをする案も出たが、案を出した母自身が翌日それを否定した。我が家が責められることは何もないのに、逃げるようなマネをする必要などない、と。

姉と別々の学校に通うということは、両親が遠ざけたいと思っていた人物の中に、私も含まれていたということにもなる。

姉は新しい学校へ通う前に、長い髪を肩までの長さにバッサリと切った。真新しい白い丸襟のブラウスに、紺色のブレザーとプリーツスカート、紺色の帽子といった格式高そうな制服姿に、学校指定の黒いランドセルを背負い、夜明け前に母の車で出かけ、日が落ちてから戻ってくるのを、近所の人たちはどのような目で見ていたのだろう。

もともと近所付き合いは薄い方だ。三軒隣の人などは、事件前からそれほど私たち姉妹の顔などはっきりと認識していなかったかもしれない。しかし、斜め向かいの池上さんは違う。行方不明になった万佑子ちゃんを、家族以外では一番熱心に捜してくれた人だ。戻ってきたと知れば、一目会いたいと思うだろうし、会えないのなら、遠目でもいいから姿を見て……、何かおかしいと感じたのかもしれない。いや、あの日の出来事は単に私のせいか。

二月半ばのある日、学校から帰ったままの姿で玄関前に座っていると、家から出てきた池上さんに声をかけられた。

――結衣子ちゃん、寒いのにそんなところで何をしてるの？

私は鍵を持って出るのを忘れたことを、池上さんに伝えた。母は姉を迎えに出ていたため、最悪、私は三時間近く外で待たなければならない状況にあった。池上さんは、うちで待っていたら？　と私を家の中に招き入れてくれた。宿題でもする？　と居間のテーブルの上を手早く片付けたあとに、ゲームもあるからと、進学で家を出ていった息子が昔使っていたというゲームを出してくれた。冬実おばさんが持っているのと同じものだった。

――ゲーム、好きでしょ？

池上さんに言われ、私は首をかしげた。好きではあるが、池上さんの前でゲームをした覚えはなかった。ゲームをしながら車から降りてなかった？　と訊かれ、以前、父の車でセンター街に出かけた際、帰りの車の中でゲームをしていたら、区切りの悪いところで家につき、そのままゲームをしながら車を降りて玄関に向かったことがあったのを思い出した。母に怒られ、データをセーブしないいますぐに片付けたというのに、そんな数分にも満たない行為を池上さんは見ていたのか、と少し怖くなった。

――お母さんも毎日送り迎え大変よね。お姉ちゃんはもう学校にも慣れた？

――多分。

池上さんがコップに注いでくれたオレンジジュースを飲みながら、曖昧な返事をした。

――せっかくお姉ちゃんが戻ってきたのに、遊ぶ時間がなくて、寂しくない？

池上さんは懲りずに質問を続けたが、ううん、と小さな声で返し、これ以上質問が続かないようにと、コップを置いて、ランドセルから宿題プリントを取り出した。

姉の学校生活についてはは正直なところ、私もよくわかっていなかった。これまでより開始時間が一時間半遅くなった夕飯の席で、姉が学校生活について話すことはほとんどなかった。父はそれよりもさらに一、二時間遅く帰ってくるため、一緒に食卓につくことはほとんどなかったし、私は視線をずっとテレビ画面に向けていたからだ。以前は許されないことであったはずなのに、母は私が食事中にテレビに夢中になることを咎めなくなった。偽ものだという証拠を探すかのように、不用意にカマをかけられるよりはマシだと思っていたのだろう。

私は懲りもせず、たまにそういうことをやっていた。

万佑子ちゃんが好きなお味噌汁の具って何だっけ。パナップは何味が好きだっけ？　白バラ堂のケーキはいつもの味でいいのかっておばあちゃんが言ってたけど、どのケーキが好きだったのか憶えてる？

味噌汁の具とパナップの味はすぐに答えることができたが、白バラ堂のケーキは、よく思い出せないな、と困った顔で言われた。母は、結衣子！　と姉の目の前であからさまに私を窘《たしな》めたが、私はちょっと訊いてみただけだといわんばかりに、頬をふくらませて目を逸らすだけだった。ほら、やっぱり偽ものじゃないか、と。しかし、答えられない場合でも、翌日の夕飯の席で姉は、昨日の質問だけど、と正しい答えを言ってくるのだ。登下校の車の中で母が教えたのではないかと疑い、母が答えを知らないことでカマをかけたこともある。

母が姉のお迎えに出ているあいだに、私はお小遣いを持って〈まるいち〉商店へと行き、いくつかの駄菓子を買った。〈まるいち〉のおばさんは、お姉ちゃんはその後どう？　と訊いてきたが、ここでも私は曖昧な笑みを返しただけだった。まさか、偽ものかどうか確かめるために必要なお菓子を買いにきたところです、とは答えられない。またお姉ちゃんとも来てね、と言われて、店を後にした。

母は夕飯の下ごしらえをしてから姉を迎えに出ていたので、七時前に二人が帰ってきてから夕飯をとるまでには半時間ほどしかなかった。ランドセルを置いて着替えるために姉が子ども部屋へと上がる際、いつもは居間でテレビを見ているかゲームをしているかなのに、その日は姉のあとを追いかけた。

――あのね、お菓子、あげる。

そう言って、私は姉の勉強机の上に、サイダー味の飴とイチゴクリーム入りのチョコレートとブドウ味のガムを置いた。どれも一つ十円の小さな駄菓子だ。ありがとう、と姉はすぐに夕飯だというのに、嬉しそうにサイダー味の飴を口に放り込んだ。

――〈まるいち〉のおばさんがオマケによくくれてたよね。

平静を装いながらさりげなく言ったつもりだ。試していることを悟られてはならない。

――これじゃないけどね。

姉はさらりと答えた。いつも飴はコーラ味だったよね、と。こうなってもなお、姉と万佑子ちゃんは別人だと疑っている自分の方がおかしいのではないかと思えてきて、私はそれ以降、粗探しをするよりも、姉を視界に入れないよう努めることに決めた。

黙りこくったまま、宿題を解く手も進まない私の横で、池上さんは洗濯物をたたみ始めた。その中に白衣があるのを見つけ、私は池上さんが看護師だったことを思い出した。

――おばさん、一つ聞いてもいい？

池上さんは手を止めて私の方を見た。

――血液型が途中で変わることってある？

こんなことを訊ねれば、池上さんに、姉に疑わしい点がある、と教えているようなものだ。多分、それをわかった上で口にしたはずだ。自分で確認する術がなくなった私は、疑念を大人の誰かと共有したかったのかもしれない。そして、身内を除けばその相手は池上さんしかいなかった。

――まったくないとは言えないわね。骨髄移植をすると、血液型が変わることもあるし。だけど、大概は判定間違いってケースじゃないかしら。子どもの頃に調べた血液型と違うって言う患者さんってよくいるのよ。まあ、高齢の人が多いんだけどね。あと、親の血液型から勝手に自分は何型だって思い込んでいる人もけっこういるけど……、お姉ちゃん、血液型、変わってたの？

池上さんはストレートに訊いてきた。

――ううん。性格が変わったから、血液型のせいかもしれないって思って。その人が本ものか偽ものか調べる方法って、他にある？

――ＤＮＡ鑑定かしらねえ。

ああ、とがっかりした顔をしていたかもしれない。母と祖母の会話の中に出てきて、きっぱりと母が拒否していたことを思い出したからだ。

――それ以外には？

私がＤＮＡ鑑定を受け流したことに、池上さんは少し肩すかしをくった様子だった。

――おばさんにもよくわからないわねえ。

そう言って洗濯物をたたみ終えたあと、宿題プリントをランドセルに仕舞った私と一緒に対戦型ゲームをしてくれた。困ったときはいつでも来てくれていいんだからね、と池上さんはテレビ画面に目を向けたまま、私に言ってくれた。冬実おばさんとは違い、池上さんは手加減をしてくれている様子はなく、本当に弱かった。

ボコボコと私が倒していたのは、画面にいる敵ではなく、頭の中の疑念だったはずだ。それらと一緒に、血液型やＤＮＡ鑑定という言葉も消えていったと思っていた。

姉のＤＮＡ鑑定を申請しようと強硬に言い張ったのは、万佑子ちゃんが行方不明のさなかにも仕事を優先し続けていた、母方の祖父だった。

第六章 姉妹

姉に関して、祖母のノートにこのような記述がある。

万佑子は本当に記憶喪失なのだろうか。

よく、テレビドラマなどで、頭を強く打ったことが原因で記憶喪失になるというエピソードを見かけるが、万佑子に関しては、そういった形跡はなかったという。想像を絶する過酷な体験を強いられた人が、己を守るため、無意識のうちに記憶に蓋をするということは、あり得ない話ではないと、私は思っている。しかし、春花から聞くところによると、万佑子は保護されたときこそ、ろくに食べ物を取っておらず衰弱していたが、体に暴行や性的虐待を受けた形跡は見られなかったそうだ。幼い子どもが親の元から引き離されるだけでも、十分に辛い体験だと言えるとは思うが、果たして、それは記憶喪失に陥るほどのことなのだろうか。そのうえ、学習能力に至っては、二年間、学校に行っていないというブランクを感じさせないほどに、きちんと授業についていけているという。結衣子によると、事件以前のことに関しても、かなり細かなエピソードを思い出しているらしい。しかし、それほどに回復してもなお、行方不明だった二年間のことは思い出せないのだと、その質問に関してだけは、万佑子はかたくなに首を振る。

無事帰ってきてくれた孫を疑うなど、血の繋がったものとして、許される行為ではないのかもしれない。世間の人たちが何を言おうとも、私たちだけは信じてやらなければならないのかもしれない。それでも、と、夜、布団に入った際などに、疑念が生じることがある。

万佑子は実はすべて憶えているのではないだろうか。

その場合、何故、記憶喪失のフリをしているのかが問題となる。一番に考えられる理由は、犯人をかばっている、ということだ。万佑子が行方不明になった際にも考えたことだが、あの子を連れ去ったのは、子宝に恵まれなかったり、幼い子どもを亡くしたりした女だったのではないだろうか。その女に二年間、万佑子は大切に育ててもらったのかもしれない。しかし、ままごとのような生活をいつまでも続けるのは難しい。勉強好きな万佑子は学校に行くことを望むだろうし、病院にかからなければならないこともあったはずだ。その二つは、ままごとの延長で行うことはできない。おそらく、犯人が万佑子との生活を断念したのは、後者の理由が大きいのではないだろうか。万佑子は通常の子どもより、体が弱かったのだから。そのような理由で、家に帰してもらえることにはなったが、万佑子の方もその女に対して情が湧いていたとすれば、女を警察に突き出すことになるような発言はできないのではないだろうか。もしくは、記憶喪失のフリをしてくれと、女に懇願されたのかもしれない。

そうであれば、私が思い悩むことなど何もない。記憶喪失の真偽はともかく、戻ってきたのは本ものの万佑子であるのだから。犯人捜しは警察にまかせておけばよいのだ。

では、私の抱いている疑念の正体は何なのだろう。

こんな顔だったただろうか、こんな声だっただろうか、とこちらが穿《うが》った目で見れば、おそらく本ものでも偽ものに見えてしまうはずだ。しかし、私が「違う」と強く感じたのは、一緒に食事をしたときだ。万佑子はこんな下手な箸の持ち方をする子だっただろうか、と一度気にかかると、食事のあいだじゅうそればかりに目が行ってしまった。もともと、春花自身は箸使いが美しいが、子どもたちにはそれほど厳しくしつけていなかった。子どものうちにきちんと教えてやらないと、将来、恥をかくことになる、と私が春花に助言しても、もう少し大きくなってからでいいじゃない、などとお茶を濁していた。おそらく、忠彦さんの箸使いが粗雑なため、気がねしていたのだろう。そのため、結衣子と万佑子が泊まりにきた際、おもちゃやお菓子をふんだんに与えるなどして甘やかしはしても、箸使いに関しては口酸っぱく注意していたし、時には手を出すこともあった。そのかいあって、二人とも、どこで食事をさせても恥ずかしくない箸使いができるようになっていた。なのに、帰ってきた万佑子の箸使いは、手にしているあいだじゅう箸がバッテンを描いているという、みっともないものだった。

顔や声は成長に従って変化していくだろう。しかし、身に沁み着いた所作はそれほど簡単に失われてしまうものではないはずだ。一度だけ春花に、万佑子は箸の持ち方まで忘れてしまったのかねえ、とさりげなく言ってみたことがある。万佑子を疑うようなことを口にするとムキになって反論する春花は、それに対しても、ろくに食べ物も与えられていなかったかもしれないのに、何がお箸よ、と怒り出した。それ以来、箸については春花に何も言えず、冬実にそれとなく話してみたところ、私が想像もしていなかったことをあの子は口にした。

万佑子の行方不明を知って、アカの他人が入り込んできたんじゃないの？

生活が困難になり子どもを手放さざるを得なくなった親、または、子育てを放棄したい親が、これはチャンスだと言わんばかりに、同じ年頃の子どもを万佑子として送り込んだ可能性がある、と冬実は言うのだ。もしくは、酷い親に育てられていた子どもが自分の意志でその方法を選んだのかもしれない、とも。

そんなことあるはずないじゃないか、と私は笑いとばした。確かに、記憶喪失についても、箸の使い方についても説明はつく。だが、帰ってきた万佑子は、行方不明になる前のことを自ら語っているのだ。家族それぞれの誕生日を答えられるといった、調べてどうにかなるようなことだけではない。帰ってきた万佑子はまだうちに泊まっていないが、家族全員で顔を見せにきたことがある。そのときに万佑子が持っていたバッグは、目の横にケガをする原因となってしまったローラースケートと一緒に買ってやったものだった。

おばあちゃん、見て。私はワンサイズ小さいのがほしいって言ったけど、おばあちゃんが、大きい方にすれば、って言ってくれたおかげで、今でも使えるよ。

このやり取りはおそらく結衣子も知らない。私と万佑子だけが知っていることだ。

万佑子が偽もののはずがない。その証拠に――。

階下で物音がした。一瞬ビクリとしたが、ここは自分一人で住んでいるアパートの部屋ではない。部屋を出て足音をしのばせ、階段下を見ると、廊下に電気が点いていた。そのまま下に降りると、玄関に男性用の靴が無造作に脱ぎ置かれているのが見え、父が帰ってきたことがわかった。

居間に入ると、台所の冷蔵庫前に立っていた父が驚いたように振り返り、結衣子か、と胸をなでおろすように言った。

「起きてたのか？」

「ああ……、いや。下で音がしたから」

「そうか、起こして悪かったな」

「ううん。それより、帰ってこれないんじゃなかったの？」

「……大分、容体が落ち着いたからな」

「仕事じゃなかったんだ。お母さん、そんなに酷いの？」

「あ、その、心配するほどじゃない。まあ、おまえも明日は見舞いに行くだろ？」

納得しかねるが、父は帰ってきているのだし、あと数時間後には私も病院に行くのだから、あまり問い詰めても仕方がない。わかった、というふうに頷くと、父は冷蔵庫を開け、缶ビールとお惣菜の入ったタッパーを取り出した。

「晩飯は食ったのか？」

これにも頷くと、正月以来の再会となるのに、話すことがまったく思い浮かばなくなってしまった。

「もう、上がるね」

そう言って父に背を向けたが、一つだけ言いたいことがあったではないか、と振り返った。

「お父さん、私、今日、万佑子ちゃんに会ったよ」

「そうだってな。メールが来たよ」

父はそれがどうしたといった顔をして答えた。肩をピクリとでも動かせば、お姉ちゃんじゃなくて万佑子ちゃんだよ、と付け加えたかもしれないが、今の状況では、単に私が何でもないことで通路を塞いでいるだけだった。おやすみ、とこちらも何食わぬ顔をして、台所を出て行った。部屋に戻り、思わず苦笑してしまう。科学の力が証明したことを、今なお受け入れられていないのが、自分だけであることに。

母方の祖父がDNA鑑定のことを言い出したのは、祖母のノートを見たからだ。

余程の用事がなければ我が家を訪れない祖父がやってきたのは、ひな祭りの日に近い日曜日だった。二年ぶりに姉妹二人が揃ったひな祭りをお祝いしましょう、と祖母が言い出したのだ。そのため、祖母は前日の夜から我が家に泊まって母と一緒に準備をし、翌日の昼前に祖父と冬実おばさん、父方の祖父母が来ることになっていた。

ひな人形は節分の日に母が一人で用意した。夕飯前に学校から帰ってきた姉は客間に飾られた七段飾りを見て、おひなさまだ、と目をきらきらと輝かせながら言った。万佑子ちゃんと同じ反応だ、と思ったものの、姉は七段飾りの横に置いてある、人形が一体入ったケースに目を留め、こうも言った。いや、つぶやくのが聞こえただけだ。

――これもきれい。でも、どうして二人姉妹なのに、お人形が一つしかないんだろう。

ほら、やっぱり偽ものだ。七段飾りは万佑子ちゃんが生まれた際に母方の祖父母が買ってくれた。続いて生まれた私が女だったため、ひな人形が二つあっても仕方ないと、私には花簪をさした日本人形を買ってくれたのだ。私は随分安上がりに済まされたものだと損したような気分でいたが、万佑子ちゃんは年齢が上がるにつれ、私用の人形をうらやましがるようになった。母に、自分が結婚して女の子を産んだら、おひなさまじゃなくてこんな人形を買って、と頼んでいたほどだ。しかし、証拠をつかんだと得意げになっていても、大概の場合すぐに覆されるということにも慣れていた。

——そうか、ひな人形が私ので、こっちが結衣子ちゃんのか。……着物もきれいだし、こっちの方がいいなあ。

そう言って姉は、ねえ、と私に振り返った。

姉は一日の大半を制服で過ごしていたため、休日くらいしか私服姿をじっくりと見ることはなかったが、母は徐々に万佑子ちゃんがいた頃に私たちに買い与えていたようなものではなく、シンプルなデザインの服を買ってくるようになった。おさがりにしても、結衣子にはまったく似合わないんだもの、と私のせいにしていたが、姉にもシンプルな方が断然似合っていた。それでも、万佑子ちゃんであれば、ひな祭りの日にはひらひらしたワンピースを着たがるのではないかと思った。だが、姉はタンスの中にそういった服が数枚あるにもかかわらず、いつもと同様の恰好で皆の前に出ていった。

私は……、押入れの奥をかき回して、私と同じ年の頃に万佑子ちゃんが着ていたワンピースの中から、一番、万佑子ちゃんがひな祭りの日に選びそうなのを身に着けた。そして、居間へ行くと、案の定、母がこちらを見て目を剝いた。

——何でそんなものを出してくるの。

——だって、ひな祭りでしょ。

そう答えると、まあそうだけど、と母は口ごもり、それどころではないのだというふうに急ぎ足で台所へ行った。

父方の祖父母がやってきて、五分後に、母方の祖父と冬実おばさんもやってきた。父方の祖母は私を見て、万佑子ちゃん、と声をかけてきた。そんな服を着ているからつい、と父方の祖母が言うのを聞きながら、そらみろ、と母の方に目を向けた。

ちらし寿司や茶わん蒸し、から揚げ、ポテトサラダといったひな祭りパーティーのごちそうを囲んで、まずは、子どもに合わせて皆でカルピスで乾杯をした。姉はそこにいるのが当たり前のように、自分から全員とグラスを合わせていった。最後に私とも。

——その服、私も好きだったんだ。

笑いながらそう言われ、背中がぞわりとした。黙れ、偽もの！　と心の中で叫ぼうとしたときだ。

——ちょっと聞いてくれ。

母方の祖父が姿勢を正して、皆を見渡した。台所にビールを取りに行こうとしていた母も、まあ座れ、と祖父に促されて腰を下ろした。

——酒が入る前にちゃんと聞いてもらいたい。

何を言い出すのだろうと、私も背筋を伸ばした。

——万佑子と一緒にひな祭りを祝えるなど、こんなに嬉しいことはない。だが、皆、本当に心からそう思っているんだろうか。

——当たり前じゃない。

母が間髪を容れずに答えた。

——おまえのように信じることができればどんなにいいだろう。だが、実際に腹を痛めて産んでいない俺には、いくらこの子はあなたの大切な孫ですと言われても、心から信用することができないんだ。だから、確かな証拠が欲しい。科学なのか、医学なのか、その辺りはよくわからんが、ＤＮＡ鑑定というものをしてみてはどうだろう。

——酷い。どうして、そんなことを子どもの前で言うのよ。お父さんって昔からそう。いつも私たちのことをほったらかしにしているのに、おかしなところでばかり口を出したがるのよ。何で？　相続のことでも考えたの？　血が繋がっているという証拠を示さないと財産をやらない、なんて思ってるなら、こっちから放棄してやるわ。……万佑子、結衣子、少しのあいだ、二階に上がっていてちょうだい。

母は泣きそうな顔で姉の方を見たが、姉はまったく動じていない様子で、祖父をまっすぐ見つめていた。

——ＤＮＡ鑑定って何を調べるの？

——きみが……、本当にこのお父さんとお母さんの子どもかどうかを調べるんだよ。

姉は少しばかり考え事をするように空を見つめ、祖父の方に向き直った。

——私、それ、調べてもらいたい。

この言葉だけで結果は十分に出ていたはずだ。

今でこそ、ＤＮＡ鑑定は個人を特定する手段として一般的に認知されているが、万佑子ちゃんが行方不明になった一九九〇年代後半は、ＤＮＡ鑑定という言葉すら知らない人の方が多かったのではないだろうか。

実際、母方の祖父がＤＮＡ鑑定を提案したとき、母が必死になって祖父に抗議している横で、父方の祖父母は、それは何なのだ、と父に小声で訊ねていたくらいだ。父も、血の繋がった子どもかどうかを調べることができるらしい、とは答えていたが、どこで？　どうやって？　という具体的な問いには、さあ、と首をひねるばかりだった。

提案した祖父でさえ、知り合いの弁護士から話は聞いていたそうだが、皆の前で説明できるほどではなかった。しかし、姉がＤＮＡ鑑定を受けると答えたため、その弁護士を通じて、さらにＤＮＡ鑑定に詳しい弁護士を紹介してもらい、早急に手続きを進める、と皆の前で断言した。

――この件に関しては、今日はこれでおしまいだ。

母方の祖父が機嫌よくそう言って、ひな祭りパーティーは再開された。しかし、ぎこちない空気が緩和されることはなかった。母は不機嫌な顔を取り繕おうともせず、だんまりを決め込んでいた。あとの大人は、一人機嫌のよくなった祖父の大相撲の話に、それほど興味がないはずなのに大袈裟に相槌を打っていた。子どもたちのためのパーティーなのに、姉の姿を、ついでに私の姿も視界からはずし、必死になってしゃべり続けているように見えた。

――学生相撲のチャンピオンが佐渡ヶ島部屋に入ることになったと聞いたが、ええっと、名前は何だっけな？

どうにか持ちこたえていた会話も、祖父の質問で途切れてしまった。会話に加わっていた大人たちは皆、考えるフリはしていたが、答えが出てくる気配はまったくなかった。そのとき、姉がアッと何かを思い出したような表情をしたことに、私は気付いた。

姉は得意げな顔をして母方の祖父の方を見たが、すぐに、しまった、というふうに下を向き、手近な皿に盛られていたから揚げを口に放り込んだ。姉はその力士の名前を知っているのだ、と思った。万佑子ちゃんは相撲にまったく興味がなかった。姉はそれを知ってか知らずか、ここで答えては偽ものだとバレてしまうと察し、あわてて口をつぐんだに違いない、と。

そんなふうに姉を見ていると、早くＤＮＡ鑑定を受けてほしい、という思いが湧き上がってきた。受けたい、と堂々と答えてみたものの、その答えだけで十分だ、という展開にならず、内心、とてもあせっているのではないだろうか。などと想像してみるだけで、ざまあみろ、という意地悪な思いすら胸中に漂ってきた。

少し怖くて苦手だと思っていた祖父が、自分の味方のように頼もしく見えてきた。あとでこっそり、これまで抱いていた疑念を打ち明けてみようかとも思ったのだが……。じっと見つめる私の視線に気付いたのか、ところで結衣子、と祖父がいきなり話しかけてきた。

――次はもう高学年だが、学級委員長には立候補しないのか？　お母さんは四年生から毎年、委員長に選ばれていたし、六年生では児童会の副会長にも立候補して選ばれたんだぞ、なあ。

顔は母の方に向けられたが、そうね、と相槌を打ったのは祖母だった。母はため息をつきながら祖父をちらりと見たものの、そんな話をするな、とは言わなかった。私は祖父に何と答えればよいのかわからず、俯いた。教室の隅に座っているだけで精一杯な私が、委員長に立候補などできるはずないではないか。私に投票してくれる子なんて、誰もいないのに。私は嫌われものなのに。やっぱり、おじいちゃんなんて嫌いだ。

祖父は味方だという仲間意識はあっけなくしぼんでしまったが、私の思いなどおかまいなしに祖父は続けた。

――こんな調子じゃ立候補は難しそうだな。まったく、春花からどうしてこんなにおとなしい子が生まれてきたんだ？

そう言って、祖父がちらりと父を見たのを、父方の祖母は否定的な意味合いで捉えたようだ。

――あら、忠彦だって、小、中、高、と委員長に選ばれていたし、生徒会の役員もしていたわよね。会長になったこともあったかしら。出しゃばるのが苦手なのに、推薦されたら嫌とは断れなくて、毎回、大役をまかされてしまうのよ。結衣子ちゃんも、そのタイプじゃないの？　立候補なんかしなくても周りが勝手に結衣子ちゃんを選ぶんじゃない？

やめてくれ、と心の中で叫び、いるはずのないブランカの姿を捜した。だが、目に入ったのは姉の顔だった。大丈夫？　と語りかけるように私を見ていた。どんな言葉よりもそれが一番屈辱的だった。姉は今にも口を開きそうな様子だったが、助け舟を出してくれたのは、冬実おばさんだ。

――お姉ちゃんもお義兄さんも、典型的な長女、長男タイプなだけじゃない。私は長のつくことなんて、何にもしたことないわよ。雑用係なんて、まっぴらだわ。そんなことより、学生相撲のチャンピオンは宮田くんよ。

そうだ、そうだ、と祖父が頷き、話題は再び大相撲へと戻った。その後、話が私に振られることはなく、どうにかその日を無事乗り切ることができたが、後になって、このとき祖父が、結衣子もDNA鑑定をしてもらってはどうだ、と言ってくれていればよかったのに、と何度となく思うことになった。

両親の委員長歴を聞いていたせいなのか、姉は六年生になるとすぐに学級委員長に立候補し、二学期に見事、当選した。いや、両親のことなど意識しなくとも、姉は自然にその立場に就くことを、自らの意思で望んだに違いない。

ＤＮＡ鑑定の結果、姉が両親の子どもであるという可能性は極めて高い、と証明されたのだから。

このことは、狭い町中に広がった。母が池上さんに話したのだ。中古のゲームを私に譲るという名目で我が家にやってきた池上さんを、居間に上げてお茶を出しながら、軽い世間話をするように母は切り出した。

――池上さんは病院にお勤めだから、ＤＮＡ鑑定のことはご存じですよね。恥ずかしい話ですが、身内にどうしてもと勧められて、それを受けてきたんです。

――まあ、そうですか。

池上さんは居ずまいを正しながら、母の話に耳を傾けていた。親子三人で東京まで行ってきた、費用も驚くほど高かったので、言いだしっぺの自分の父親に全額出してもらった、などと私の知らなかったことまで母は池上さんに話した上、鑑定書まで見せていた。

――奥さん、大変だったでしょうが、これでよかったんじゃないですか？　世の中には憶測だけでものを言う人たちがたくさんいるけど、科学の力で証明されたとなれば、堂々と構えてりゃいいんだから。

池上さんに聞いていただけてよかった、と母はエプロンの端で涙をぬぐっていたが、子どもの私にでも、母がわざと話して聞かせたのだと察することができた。池上さんがゲームを持ってきてくれていなくても、私が世話になっているという口実で、母の方から訪れていたかもしれない。そして、目論見通り、池上さんはＤＮＡ鑑定のことを〈まるいち〉で話し、噂はまたたく間に広がっていった。

誰が情報を漏らしたのか、下品な女性週刊誌に『神隠し vs. ＤＮＡ鑑定』というおかしな見出しの記事まで載った。お姉ちゃん、本ものだったんでしょ。名前も知らない上級生の女子から、学校でいきなりそう言われたのは、池上さんが我が家を訪れてからまだ十日も経っていない頃だった。

おもしろおかしく語る要素がなくなったせいか、「万佑子ちゃん行方不明事件」そのものが町中から霧散したように感じた。祖母のノートにはその頃の日付で、春花家族にようやく日常が戻った、という記述がある。

ＤＮＡ鑑定のきっかけとなった祖母のノートだが、数ページ遡れば、そんなものを行う必要はなかったのではないかと思われる記述が見られる。箸の使い方であるとか、祖母が姉を疑う長文を締めくくる一文だ。

しかし、戻ってきたあの子は、顔も、体型も、声も、子どもの頃の春花そのものではないか。

父はまだ起きているだろうか、と部屋を出て階下に下りると、浴室からシャワーを使う音がした。水でも飲もうと居間に入ると、テーブルの上で携帯電話のランプが点滅しているのに気付いた。病院からかもしれない、と自分の行為を正当化しながら父の携帯電話を手に取った。姉からメールが届いている。それでも、母のことかもしれないと再び自己正当化しながら、メールを開いた。

同じ夜、長い時間をかけて私は姉と同じことを考えていたのかもしれない。

『結衣子、私のこと何か言ってた？　遥《はるか》と一緒にいるところ、見られたかも』

浴室から出てきた父は、居間に私がいるのを見て先ほどと同じように驚いた。

「まだ、起きてたのか？」

「ああ、うん。新幹線で寝たからかな」

そう言って眠くもない目を少しばかり擦り、今度こそおやすみ、と居間を出た。おやすみ、と父の声は聞こえたが、ちらりと振り返ると、父はこちらに背中を向けていた。気持ちは別のところにあるようだ。携帯電話を探しているに違いない。気付かぬフリをして、二階に上がった。

父の携帯電話には午後六時過ぎに一件、姉からの着信履歴が残っていた。多分、このとき、私が予定より早く帰省したことを父に伝えたのだろう。それから約八時間も経って、私について訊ねるメールを送ってきたということは、姉にも何か気になることがあるという証拠だ。

遥、という人を私が見たことにより、私が事件の真相に気付くのではないか、と。

だが、「万佑子ちゃん行方不明事件」はすべて解決している。姉が戻ってきてＤＮＡ鑑定で本ものだと証明されたことだけを指してそう言っているのではない。

ちゃんと、犯人も捕まっているのだ。

岸田《きしだ》弘恵《ひろえ》という女性が、自分が万佑子ちゃんを誘拐した犯人であると三豊市内の警察署に自首したのは、私が小学五年生、姉が中学一年生に上がった四月頭のことだった。万佑子ちゃんの行方不明から三年八カ月、姉が戻ってきてから一年八カ月が経っていた。

成績優秀で学級委員長まで務めても、姉は事件のことに関しては頑なに口を閉ざし続けていたが、警察官の友田さんから岸田弘恵の写真を見せられると、ポロポロと涙を流し、自分が二年間一緒に過ごしていたのはこの人だと認めた。

私自身は裁判の傍聴に出向いたことはないが、祖母は毎回出席しており、岸田弘恵の証言を、当時の新聞や週刊誌の記事の切り抜きと一緒にノートにまとめている。

母親になってみたかった。

これが、犯行の動機だ。しかし、子どもなら誰でもよかったわけではない。

弘恵は父の中学、高校の同級生で、六年間ずっと、父に思いを寄せていたという。高校二年生のときにバレンタインのチョコレートを渡したこともあるが、弘恵にとっては一大決心の行為であっても、校内で人気のあった父にとっては数多くのチョコのうちの一つであり、思いが遂げられることはなかった。卒業後、父は東京の大学に、弘恵は県内の看護学校に進学することになったため、弘恵は父への思いを断ち切ることにした。

その後、弘恵は三豊市内にある県立三豊病院に看護師として就職し、助産師の資格を持っていたことから、いくつかの科を経て産婦人科に配属される。そこで、父と再会することになった。が、父の方は弘恵のことをまったく憶えていなかった。お腹の膨らんだ母に付き添って一緒に新生児の沐浴講習を受けた際、講師である弘恵に自己紹介をして、よろしくお願いします、と頭を下げただけだ。

しかし、弘恵にとっては、それが運命的なもののように感じられた。と同時に、強く後悔もした。母は華やかな雰囲気をまとってはいるが、顔立ち自体はそれほど派手ではなかったからだ。学生の頃、自分のような地味な女は相手にされないはずだと、はなからあきらめていたところもあったが、努力をすれば手が届いていたのではないだろうか。そういった思いが日ごと募っていくうちに、父は自分のことが好きだったのではないかという思いにとらわれていった。

だから、私と同じような地味な顔立ちの女を選んだのだ。あの女の産む赤ん坊は、本当は自分が産む予定だったのではないか、と。助産師として出産に立ち会い、生まれたばかりの赤ん坊を見て、その思いは確信へとかわった。自分と彼の子どもであればこんな顔をしているに違いないと思い描いていた顔にそっくりだったからだ。どうにかして、この子を自分のものにしたい。赤ん坊をこっそり自宅に連れ帰る想像を何度も重ねたが、そのときはどうにか理性で誘惑に打ち勝つことができた。

――じっくりと計画を練った犯行ほど、実行するのは難しいのだと思います。

裁判中、弘恵はこのような発言をしている。

赤ん坊の誘拐を自らの理性を以てあきらめた弘恵は、二度とこのような考えを起こさないために、と病院を辞めた。赤ん坊が無事退院したところで、今後、二度と顔を合わせないという保証はない。定期健診や小児科外来など、赤ん坊が病院を訪れる機会は多々あるはずだ。近所に小児科の個人医院があっても、大概の親は乳児に何か起これば、出産した病院に連れてくることが多い。万が一、入院でもしようものなら……。

弘恵はそれまで住んでいた三豊市内のアパートから隣の隣、福原市のアパートに引越し、同市内にある泌尿器科の個人病院に再就職した。

それから八年後、弘恵が三豊市中林町を訪れたのは、知人の子どもに誕生日プレゼントとしてリクエストされていた魔法少女の変身ステッキを購入するためだった。同シリーズの商品の中でも特に手に入りにくいこのおもちゃは、どこの店でも発売と同時に品切れになっていたが、自宅付近の〈ホライズン〉に電話で問い合わせたところ、三豊市内にある同スーパーの中林町店にあることがわかったのだ。

取り置きを断られたことから、電話の翌日、八月五日、勤務先の病院が午後から休診だったため、弘恵は職場から家に帰った後、午後三時頃、自動車で中林町に向かった。自宅と勤務先の往復にしか使わない弘恵の白い軽自動車にカーナビはついていなかった。途中、道を間違え、山道である大滝旧道を通り、どうにか中林町の県道まで出ることができた弘恵は、〈ホライズン〉を探しながらゆっくりと車を走らせていたところ、道端をふらふらと歩く女の子に目を留めた。

暑さのせいなのか、今にも倒れそうな女の子を見かねた弘恵は、道端に車を寄せてウインドーを下ろし、家まで送ろうか、と女の子に声をかけた。女の子は少しばかり難色を示したが、声をかけてきたのが女性であることに気を許したのか、お願いします、と言って、自ら車の後部座席に乗り込んできた。

家の場所を聞くために、改めて女の子を振り返った瞬間、その子があのときの赤ん坊であることに気付いたという。十代のあいだずっと、思いを寄せ続けてきたあの人の子どもだ、と。電流に打たれたような震え声で名前を訊ねると、女の子は小さな声で、しかし、はっきりとした口調で答えた。

安西万佑子です。

――誘拐とか、そんな言葉は頭の中にありませんでした。ただ、この子を連れて帰りたいと思ったんです。

衝動的にスピードを上げて車を走らせていた弘恵に、女の子は車が自宅へ曲がる道を通過したことを伝えた。我に返った弘恵が女の子に、〈ホライズン〉でどうしても買わないといけないものがあるから先に寄らせてほしい、と頼むと、女の子は了承した。女の子を駐車場に停めた車に残したまま、弘恵は店内に入ったが、目的の品が売り切れていたため、仕方なく、魔法少女シリーズの衣料品を数点購入することにした。

――服を選んでいるうちに、あの子のために選んでいるような気分になりました。そこで、自分に賭けをしたんです。車に戻って、あの子がいなくなっていたらあきらめよう。いたら、絶対に連れて帰ろう、って。

女の子はおとなしく車の中で待っていた。弘恵はそこからは振り返らず、女の子の声に耳も貸さず、国道をひたすら走り続け、今度は道にも迷わず、最短コースで福原市の自宅アパートに戻った。

――あの子は暴れこそしませんでしたが、車の中で、家に帰りたいと泣き出しました。だから言ったんです。あなたの本当のお母さんは私だ、って。あなたのお父さんとは中学生の頃から付き合っていて、将来は結婚の約束もしていたのに、あなたのお母さんが割り込んできて、会社をクビにするとお父さんを脅し、私たちは泣く泣く別れることになったのだ、と。そのとき、すでに私のお腹にはあなたがいて、私はあなたと二人で生きていこうと思っていたのに、あなたすら奪われてしまった……。そういったことを話しているうちに、それが事実のように思えてきて泣いてしまいました。私の話をどこまで信じたのかわかりませんが、あの子は私の顔をじっと見ると、黙って車を降りて、私の後をついてきたのです。

弘恵はさらに、女の子に生まれたときの身長や体重、しょっちゅう一緒にお風呂に入っていた私ですら気付かなかった、右側の肩胛骨の下の方にあるという小さな黒子のことなども、赤ん坊だった頃の姿を愛おしむかのように話してきかせた。女の子は弘恵の話を信じ、弘恵と一緒に生活することを選んだのだという。

事件の報道が過熱しているあいだは女の子をアパートの部屋に閉じ込めたまま、弘恵自身は普段通りの生活を送り、年が明けてからは仕事を辞め、女の子を連れて人ごみに紛れ込むかのように、大阪や名古屋を転々としていた。……が、二年で女の子を元の家に帰すことにする。

——あの子が学校に行きたいと言ったのが一番の理由です。でも、私自身、もういいかな、とも思っていたんです。だって、日に日に、本当の母親そっくりな顔になっていくんですから。

弘恵は女の子に自分が嘘をついていたことを打ち明けた上で、記憶喪失を装うよう伝えた。たとえ騙されていたとしても、他の女を母親だと信じていた子どもよりも、頭の中に何も残っていない子どもの方が、本当の母親は温かく受け入れてくれるだろうから、と言って。

——自首したのは、罪悪感に駆られたからではありません。学校にこそ行かせてやれませんでしたが、自分なりに大切に育てていたので、それほど悪いことをしたとは思っていません。ご両親に対して、申し訳ないという気持ちはありますが、それについては時効を迎えたあとに、お詫びの手紙を書こうと思っていました。

では、弘恵はなぜ、自首したのか。

――あの子が、同じ頃に起きた誘拐事件の被害者の女の子のように、変質者に監禁されていたと、世間の人たちから誤解を受けているんじゃないかと心配になったからです。もしそうなら、私はたったの二年間でなく、一人の人生を奪ったことになります。それは許されない行為だと思いました。

岸田弘恵には、懲役五年の刑が言い渡された。


携帯電話のくぐもったバイブ音が膝の下で響いているがほうっておく。


ＤＮＡ鑑定と犯人の自首、それらの結果を、私は受け入れざるをえなかった。日常生活の中での姉の言動においてわずかな違和感を覚えても、この偽ものが！　と胸の内で毒づくことすら間違った行為となってしまったのだ。

生まれたときから住んでいる家で、よその家族の幸せ劇場でも眺めているような気分で毎日を過ごした。舞台の上と下、幕の向こうとこちら側、さらには、ブラウン管の向こうとこちら側、手を伸ばしても誰にも届く気がしなかった。

ところが、高校一年生になったある日、ぼんやりとテレビでニュース番組を見ていると、信じられない情報が飛び込んできた。一九九〇年代後半に、ＤＮＡ鑑定によって殺人事件の容疑者となった男性の鑑定結果に疑問の声が上がっている、という内容だった。当時の鑑定は解析のデータが少なく信頼性が低いのだという。

私は同様の記事が載った新聞を持って、母方の祖母の家を訪れた。送り迎えが必要な年齢ではない。両親にも姉にも黙って、学校帰りにこっそりと寄った。記事を見せただけで祖母は私の言いたいことを察したようだが、私は興奮気味に自分で調べたことを祖母に話して聞かせた。

――学校のパソコンでDNA鑑定について調べたの。いっぱい出てきたよ。血液とか口の中の粘膜細胞だけじゃなくて、髪の毛とか、齧ったりんごなんかでも調べられるなんてびっくりだよ。でも、そんなことより、鑑定の精度を九九パーセントまで高められるようになったのって、まだ、ここ一、二年のことなんだって。だから……。

――結衣子。

祖母は私の言葉を遮った。凜と響くような声だった。この前年から、祖母は体調不良を訴えて入退院を繰り返し、一気に歳をとったように見えていたが、万佑子ちゃん行方不明事件の頃にずっと私や母に寄り添ってくれていたときの力強さが戻ったような目で、祖母は私をじっと見つめた。

――お姉ちゃんは正真正銘、結衣子と血の繋がった大切なお姉ちゃんだよ。DNA鑑定だのパソコンだの、自分の知力が及ばないものに結果を委ねているうちは、頭の中にできたしこりは取り除けない。自分で作り出したものなんだからね。結衣子がしっかりとお姉ちゃんと向き合えば、ちゃんと本当の姉妹だってわかるはずだよ。

――向き合っているからこそ、偽ものだとわかるの！

そう叫んで、祖母の家を飛び出した。ＤＮＡ鑑定をやり直すよう両親に提案して欲しいと望んでいたが、そこまで叶わなくとも、私もおかしいと思っていたんだよ、と同意してもらえるだけで、私は満足していただろう。それなのに、間違えているのはおまえだ、それに気付けないのはおまえ自身のせいだ、と悪いのが私であることを改めて突き付けられたのだ。それが祖母に会った最後だった。

葬儀からしばらく経って冬実おばさんから渡された、祖母の字で「結衣子へ」と書かれた大きな段ボール箱には、祖母のノートと一緒に、水色とピンク色のプラスティックケースが一つずつ入っていた。子どもの頃、万佑子ちゃんが行方不明になる前に使っていたお泊りセットだ。手紙でも添えられていないかと探してみたが、それらしいものは何も見当たらなかった。

取り出したものを元通りに片付けていると、仕切りができて個室となった私の部屋のドアを姉が開けた。クッキーを焼いたから一緒に食べよう、と言いながら姉は段ボールに目を留めた。私はとっさに蓋を閉め、粘着力の弱まったガムテープで封をした。

――それ、おばあちゃんからでしょ。私宛には小さな封筒だったけど、ディズニーランドのチケットが四枚入ってた。昔、みんなで行ったよね。また、あのときみたいに楽しんでおいでってことだよね。……その箱には何が入ってたの？

――中身なんてない。この箱に意味があるんじゃない？　そんなの、いちいち説明しなくてもわかるでしょ。

――ああ、あれか。そうだよね。

姉はそう言って、紅茶も淹れておくね、と足早に階下に下りていった。

やっぱり、偽ものじゃないか。いつもより大きく響く足音に耳をすましながら、胸の中でつぶやいた。祖母がこの段ボール箱を選んだのは、単に、プラスティックケースが二個入る大きさだったからだろう。しかし、私にとっては、トイレットペーパーの銘柄が印刷されたこの箱は、万佑子ちゃんとの思い出の品だ。あの夏の暑い日、〈まるいち〉でもらったこれと同じ箱で、神社の裏山にシェルターを作ったんじゃないか……。

祖母はやはり気付いていたのだ。だから、私用の水色のプラスティックケースだけでなく、万佑子ちゃん用のピンク色のものも私に託したのだ。姉にディズニーランドのチケットを用意していたのは、本ものを装うために、行ったこともないディズニーランドのことを楽しそうに話しているのが不憫に思えたからに違いない。

そうやって、私は遺品こそが祖母の本心だと都合のいいことだけを胸に留め、祖母の最後の言葉についてはなるべく思い出さないようにしていたのだが……。

そんなことをしていたから、こんな簡単な間違いに今の今まで気付かなかったのだ。

ＤＮＡ鑑定の信頼性以前に、鑑定を行う対象に誤りがあったのだということに。

階下が騒々しい。バタバタと階段を駆け上がる複数の足音がする。バン、と部屋のドアが開いた。

「結衣子！」

姉がぜいぜいと息を切らしながら、目を見開いてこちらをみている。額から汗が流れ、頰は真っ赤に上気している。

「おかえり、お姉ちゃん」

座ったまま、澄ました顔で答えた。

「あんた、手は……」

姉に向かい、両手を差し出した。

「どういうこと？」

姉は責めるように、後ろにいる父を振り返った。

「何が？　そもそも、そんなに慌ててどうしたっていうんだ」

「お父さんがメール送ってきたんじゃない。結衣子が手首を切ったからすぐに戻ってきてくれ、って」

「はあ？　俺はそんなもの送ってないぞ」

「えっ……」

改めてこちらを向いた姉に、座布団の下から取り出した父の携帯電話を片手で振りながら見せた。

「結衣子だったの？」

「そうよ。こうでもしなきゃ、お姉ちゃん、戻ってきてくれなかったでしょ。その人を連れて」

戸口に立つ姉のすぐ後ろには父が。そして、その後ろには、昼間、駅で姉と一緒にいた女の人が立っている。様子を窺うようにしながら私の方を見ていたのに、私がまっすぐ見つめた途端、女の人は顔を隠すように俯いた。が、私は目を逸らさない。

「万佑子ちゃんなんでしょ」

女の人は俯いたままピクリとも動かない。髪が顔を覆っているせいで、右目の横の傷痕を確かめることもできない。

「何言ってるの。この子は私の友だちの遥。心配してついてきてくれただけ」

姉が部屋の中に入ってきた。

「お姉ちゃん、もう、目を見ながら嘘をつくのはやめようよ。……私ね、ＤＮＡ鑑定をしてもらったんだ。知ってる？　今じゃネットで簡単に、民間の会社に申し込むことができるの。料金もひと月分のバイト代で十分に足りるくらい」

「何でそんなこと……。でも、結果は前と同じだったでしょ？」

姉は眉間をもみほぐすように片手で自分の顔を押さえながら、私の正面に座った。不快感の滲んだあきれ顔が指のあいだから覗いている。

「お姉ちゃんが、お父さんとお母さんの本当の子どもか。それも重要なことかもしれないけど、もう一つ、あの時、ちゃんと調べなきゃいけないことがあったんだよ」

「何？」

「行方不明になる前の万佑子ちゃんとお姉ちゃんが同一人物であるかどうか」

顔を覆ったままの手の下で、姉の表情は明らかに歪んだ。

「おばあちゃんの遺品の中に、行方不明になる前の万佑子ちゃんのお泊りセットがあったの。ブラシやヘアゴム、うちじゃ姉妹一緒に使っていたけど、おばあちゃんはちゃんと二人分用意してくれていた。万佑子ちゃんのブラシには、長い髪の毛が何本か残ったままだった。それと、お姉ちゃんの髪の毛で調べてもらったの。結果は……、言わなくてもわかるよね。ハルカさんって人が万佑子ちゃんじゃないなら、その証拠に、ハルカさんの髪の毛をちょうだいよ」

姉は両手で顔を覆った。私はDNA鑑定などしていない。カンバスに幾重にも描かれた絵を一枚ずつそぎ落としていった結果現れた、これまでに見えていなかった絵を、姉に突き付けてみただけだ。もうすぐ、姉の化けの皮がはがれる。カンバスの一番下にある本当の絵を見ることができる。もしくは……。

何重にも布団をかぶせられていた豆に、直接この手で触れることができる。

「ねえ、結衣子」

姉が両手を顔から外し、まっすぐ私を見つめて言った。

「あんたにとって、本ものの万佑子、って何？」

本ものの万佑子。今現在、安西万佑子として社会生活を送っているのは、目の前にいるこの姉だ。しかし、本ものではない。

「行方不明になる前の万佑子ちゃんのことよ」

私はひるまずに答えた。これまで、小さな証拠を見つけても、いつもかわされてしまっていたのは、問い詰める側にいる私よりも、姉の方が堂々としていたからだ。しかし、それはかわすための手段にすぎない。

「じゃあ、私は誰なの？」

「えっ……」

強気に出ようと決意した矢先に口ごもってしまう。本ものの万佑子ちゃんではない。それは神社で保護されたという女の子、姉に病院で面会したときから感じていたことだが、では、どこの誰なのかということに、真剣に思いを巡らせたことはなかった。しかし、祖母のノートにその推論は記してあったではないか。

「岸田弘恵の子ども、じゃないの？」

何らかの事情で子どもを手放さなければならなくなった弘恵が、万佑子ちゃんを誘拐して自分の子どもを送りこんできた。姉はあきれたようにため息をついた。

「私はお父さん……、安西忠彦と春花の娘であることがＤＮＡ鑑定で証明されたの。それは結衣子も知っていることでしょう。当時の検査結果が信頼できないっていうなら、もう一度、調べてもらってもいい」

おそらく結果は同じなのだろう。しかし、誘拐される前の万佑子ちゃんと姉が別人だということは、姉自身、もう認めているのではないか。では、どういったことが考えられるのか。

「岸田弘恵はお父さんのことが好きだった。助産師としてお母さんの出産に立ち会って、生まれたばかりの赤ん坊を自分の子にしたいと考えたけど、そのときはあきらめて、八年後に誘拐した。裁判ではそう言ってたけど、本当は、赤ん坊のときに、病院から連れ去ったんじゃないの？」

「じゃあ、うちの親が病院から連れて帰った赤ん坊は、どこの子よ」

「だから、それが弘恵の子ども」

姉は話にならないといったふうに片手で眉間を押さえた。

「弘恵に出産経験はない。仮にこっそりどこかで産んでいたとして、それはいつ？　私が生まれた日？　前日？　三日前？　一週間？　生後、それだけ経った赤ん坊を新生児とすり替えて、誰も気付かないなんてあり得る？」

「出産日に合わせて、どこかから連れてきた子かもしれない。乳児院とか。それか、予定日がお母さんと同じ人で、県立病院に堕胎しに来た人をこっそり説得して産んでもらっていた、とか」

「堕胎できるのは妊娠初期なのに、そんな頃から弘恵は誘拐を計画してたって言いたいの？　だいたいそんな都合よく……。やめた、もういい」

バカな妹につきあっていられるか。そんな表情だ。私の空想の中では、姉はいつもこの顔を私に向けていたが、実際に見るのは初めてだということに気付く。

「もう、私とすり替えられたのは、どこの誰だかわからない人の赤ん坊でいいよ。その子が結衣子にとって、本ものの万佑子ちゃん、なのね。何年経っても、この先何十年経っても。その子と過ごした年月よりも、私と過ごした年月の方が長くなっても、あんたにとって万佑子ちゃんは、私じゃないのね」

「それは……」

実際に自分と血が繋がっているのはこちらの姉だ。DNA鑑定で証明されたにもかかわらず、私が姉に歩み寄ろうとしなかったのは何故なのだろう。

「血の繋がりを超えるほど、本ものの万佑子ちゃんにあって、私にはないものって何？　結局、これ。いつも、いつも、いつも、みんな、みんな、みんな、みんな」

姉の顔がゆがみ、両目から涙がこぼれ落ちた。それと一緒に、姉がため込んでいた思いも溢れ出した。

私は物心ついたときから、自分の名前は「遥」で、一緒に過ごしていた人を本当の母親だと信じていた。父親はいなかったし、裕福だとは言い難い生活だったけど、父親みたいな人はいたし、母はものすごく優しくて、私を大切にしてくれたから、寂しいと思ったことは一度もない。

それが、小学三年生になったとき、病院で取り違えが生じていたことがわかった、と母から聞かされた。本当の名前は「万佑子」だとも。でも、私は母の元にいたいと思った。この辺りの気持ちは結衣子と同じなのかもしれない。自分と血の繋がった本当の両親がいて、その人たちは経済的に余裕があって、子どもに愛情を注いでくれる人たちだと教えられても、私にとっては八年間一緒に過ごした人が「本もののお母さん」だった。自分と入れ替わっていた子も、両方の親たちも同じ気持ちで、たまに本当の家族との交流があっても、このままの生活が続くと信じていた。

でも、母に、本当の両親のところに帰りましょうね、と言われた。私は事実を受け入れることよりも、母と別れるのが寂しくて、ここにいたいと駄々を捏ねた。なのに、ある日突然、本ものの子がうちで一緒に暮らすことになった。その子が母を当たり前のような顔をして「ママ」って呼ぶのが許せなかった。本当の両親のことを思うよりも、とられてたまるか、って意地の方が勝っていた。

本ものの母の子、たとえ、血の繋がった子が戻ってきても、ここにいれば母は私を選んでくれるんじゃないか。そんな期待をずっと抱きながら本ものの子と一緒に暮らしていたけど、日ごと、母の視線の注がれる先が自分を通り越して、本ものの子に移っていくことに気が付いて、本当の両親のもとに帰ろうと決めた。

十年間、他人の子どもとして過ごしてきたけど、血が繋がっているのだから、すぐに、あの子のように、本ものの子として受け入れてもらえるだろうと信じてた。同時に、受け入れてもらえなかったらどうしようっていう不安もあった。

結果として、私が本当の両親を拒否していたことになるのだから。

それに、これまで一緒に過ごしてきた母が、血の繋がりだけであの子の方を好きになったのではなく、私とあの子を比べて好きになったのだとしたら、新しい……、本当の両親もあの子の方が良かったと思うかもしれない。

記憶喪失を演じたのは、大好きだった母を守るためだった。黙っていればいいというものではない。ちょっとした仕草、例えばまばたき一つで医者や警察には見抜かれてしまうかもしれない。

記憶喪失とは何だろうと考えた。母と過ごした八年間。あの子が加わった二年間。私は母の子として小学校にも通っていたから友だちもいた。担任の先生のことも好きだった。本当の親のところに戻るということは、それらの人との別れでもあったし、これまでの生活の中でかかわったすべての人や土地との別れでもあった。

安西万佑子として生まれ直すには、頭の中を真っ白にするのが一番だと、自分でも思えてきた。しかし、いっそ十年間の記憶がないという設定にしてくれたらよかったのに、私は二年間だけの記憶がないというふりをしなければならなかった。そして、一緒に過ごしたことのない人たちとの八年間の記憶、あの子が安西万佑子として過ごした記憶をそのまま受け継がなければならなかった。

いったい私は誰なんだろうって、おかしくなりそうだった。でも、それ以上に、新しい家族に……、本来自分を無条件で受け入れてくれる存在である人たちに、愛されたい、戻ってきたのがこの子でよかったと思われたい、という気持ちの方が強かった。

だけど、どんなにあの子に似せた風貌で戻ってきても、結衣子もおばあちゃんも、おじいちゃんも、私を疑っていることがすぐにわかった。仕方ないとは思う、別人だもの。それでも、期待していた。別人だけど、自分と繋がっていることを第六感みたいなもので感じ取ってくれるんじゃないかって。ひと昔前のテレビドラマでよくあったでしょう。一度も会ったことのない生き別れになった親子や兄弟が、それと解らず対面したのに、ビビッと電流に打たれたように何かを感じるっていう場面が。そういうことは起こり得ないんだって、失望した。第六感なんかに頼っていたらダメなんだ。努力して、この家の子にならなければいけないんだ。

だから、一日も早く学校に行くことにした。誘拐された子どもとして色眼鏡で見られないように、学校ではお母さんの旧姓、楢原を名乗ることになったけど、すぐに気付かれてしまうんじゃないかと不安だったし、学校から帰っても、誘拐された子だということになっているけど別人じゃないか、って疑われるのが怖かった。だけど、一番怖いのは、家族に安西万佑子として迎えてもらえないことだった。

元の私がいた場所にあの子は戻り、新しい土地に引っ越して、新しい人生を送り始めている。もう私が帰るところは安西家しかない。お父さんは東京の有名な私大を出ていて、万佑子の頭の良さは父親譲りだと言われていたことを、あの子から聞いていたから、まずはそこから認めてもらおうと思って、勉強をがんばった。記憶喪失の症状と矛盾が生じるんじゃないかと心配にはなったけど、いっそ、本当のことがすべて明るみに出る方が、私はラクになれるような気がして、バレてしまうことを半分くらい望んでいたような気がする。でも、そうやって開き直っている方が疑われないものなんだとわかった。

結衣子は私の方を見ようともしなかったよね。最初は、猫を飼えなくなったことを恨んでいるのかと思ったけど、そういう単純な理由からじゃないことはすぐにわかった。別人であることを見抜いているうえに、あの子のことの方が何倍も好きだったんだって。

隙あらば、私を試そうともしていた。あの子から聞いていたこともあったし、登下校の途中でお母さんに教えてもらったこともあったけど、だんだん、結衣子とあの子しか知らないことを私にぶつけるようになってきて、私はその都度、あの子に電話をかけていた。ほとんどが小学校の校門前にある公衆電話から。雨の日なんかはよく、迎えを呼ぶために並んでいる子たちから、早くしてよ、とせっつかれていた。その焦りもあったんだと思う。あの子はいつも丁寧に教えてくれたけど、その用件になると電話の声がいつもよりはずんでいるように聞こえて、結衣子が自分を恋しがっていることを喜んでいるんだ、優越感に浸っているんだ、って私は受話器をたたきつけるようにして電話を切っていた。

おじいちゃんがＤＮＡ鑑定を言い出してくれたときには、そんな方法があるのかと驚いた。私がこの家の子どもだって、科学の力で証明してくれるなんて。お母さんは本当に血の繋がっている子どもを身内が疑うことに怒っていたんじゃないかと思う。自分が同じ立場なら、無条件に信じることができるっていう自信があったんだろうね。でも、これは願ってもないチャンスだと思って、私は自分からおじいちゃんにそれを受けると言った。

結果が出て、おじいちゃんからガラスケースに入った日本人形が届いたよね。ひな祭りパーティーを台無しにして申し訳なかったって。すごく嬉しかった。孫へのプレゼントとして、私に買ってくれたものだったんだもの。おばあちゃんも、いつかみんなでディズニーランドに行きましょうね、って言ってくれた。

その中で一人、それでもなお、私を家族だと認めてくれないのが結衣子だった。家族四人で何かしたこと、あったっけ？　私はそういう時間を取り戻したかった。だから、お菓子を作り続けていた。四人での外出は結衣子が車に酔うとか、頭が痛いとか言ってなかなか叶わなかったけど、お菓子は食べてくれたから。こういう時間を重ねていけば、いつかきっと結衣子は私をお姉さんだと認めてくれる。そう信じてた。

でも、ディズニーランドも、結衣子、行かないって言ったよね。おばあちゃんが四枚券を用意してくれていたのに。私、おばあちゃんは誘拐前と後の万佑子が別人だったことに気付いていたんじゃないかと思う。入院中に〈白バラ堂〉でケーキを買って、一人でお見舞いに行ったことがある。おばあちゃんは大部屋に入っていたから、ケーキは同室の患者さんや付き添いの人たちにも配れるように、十五個くらい買って行った。〈白バラ堂〉のケーキ全種類。そうしたら、おばあちゃん、まずは万佑子が好きなのを選ぶといいよ、って言ってくれた。〈白バラ堂〉のケーキは久しぶりだったから、誘拐前の万佑子が好きだったのはどれだったか、忘れてしまってた。チョコレートケーキだっけ、チーズケーキだっけ、なんて考えながら、あの子に電話してみようかとまで思った。

そうしたら、おばあちゃんが言ったの。

――今、万佑子が食べたいのを選んだらいいんだよ。味覚や好みなんて、変わっていくのが当たり前なんだからね。人生はこれからの方がうんと長いんだから。いろんなものを好きになって、自分の変化を楽しめばいい。

ディズニーランドは結局、高校の卒業旅行に友だち四人で行った。私が県内の大学に進学したのは、家から離れたくなかったから。この家の子になって八年近く経っていたのに、私が出ていったら、みんながホッとするんじゃないかと思った。結衣子だけじゃない。お父さんもお母さんも。やっと異物が去ってくれた。そんなふうに思われるのが怖くて、出ていくことができなかった。

私は……、弘恵さんを恨んでいないはずだった。自首だってしなくていいと思っていた。だけど、自分の中にそんな思いがあったことに気が付いて、やっぱり許せないと思った。私が生まれたときからこの家で育っていたら、私はもっと自由に、ラクに生きられていたかもしれないのにって。

結衣子とも、本当の姉妹になれていたのにね。

続きがあるかとしばらく黙っていたが、姉は泣き笑いのような顔を私の方に向けたまま口を閉じた。たった一人の本ものの妹である私だけが、姉を認めず、受け入れず、姉を苦しめ続けていた。だが、それは信じることができなかった私のせいなのだろうか。私だけが悪いのだろうか。今の話をもっと前にしてくれていたら、私だって姉に歩み寄ることができていたはずだ。他の家族はそんなことを知らなくても受け入れることができたのに……。いや、本当にそうなのだろうか。

「三つ聞きたいことがあるんだけど」

答えるのは姉ではないかもしれない、と思いながらも、姉に訊ねた。

「一つ目は、誘拐される前と後の万佑子ちゃんは別人で、後の方が本ものだってことを、もしかして、お父さんとお母さんは知っていたんじゃないの？」

姉は返答に窮しているようだ。父の方を向けば肯定したことになる。そう思って、私からは目を逸らしたものの、俯き、床に置いた自分の手の甲をじっと眺めているのだろう。代わりに、私が父に顔を向けた。

「すまない」

父は小さく頷いた。問い詰めたい思いはあるが、すべての質問を終わらせてからの方がいい。

「二つ目は、お姉ちゃんの言う、あの子、ってけっきょく誰？　三つ目は、お姉ちゃんが八歳まで母親だと思っていた人は本当に、岸田弘恵なの？」

姉はまだ顔を伏せたままだ。今度は私も誰にも顔を向けない。しかし、父の背後から答えが返ってくる予感はしていた。

「あの子は私。でも、弘恵は私の母じゃない」

ハルカさんは部屋の中に入ってきて、姉の隣に座った。

彼女こそが誘拐前の万佑子ちゃんであることを証明するように、右目の横には豆のさやのような傷痕がある。ふんわりとした顔立ちの至る所に、万佑子ちゃんの面影が残っている。そして、極めつきは声だ。何冊もの本を読み聞かせしてくれた少し低めのその声は、短い言葉であっても、私の頭の奥底にこびりついている乾ききった記憶に、じわりと染み込み溶けだしていった。とはいえ、腑に落ちない点は残る。ハルカさんは岸田弘恵の娘ではないという。

「弘恵さんは私の母の妹なの……」

「いいの？」

姉がハルカさんの言葉を遮るように訊ねた。ハルカさんは姉に向かって頷いた。

「私、ずっと勘違いしてた。私たちがそれぞれ本当の親の元に戻って、弘恵さんが自首をして、全部解決したと思っていたの。でも、結衣子ちゃんが私たちをこんなふうにして呼び出さなきゃいけないほど、事件のことを今でも重く受け止めているなんて、思ってもいなかった」

ごめんね、とハルカさんは私を憐れむような目を向けた。恋焦がれていた万佑子ちゃんの顔なのに、この目は嫌いだ、と一瞬思った。チョコレートを鼻先に寄せると、それは食べられないって知ってるの、というふうに、ついと顔を背けるブランカの姿が頭に浮かんだ。

「私がお姉ちゃんを疑ってること、電話で知っていたんじゃないの？」

「結衣子ちゃんが少女探偵きどりで、おもしろがってやってるんだと思ってた。あなたがサスペンスドラマや山姥の話に夢中になっていた姿が頭に浮かんで、話を聞いていると、懐かしくて、つい笑ってしまうこともあったくらい。それが万佑子まで傷付けていたなんて、今の今まで考えたこともなかった」

「偽ものを私がおもしろがっているなんて、本気で思ってたわけ？」

「だって、本当の姉妹じゃない。ＤＮＡ鑑定でも証明された」

それを言われると、やはり、私が悪いのだろうかと思ってしまう。どんな事情があるにしろ、どうして、本当の姉を受け入れられないのか、と。

「姉妹なんて、無条件に信じ合える間柄なのかな。同じ親から生まれてきたっていうだけで、それほど深く繋がり合えるものなのかな」

「わからない。でも、私は結衣子ちゃんのこと、今でも妹だと思ってるよ。『えんどうまめの上にねたおひめさま』の実験をしたことも、神社の裏山にシェルターを作ったことも、あの日のままに思い出すことができる。結衣子ちゃんに今からでも私にできることがあるのなら、何でもしてあげたい。……ああ、やっと、弘恵さんの気持ちがほんの少しだけ解った気がする」

ハルカさんは最後、独り言のようにつぶやくと、私、姉、父の順に皆を見渡し、本当のことを話すね、と居ずまいを正した。事件のことが語られるはずなのに、むかしむかし、とどこか遠い国での物語の読み聞かせでも始まるような気分で、私は耳を傾けた。

赤ん坊を取り換えたのは、弘恵さん。だけど、動機は裁判で話したものとはまったく違う。そこには、彼女の姉、岸田奈美子《なみこ》が大きく関係する。奈美子と弘恵は二歳違いの姉妹だ。両親は奈美子が中学三年生、弘恵が一年生のときに交通事故で亡くなった。となれば、その後の人生は、姉の奈美子が妹の弘恵を支えていきそうなものだが、この姉妹の場合は逆だった。原因は、奈美子の持病にあった。奈美子は生まれたときから心臓が弱かった。小学校に上がる前に、成功率のあまり高くない大きな手術を受けた経験もある。両親、とくに母親は弘恵が物心ついたときから彼女に言い聞かせていた。

——あなたがお姉ちゃんを守ってあげるのよ。親は子どもより先に死ぬ。お姉ちゃんを守ってもらうために、あなたを産んだんだからね。

弘恵はそれを呪いの言葉のようには受け止めていない。人には必ずこの世に生まれてきた意味がある。その意味を深く考えることのないまま生きている人たちもたくさんいる。生まれてきた意味を学校の友人に訊ねても、まともに答えられる子は一人もいなかった。教師ですら、納得のいく答えを返した者はいない。しかし、弘恵にとっては明確な意味が存在している。弘恵はそれを使命として受け止めていた。こんなにも早く亡くなるとは、両親自身も予想していなかっただろうが、家族が姉妹二人だけになった際、弘恵は奈美子を守る決意をさらに強くした。特に、二人で児童養護施設に入ってからは、体が弱くすぐに熱を出して寝込んでしまう奈美子に、弘恵は昼夜を問わず付き添った。看護師になろうと決めたのもこの頃だ。

二人は成人してからも、アパートを借りて一緒に暮らしていた。弘恵は看護師として県立三豊病院に勤務し、奈美子は市内の繊維会社で事務員をしていた。弘恵の使命感は変わらぬままだったが、奈美子には恋人が出来た。同じ会社に勤める立川《たちかわ》という男で、立川は奈美子と結婚するつもりだと弘恵にはっきり伝えた。立川の両親も賛成してくれているとのことで、弘恵は自分の役割はこれで終了したのだと、二人を祝福した。しかし、結婚式場の下見まで済ませていたある日、立川が交通事故でこの世を去った。泣き崩れる奈美子に、大切な一人息子を失った立川の両親は追い打ちをかけるような言葉を吐いた。あんたのせいだ。うちの息子はあんたの両親と同じ死に方をした。あんたは死神に取りつかれた女なのだ、と。そんなバカな言葉を真に受けるな、と弘恵は奈美子に言い聞かせたが、奈美子は立川の死を、そして、両親の死を自分のせいだと思うようになった。弘恵にも両手をついて詫びた。自分を追いつめた奈美子は食事もろくに摂らず、日に日に衰弱していった。奈美子はこのまま死のうとしているのではないか、と弘恵は思った。

だが、奈美子は死を思いとどまった。妊娠に気付いたからだ。弘恵は、自分が父親代わりになって二人を支えるから、元気な赤ちゃんを産んでくれと奈美子を励ました。が、妊娠中期に差し掛かったある日、奈美子は定期健診に訪れた近所の産院で、胎児の心音に異常がある、と医師から告げられる。やはり、自分は死神なのだ。再び生きる気力を失った奈美子に、弘恵は自分の勤務する三豊病院での再検査を勧めた。三豊病院の産婦人科医、島津《しまづ》は、再検査の結果、胎児の心音に異常は見られないと奈美子に伝えたが、奈美子は信用しようとしなかった。半ばノイローゼ状態の奈美子に、弘恵は、絶対に健康な子どもが生まれると呪文のように唱え続けた。しかし、弘恵自身、百パーセント健康な子どもが生まれると信じることはできなかった。幼い頃の奈美子の姿が常に頭の中にあったからだ。看病疲れで衰弱していく両親の姿もあった。それだけではない、両親がこっそり奈美子の手術費のことで話し合っている姿も襖の隙間から何度も見たことがある。それでも、あの頃は両家の祖父母が健在で、田畑を売って作った金で援助してもらうことができた。

今の自分たちには、頼れる人などいない。立川の両親に対しては、妊娠の事実すら明かすつもりはなかった。姉に元気な子どもを与えなければならない。与える、そうだ、与えればいいのだ。弘恵は赤ん坊をすり替えることを思いついた。性別は島津から女の子だろうと言われていたが、百パーセント確実な診断ではない。弘恵は妊婦たちの品定めを始めた。経過が一番順調なのは誰か。子どもが病気がちでも十分な治療を受けさせられる経済環境にあるのは誰か。そんな折、弘恵の担当する乳児の沐浴講習会で、中学・高校と同級生だった安西忠彦の姿を見つけた。六年間、何の接点もなかったが、学年で五本の指に入る人気者だった忠彦のことはいまだに覚えていた。予定日は奈美子よりも三日早く、性別は女の子だと島津から聞いている、と自己紹介で言っていた。ここの子どもなら……。どちらかといえば薄い顔の作りも、奈美子と安西夫婦に共通するものであった。昔の友人に忠彦のことをそれとなく訊ね、彼が不動産会社に勤めていること、そして妻の春花がその会社の社長の娘だという情報を得た。この夫婦の子どもしかない。弘恵は決意した。あとは、運が味方してくれるかどうかだ。

その日、安西春花は予定通りに陣痛が始まり、夕方前に三豊病院にやってきた。それを確認して、弘恵はこっそりアパートに戻り、栄養剤と偽って奈美子に陣痛促進剤を点滴した。春花から遅れること三時間、奈美子も三豊病院の陣痛室に入った。月の満ち欠けに影響されるという説もあるが、その日は五部屋ある陣痛室が満室になった上、食堂に仮設ベッドを並べて対処しなければならないほど、産気づいた妊婦が多数待機していた。二つしかない分娩室では、流れ作業のように新生児が取り上げられていった。弘恵は助産師として、春花と奈美子、両方の出産に立ち会った。ものの見事に島津の予想が当たり、二人とも女の子を産んだ。その子たちを弘恵が入れ替えるのは、難しい作業ではなかった。

奈美子が娘を遥と名付けたときには、弘恵は心臓をわしづかみにされた思いだった。おまえがやったことをこの先ずっと忘れるな。なぜか、死んだ母親からの警告のように弘恵は思った。遥はすくすくと成長していった。定期健診で奈美子が保健師から注意を受けたことなど一度もない。大きな病気もせず、寝返りも、ハイハイも、歩くのも、同じ時期に生まれた子どもたちよりひと月以上早く、それらのことは奈美子を喜ばせた。

弘恵が罪悪感を抱かなかったわけではない。

小児科で、何度も安西夫婦の姿を見かけた。心臓に異常はないということだが、病弱な赤ん坊ではあるようだ。もしも、入れ替えを行わなければ……。衰弱しきった奈美子の顔を容易に想像することができた。そして、家に帰り、遥に引っ張られるように、奈美子が元気になっていく姿を見ると、これでよかったのだと思えた。

三豊病院を辞めた理由を、奈美子には夜勤が辛いからと伝えた。そして、子育てをするのにちょうどいいアパートを見つけた、と言って、奈美子と遥、弘恵の三人で福原市へと引っ越した。パパがいなくて寂しくないか、という母親からの問いに、遥はいつも、弘恵ちゃんがいるから平気、と答えていた。

しかし、運はいつまでも弘恵に味方してくれるわけではない。市が主催する青少年野外活動クラブに入会するために、遥が血液型検査を受けたのは、小学三年生に上がったばかりの四月だった。遥はＯ型だった。奈美子も弘恵もＯ型だ。弘恵が胸をなでおろしたのも束の間、奈美子は青白い顔をして、立川はＡＢ型であったことを弘恵に伝えた。だが、弘恵は自分がすり替えたとは言わなかった。病院で何か手違いがあったのかもしれない、同じ日に三豊病院で生まれた子について調べてみる、と嘘をつき、後に、安西家の子どもと入れ替わっているかもしれない、と伝えたのは夏前になってからだった。

その間、奈美子は悩んでいた。入れ替わりが生じていたとして、それぞれの親の元に血の繋がった子どもを返すことが、正しい選択なのだろうか。遥と過ごしてきた八年間はどうなるのだろう。それよりも、一番傷付くのは子どもたちなのではないか。とはいえ、奈美子は血の繋がった子どもがどんな暮らしをしているのか、遠目でもいいから見てみたいと思った。今はもうこの世にいない、愛する人との間に生まれた子どもの姿を。

前から欲しがっていたおもちゃを買ってあげるからと言って、遥を車に乗せて三豊市中林町に向かったのは、同じ年の八月五日のことだ。

「誘拐したのは、弘恵さんじゃない」

姉が長い物語を終わらせた。一番大きな息をついたのは、話をしていたハルカさんではない。私だ。驚くとか、怒りを覚えるとか、そういった感情が生じる間もないほどに、頭の中は情報を処理するのに精一杯の状態だ。しかし、すべてが語られたわけではない。むしろ、いよいよ、あの日のことが明かされるのだ。

ハルカさんに、ここから先を伝えるのは私だ、というように目で合図をして、姉は私の方に向き直った。

「あの日、道に迷った奈美子ママは神社の奥の山道を抜けて中林町に出た。細い道を緊張しながら運転していたせいか、ママは喉がかわいたから飲み物を買ってきてほしいと言って、〈まるいち〉の前で車を停め、私に小銭を渡した。そのとき、車の前を通り過ぎていった女の子を見て、ママは気付いた。あの人にそっくりだ、って。暑そうにふらふらと歩いているその子に向かって、家まで送ろうかと声をかけた。女の子はすぐに車に乗ってきた。私がいたから安心したんだと思う。ママはこれは安西さんと話し合えという神の啓示だと思ったみたい。手土産を買うために、近くのスーパーに向かうことにした。女の子に、あなたの家に行く途中だったのよ、この辺りにスーパーはない？　ご家族はケーキとアイスクリームどっちが好き？　なんて訊いていた。それだけの会話なのに、私は急に何だか嫌な予感が込み上げてきた。理由はわからないけど、体中がむずむずして震えだした。このまま家に帰りたいと思った。でも、声がうまく出せなくて、かわりに、おしっこをもらしてしまった。ママは慌てて、〈ホライズン〉の駐車場に入って、女の子を車に残したまま、私を連れて店内に入り、下着とズボンを買ってトイレで着替えさせた。魔法少女シリーズなんてもう興味がないのに、なんて文句を言う余裕もなかった。車に戻ると、女の子が私に、大丈夫？　と訊いてきた。三年生にもなっておもらしをしたことが恥ずかしくて、私はお腹が痛いフリをした。痛い痛いと言って、狭い車内で大袈裟に手足をバタつかせながら泣いているうちに、本当にお腹が痛くなったように感じた。慌てたママは女の子を乗せたままアパートに帰って、女の子を弘恵さんに預け、私を家の近くの病院に連れて行った。何の説明もないまま、女の子を託された弘恵さんは、その子の正体をすぐに見抜き、ママが無理やり連れてきたと勘違いをした。そして、自分が悪いのだと、女の子の本当の親が誰なのかを伝えてしまった。あとは、私がさっき話した通り。二人ともがここにいたいと駄々を捏ねて、安西万佑子は二年間、誘拐されたことになったの。テレビの報道を見るたびに、奈美子ママは名乗り出て、病院での入れ替わりのことを含め、全部話すと言った。弘恵さんはママに本当のことを打ち明けて、こうなったのは自分のせいだし、子どもを犠牲にしたくないからって、時を見計らって誘拐も自分がしたことにして自首をする、と奈美子ママを説得した。子どもたち二人にとって最善の手段を取ろう、って説得されて、奈美子ママもそれを受け入れることにした」

姉の言葉の内容もまた、上手く咀嚼できず、ぼんやりしている頭の中で、母が、そして、ここにいる父がかわいそうだと思った。私を祖母の家に預けて出かけていたのは、岸田奈美子との話し合いのためだったのだろう。そこに、八年間育てた娘と血の繋がった娘がいて、両方が二年間、自分たちではなく、目の前にいる病弱そうな女の子どもであることを望み、共に暮らしてきた。

「ハルカさんは初対面の人に言われたことをそのまま信じてしまったの？　一度、うちに帰ろうとは思わなかったの？　私たちと急に別れても平気だったの？」

ハルカさんは申し訳ないというふうに思い切り眉尻を下げた。

「私は物心ついたときから、もしかすると自分はこの家の子じゃないかもしれないって思ってたから、やっぱりそうだったんだって、本当のお母さんに会えてうれしかった。いや、それは後付けだな。寂しくなったときに、自分にそう言い聞かせていた」

ハルカさんはちらりと姉を見た。姉に対してはこういう理由にしていたのだろう。

「本当は……、知らない男の人の名前を呼ばれながら、ギュッと抱きしめられたら、このままここにいなきゃいけないような気がしたの。それに、お母さんは心臓が弱いって言われたら、尚更、そばにいてあげなきゃいけないと思って。私がって意味じゃなく、その男の人、パパの代わりに」

ハルカさんは絵本を閉じるように小さく息をついた。どうして、血の繋がった母親にばかり同情できるのだ。一晩中看病していた母を、夜間外来にすぐに駆けつけることができるよう晩酌断ちした父を、いとも簡単に捨てることができるのだ。私との思い出は？

文字を書くのが得意なら、手紙の一通でも書けたのではないか。真実を告げられなくとも、元気でいることくらい伝えたいとは、一度も思わなかったのか。その想像力豊かな頭で、自分が捨てた家族が、どれほど心配して、どのように過ごしているか、思い描いたことはなかったのか。

万佑子ちゃんなら、本ものの万佑子ちゃんなら、本もの……、など存在しない。

万佑子ちゃんは、私の中の幻想だったのだ。

「それで、今度は、八年間育ててくれたお母さんが病気になったって聞いて、また、同じように同情して会いに来たの？　自分が来れば元気になってもらえるとでも思ったの？　こんな話、はいそうですかって納得できるか！　あんたも、お姉ちゃんも、物語の主人公気分に酔いしれてただけじゃない！」

誰の顔も見ずに、戸口を塞いでいる父を突き飛ばして部屋を出た。階段を駆け下り、誰のものかわからないサンダルをひっかけて、外に出る。もう、東の空は周囲の景色を青白く映し出すほどの明るさになっていた。

姉もハルカさんも、何を言っているのかさっぱりわからない。ハルカさんを許せない。こんな重要なことが今日まで打ち明けられなかったことも許せない。姉だけじゃない。父も母も私に隠していた。辛い思いをしたことには変わりないが、真実を知っているからこそ、帰ってきた姉と向き合うことができ、時間をかけて、本ものの家族となっていけるのではないか。なのに、私だけが……、本ものの家族ではない。

県道を歩く。当てもなくひたすら歩く。神社の鳥居の下で姉が発見されたのも、うちの両親と岸田姉妹の打ち合わせの下に行われたに違いない。神隠しも、山姥も、笑わせる。

キキッ、と甲高い音が響いた。自転車が目の前で停まる。

「うわっ、危ない！」

声を上げたのは……、なっちゃんだ。くっきりとした富士額に知的な眉、間違いない。コンビニの制服を着ている。なっちゃんだよね、と訊ねると、怪訝な顔で見返されたが、すぐに私のことを思い出したように、ああ、と声を上げた。まったく興味がないといったふうに。

けた。

「急いでるんだけど」

なっちゃんは自転車のハンドルを握りなおしたが、私は通せんぼをするように前カゴに手をかけた。

「一つだけ、教えて。なっちゃんは万佑子ちゃんを誘拐した犯人を見たんだよね」

「はあ？　何を今さら……。あんなのでっち上げに決まってんじゃん。警察だって、その日のうちに嘘だって見抜いてたし。いい？　正しいのはいつだって、風香ちゃん。なんてったって、この町で唯一、お茶の水女子大に受かった才媛なんだからね」

まったく悪びれた様子はなく、自嘲気味に笑う顔に不自然さもない。なっちゃんは何度もこの台詞と表情を繰り返してきたのだろう。なっちゃんに対して怒りは湧かなかった。代わりに頭を下げて、十円玉を一枚もらった。脇道に入って小学校前まで走り、公衆電話から、おばあちゃんの家、と記憶していた番号を思い出しながらボタンを押した。十コール目で電話に出た、未だ独身の冬実おばさんは、相手が私だとわかった途端、お姉ちゃんに何かあったの？　とうわずった声を上げた。

「ブランカに会いたいの。ブランカをもらってくれた人の電話番号を教えて」

冬実おばさんがホッと息をつくのがわかった。が、あー、ともらした声は低くため息が混ざっていた。

「ブランカねえ。結衣子が悲しむと思って黙ってたんだけど、預かってもらった翌年に交通事故で死んじゃったの。国道沿いの家だったからねえ。仕方なかったんだよ。でも、ちゃんとペット用のお葬式も……」

受話器を叩きつけるように置いた。川の向こうにある交番が目に留まった。足が自然と学校前からのびる細い橋の方に向く。事件は終わっていない。皆で私を騙していた。祖母も祖父も騙されていた。警察だって。

橋を渡り、交番前に立った。若い駐在さんがひとりで何か書き物をしている。県警の友田さんに連絡を取りたいと頼もうか。それとも、直接、あの人にあらいざらい打ち明けようか。

「どうかしましたか？」

開けっぱなしの戸口を無言でまたいだ私に、駐在さんは早朝には不似合いなはっきりとした大きな声をかけてきた。加えて、紺色の制服姿に否が応でも、目の前にいるのが警察官なのだと思い知らされる。

私は何をしようとしているのだ。真実を打ち明けたと同時に私がこうすることを、両親も姉も、万佑子ちゃんも……、解っていたのかもしれない。今、まさに、私が本ものの家族であるか、試されているのかもしれない。背中の中心を右手でそっと触れてみた。

幾重にも重ねた羽毛の下にある硬い豆。本ものしか気付くことができない、私の知りたかったことは何だ。今、知りたいことは何だ。

「『万佑子ちゃん誘拐事件』の犯人、岸田弘恵に会って訊きたいことがあるんです」

どうして、お姉さんのために自分を犠牲にすることができたんですか？　いや、これではない。姉妹って何ですか？　いや、こんなことでもない。訊ねる相手は、岸田弘恵でなくてもいい。誰でもいいから教えてほしい。

本ものって、何ですか――。

引用

『アンデルセンどうわ　一年生』（末吉暁子編著）偕成社

初出

「週刊新潮」二〇一三年二月一四日号〜九月一九日号

湊かなえ

広島県生まれ。二〇〇七年「聖職者」で第二十九回小説推理新人賞を受賞。同作を収録する『告白』が二〇〇八年に刊行され、同年の「週刊文春ミステリーベスト10」で国内部門第一位に選出、二〇〇九年には第六回本屋大賞を受賞した。二〇一二年「望郷、海の星」で第六十五回日本推理作家協会賞（短編部門）を受賞。他の著書に『少女』『贖罪』『Nのために』『夜行観覧車』『往復書簡』『花の鎖』『境遇』『サファイア』『白ゆき姫殺人事件』『母性』『望郷』『高校入試』がある。

装画　チカツタケオ
装幀　新潮社装幀室

豆《まめ》の上《うえ》で眠《ねむ》る

湊《みなと》かなえ

発行　2014年3月30日

発行者　佐藤隆信
発行所　株式会社新潮社
〒162-8711　東京都新宿区矢来町71
電話　03(3266)5411(編集部)　03(3266)5111(読者係)
http://www.shinchosha.co.jp

印刷所　大日本印刷株式会社

製本所　加藤製本株式会社

ISBN978-4-10-332912-1　C0093

母性　湊かなえ

私は愛能う限り、娘を大切に育ててきました——。母と娘。二種類の女。「これが書けたら、作家を辞めてもいい。そう思いながら書きました」。新たなる代表作、誕生。

ヒア・カムズ・ザ・サン　有川浩

溢れる思いの強さだけが、距離と時間を超えていく——。演劇集団キャラメルボックスとのまったく新しいクロスオーバーから生まれた物語の光！　中篇2篇を収録。

はかぼんさん
空蝉風土記
さだまさし

良え《え》子にしとかんと、〝はかぼんさん〟が来るえ……京都の旧家で行われる謎の儀式を描く表題作他、各地の〝伝説〟を訪ねて出逢った虚実皮膜の物語。著者初の幻想小説！

首折り男のための協奏曲　伊坂幸太郎

豪速球から消える魔球まで、出し惜しみなく投じられた「ネタ」の数々！　技巧と趣向が奇跡的に融合した七つの物語を収める、贅沢すぎる連作集。あの黒澤も、登場！

セラピスト　最相葉月

河合隼雄と中井久夫、治療法の変遷——箱庭療法の意義を問い、自らカウンセリングを学び、見えてきたこと。『絶対音感』『星新一』の著者が挑む、心の治療の在り方。

殺人犯はそこにいる
隠蔽された北関東連続幼女誘拐殺人事件
清水潔

5人の少女が標的になった前代未聞の凶悪事件。「桶川ストーカー事件」で警察より先に犯人に辿り着いた「伝説の記者」が、執念の取材で真犯人を炙り出す！